校园的昨天、今天与明天

沈阳建筑工程学院原校区

校园的昨天、今天与明天

沈阳建筑工程学院新校区

大学·社会·人生

来自大学生毕业前的内心独白

主　编：张福昌

副主编：陈瑞三　　刘普清　　夏瑞武

中国建筑工业出版社

图书在版编目（CIP）数据

　大学·社会·人生：来自大学生毕业前的内心独白/张福昌编著.
—北京：中国建筑工业出版社，2002
　ISBN 7 – 112 – 05169 – X

　Ⅰ．大…　Ⅱ．张…　Ⅲ．散文 – 作品集 – 中国 – 当代
Ⅳ．I267

中国版本图书馆 CIP 数据核字（2002）第 041229 号

大学·社会·人生

张福昌　主编

*

中国建筑工业出版社出版、发行（北京百万庄）

新 华 书 店 经 销

北京市铁成印刷厂印刷

*

开本：850×1168 毫米　1/32　印张：8　　字数：205 千字
2002 年 6 月第一版　　2002 年 6 月第一次印刷
印数：1 – 4000 册　　定价：**19.00** 元
ISBN 7 – 112 – 05169 – X
N ·22（10783）

本社网址：http：//www.china – abp.com.cn

网上书店：http：//www.china – building.com.cn

主　编：张福昌
副主编：陈瑞三　　刘普清　　夏瑞武
编　者：张福昌　　陈瑞三　　刘普清　　夏瑞武
　　　　王秋波　　陶　丽　　杨　华　　寇有存
　　　　王　军　　李真军　　徐　岩　　林　慧
　　　　汤　伟　　潘　瑞

您了解大学吗？您了解大学生吗？您了解大学生的成长与教育吗？

这里展现给大家的是大学校园里的一段段故事。这些故事的真正作者是数以千计读过大学的人——包括那些学业有成，也包括那些历经种种校园坎坷的同学在毕业即将告别母校前，在对往事的深深沉思中写就的。一个个天真无邪的内心世界，真实再现了学生时期的喜怒哀乐，成长、成熟与成才，这里有成功的喜悦，也有失误的懊悔，有诗有歌更有情，字里行间充满着感悟、经验与教训。这些故事不仅给读完大学的人以回味，更会给那些正在读或将要读大学的青年人以避免弯路的启迪。它不仅会成为那些望子成龙的大学生家长们以了解学校、指导孩子的活生生的教材，也会成为社会有识之士、教育专家、有关领导关注教育、关心大学、关怀大学成长，研究大学生心理与教育的第一手资料。

*　　*　　*

责任编辑：常　燕

序

　　这是一所普通的高等院校——沈阳建筑工程学院，它位于东北的中心城市——沈阳。古朴的校园，优良的校风，都市的文化，现代的文明，在这里融合着一种特有的文化底蕴和校园气息，使一批一批青年学子从祖国各地来到这里求学、求知、做人、做事。这里有他们的梦想，这里有他们的希望。大学的虚幻在这里变得实际，大学的神秘在这里变得神圣。经过大学学习生活的磨炼，使青年学生的人生再一次从这里起航，他们不仅获得了知识，增长了才干，学会了生活，更懂得了人生，生命永远是强者的希望。

　　你也许上过大学，你也许没有上过大学，你也许在一所名牌大学读书，你也许在自考的队伍中求学。沈阳建筑工程学院的大学生每年在毕业的时候，每人都写一篇大学生活的总结，这是离别母校时的思绪、感慨，人生难得有这样的时刻，这里，汇集着每个大学生学习生涯的点点滴滴、篇篇段段，展现的是一幅幅读书人共有的思想画卷，使我们能够共同去体会大学生的心理变迁和成长的历程，透视大学生的憧憬、烦恼和思绪，了解大学生世界观、人生观和价值观的形成。大学，一种特有的校园文化，使他们从幼稚走向成熟，从幻想走向理想。大学学习生活的丰富多彩与酸甜苦辣，使他们在一桩桩小事中学会了自醒、自责、自强、自信，学会了生活的自理，懂得了父母的苦心和生活的不易；学会了如何与同学、老师相处，懂得了宽容和帮助；学会了如何面对困难、挫折和挑战，懂得了希望、坚强、创新和机遇；学会了如何实现人生的价值和理想，懂得了要为国家的振兴和富强去贡献自己的才智和力量。

这座曾经培养了一大批莘莘学子的老校园已经留给了记忆，一座现代化的新校园正在沈南大地拔地而起，但愿能为广大青年学生带来新的畅想和希望。

大学是一种文化，人生是一个过程，读过大学的人的人生在社会中将拥有起伏和富有厚度，没读过大学的人的人生同样也会是一个灿烂的过程，但大学为大学生步入社会构筑了一个平台和起点，人生在社会中又是一条轨迹。

这是一个了解大学校园生活的窗口，解读大学生成长心理的入门。

张福昌

2001 年 2 月

目 录

第一章
憧憬与现实

　　如果把人生比做一列飞驰的火车，永不停息地向前，向前，那么大学只是它所经历的一个车站，无论它美丽与否，都将成为过去。如果将大学四年比做一首歌，有人将它演绎成一段摇滚，有人将它低吟成一曲民谣，有人唱得激昂高亢，有人谱得低调苍凉……但无论是哪一种曲调和旋律，都具有其独特的魅力，拥有其独到的一面，吸引着你，吸引着我，吸引着他，吸引着每一个人去创造、欣赏，再创造，再欣赏……

　　谁不想多几分坦然，少几分遗憾，谁不想在海滩漫步之后，能捧起自己心爱的贝壳，那么，在我们的旅行之初，好好地准备准备吧！让我们一同走进大学生对大学生活的感受这本厚厚而凝重的"书"，来体味大学生们对十年寒窗的感悟、对人生新的理解、对新生活的憧憬和创造……

第一节　兴奋与茫然

　　很多人在儿时就曾编织过这样的梦想，成为一名大学生，步

1

入大学这个神圣的殿堂，这个让人魂牵梦绕和向往的地方。在花园般的校园中唱歌、跳舞，在浓郁的林荫下小憩、读书。他们接到录取通知书时，那份欢喜，那份解脱，无人能够体会。他们带着一份崇敬的心情，一双好奇的眼睛，一颗渴求知识的心，走进了学校的大门。这里，走进大学的人们思绪纷飞……

1. 人生路上的里程碑

大学，人生路上的里程碑，是每个渴求知识的人憧憬和向往的。在每个人的头脑里，都有自己理想的难以描述的大学模样，那里将不再有紧张枯燥的高中生活，而是远离城市喧嚣的一片净土，那里充满浪漫的美妙的猜不透的色彩，那里有美丽的校园、热情的同学、知识渊博的教授，那里有浓厚的文化学术氛围、宽松自由的学习环境……刚刚接到录取通知书的学生畅想着大学这个美好的地方，畅想着它的美丽与宽广，畅想着它的宁静与舒畅。当他们步入大学校门时，是几多感慨，几多情长。

● 记得高中的时候，我们都幻想大学的样子，在每个人的头脑里，都有一幅自己理想的大学模样，它有漂亮的教学楼，美丽宽敞的校园，温馨舒适的宿舍楼，我们不必整天在教室里看书，我们要参与许多课外活动，自己爱好什么就可以去做什么，再也不用听训诫。所以，我们期待大学生活的来临。大学的生活，一直是我憧憬和向往的，终于到了这一天，我接到了令我激动不已的录取通知书。我暗下决心一定不会让我的青春岁月去白白流淌，我要去美丽的沈阳，去大学，更进一步的学习和完善自己，更好的实现自己的理想。

● 当我背上沉重的行囊，满载亲人的祝福和叮咛踏上求学之路时，心中充满了憧憬和好奇，并掺杂着几丝茫然。在黑色七月的洗礼后，我曾无数次憧憬着美好的大学生活，那将是永远浪漫多姿的伊甸园，而不再是平淡无奇、紧张枯燥的高中生活。带

2

着这份美好的向往，我来到沈阳，来到了学院。

● 回顾从我跨入校园那天起，背井离乡，踏上了沈阳这座文明、充满沧桑历史的古老城市，并深深地为其具有浓厚文化气息所感染，也为校园的一切所吸引。回首往事，一切如在昨天，历历在目。

● 1996 年 9 月 7 日是一个令我永生难忘的日子，因为从这一天起，我成为一名大学生了，从小到大的梦想终于实现了。步入大学的校门，我的心情无比激动，校园中的每一处建筑，每一处景致都给我留下了深刻的印象。学院的礼堂古老、幽静、典雅，几分神秘，几分沧桑，仿佛远离城市喧嚣的一片净土。

● 学校古朴典雅的建筑风格，生龙活虎的同学给我留下了最初的印象，这就是我的大学校园，我梦寐以求的高等学府。在那时，自豪感和庄严感油然而生，我终于闯过了黑色七月，步入了这神圣的殿堂。

● 我不曾忘记四年前的那个深秋，当我第一次踏上沈阳这片土地，迈进建院的那份激动与憧憬。眼前的一切对于我是那么的陌生——美丽的城市，静谧的校园，还有那么多热情的老师和同学。我们寝室中八个人来自六个不同的省市，天底下还有比这更深的缘分吗？我们彼此互相尊重，互相照顾，组成了一个和睦的大家庭！每当我想起自己第一次操着那浓重的家乡口音在全班同学前做自我介绍时，每当我与同学们亲切交谈时，我心底就禁不住升起一种莫名的激动。

…… ……

牵牵绕绕多少情啊！

2. 走进梦想

大学，对每个没有来到大学的人来说，都是一个美丽而遥远的梦，终于有一天，梦想成真，心中那份高兴简直不知该如何表

3

达、亲人、朋友、同学的赞扬，众人羡慕的目光，所有的忧愁都一扫而光，带着家人殷切的希望和谆谆教诲迈进了大学的殿堂，当踌躇满志、满怀激情地踏入这座梦想的天堂，寻找着自己理想中学习、娱乐的象牙塔时，有的人猛然间发现理想与现实之间的差距居然很大！这里究竟是不是理想的天堂?! 多少茫然涌上心头……心理的失落久久不能挥去；有的人带着黑色七月的遗憾走进校园；有的人道听途说大学学习任务轻松，过着神仙一样的生活，没有找到新的支点，不自觉地放松了对学习的要求；有的人感到大学是一回挑战、一次机会，是一种文化、一个氛围，并利用这次机会为更好地适应未来而去充实自己、塑造自己。

● 当我走进大学校园却猛然发现理想与现实的差距是如此的巨大，脆弱的心灵一下子承受不了这么大的打击。心中是深深的失望，理想中的校园是多么漂亮，高大的建筑、幽静的林间小路、绿茵茵的草地、谈吐不凡的教授、孜孜求学的学子，那是多么瑰丽的风景，而现实却是如此的残酷，从梦想的天堂猛地跌到残酷的现实使我意识到自己的不成熟。

● 我刚刚经过千军万马勇闯独木桥的激烈竞争，我心中带着胜利者的骄傲和喜悦，从远离沈阳的福建风尘仆仆、充满激情地跨入学院的大门，因为我是土生土长的南方人，向往着北方那万里冰封的壮丽景色，想象着我心目中的高等学府：绿草茵茵，绿树成荫，有美丽的喷泉，有漂亮独具特色的校门，有宽阔平坦的运动场，有碧波荡漾的游泳池，有宽敞明亮的图书馆，有设施齐全的体育馆，有带草皮的足球场，有先进的教学设施，有舒适的生活环境，有丰富的课余生活……但这一切都像肥皂泡，被眼前所见击得粉碎，梦境中如诗如画的大学校园和生活被眼前这简陋的校园所取代了，心中的失落就别提了，久久不能回到现实中去。

● 因为以前听到的都是大学学习任务轻松，比不上高中艰巨，在心里不自觉的放松了对自己的要求，所以学习态度不认真，上课也没有太认真听讲。现在才发觉当初是个错误，知识是来不得半点投机的，必须要通过艰苦的努力，才能够学得牢，用得活。

● 过去，总以为大学生的负担较轻，可以有很多的兴趣爱好，个性能充分的发展，与校园外为了生活而忙碌的人们相比，大学生简直过着神仙般的生活。

● 进入大学才发现，随着时代的变迁，大学生的生活也在发生着变化，六十分万岁的时代已经过去，大学生也越来越多地背上了就业的压力。为了适应社会，我们要努力地充实自己，塑造自己。一切都不会改变，能改变的只有我们自己。适者生存，这是永恒的自然法则。大学，正是这样一个熔炉，我们在这里成长、成熟。

步入大学，他们喜于获得了自由，但同时，一部分同学又不知道如何去支配自由。

3．为我人生导航

大学的生活是无数青年人都憧憬的生活，因为大学在人们的心目中，它是知识的最高殿堂，是一个人充分发挥才能、展示才华的地方，步入了大学的校门，将意味着会获取大量的知识，将拥有大量的财富，生活将会变得更加充实，一生将会更加富有意义，正是由于这样，无数的有志青年始终锲而不舍地为之而拼搏，为之而奋斗。

然而，人的想象总是与现实大相径庭，大学毕竟是求知的地方，是国家培养人才的摇篮，校园内的一切都不是为虚度年华者而设计的，这所有的一切都是为求知的年轻人所提供的，为他们提供良好的求学、求知环境，以使他们顺利成长为现代化事业的建设者。大学之所以称为大学，并不在于她的大小，也不在于她

5

的外表，重要的是，他能给你更新、更多、更好的知识，重要的是她有一种充满活跃、开放、积极进取的氛围，她能教会你如何做人、如何行事，教会你如何做学问、如何锻炼，教会你如何与别人相处又去如何帮助别人，教会你身处逆境而坚忍不拔不放弃拼搏……

● 刚入学时我很失望，没有想象中的林荫大道、典雅的楼宇、优美的环境，似乎同"大"的名字划不上等号，眼前的一切都十分普通而陈旧，怎么看都不像大学样。但很快我就被新奇的大学生活所吸引了，观点也有了极大的转变。

● 记得刚迈入校门的那一刻，一种惊奇和向往充满了我的头脑，但随着时间的推移，这种想法也越来越淡泊，随之而来的是，我也越来越成熟。大学的校园，在我心中并不像一座象牙塔，而更像一个小社会，它教会了我如何在社会中做人，如何行事。

● 当太阳从东方升起的时候，学校的操场上留下了我的身影，回首时，操场不再如此狭小，因为这融入了人的情感。"学校的体育设施还赶不上原来的高中"，曾如此说，而今日方觉正是在这片土地上，自己的身体素质才有了较大的提高，也许应该学会去充分利用现有的条件。如果有条件，不会利用，条件再好，也仅是一种虚设。假如自己已经处于逆境，我不会因这而放弃拼搏。

● 记得还在高中以前的时候，道听途说的大学生活总是充满了浪漫与美妙的色彩，大学是人生的归宿，是奋斗的终结，能考上大学，就意味着这一辈子都有了依靠。而当我真正踏进大学校门的时候，才真正感觉到一切并不如人们传说的那样，这里只不过是个转折点，一样需要学习，需要拼搏，需要奋斗。

● 没有了高中时代的那种压抑的氛围，取而代之的是一种充满了活跃、开放、积极进取的气氛。漫步于校园，身边有几个洋溢着青春活力的学长欢笑而过，内心不禁被这种气氛所感染，情不自禁的也雀跃起来。经过困惑洗礼的我现在有了一种脱胎换骨般的感觉。这样自由的学习气氛一定不会将人的灵感抹煞，相反的会更多的挖掘出我们的潜力，将我们培养成为跨世纪的有文化、会做人、能办事、会健体的全面发展的复合型人才。

想象中的大学并不是现实中的大学，更多的抱怨无异于在消磨美好的青春年华，只有面对现实，实实在在的去学一些自己喜欢的东西。每个人都有一条属于自己的路。路的宽与窄，弯与直，都是你用自己的双脚走出来的。不要对自己脚下的路有所抱怨，如果有的话，也不该抱怨它，真正应该抱怨的是你自己。

● 入学伊始，刚刚踏入校门之时，见学校校舍简陋，设备平常，也曾抱怨，也曾灰心，也曾茫然……现在想起来，是学院救了我，于是心中不再有抱怨，而是对她一片深情。

● 刚刚步入大学的校门时，我还没有摆脱黑色的七月留下的遗憾，带着凄凉的心情，不愿多说话，有几丝强颜欢笑。在新生欢迎会上，也没有一点点的喜悦，反而有种想哭的感觉。不知是何时，听到一位同学说，"既来之，则安之"，既然来到了这个学校，学习了这个专业，就专心的学，不要再有什么悲伤，伤心也是没有用的。这几句话，虽说是极其平常，但对我的震动却是很大。人要以快乐的心情去面对现实，才能过得更好。我被这几句话感悟了，大家都能坦然地去面对这个现实，我为什么不能从黑暗中站起来，从痛苦中摆脱出来，还应该谢谢"既来之，则安之"。从此，我有了一个结论，只要你坦然、快乐地面对现实，你就不会被现实所击倒。

● 花开花落间，四年时光悄然走过，刚入校的情景至今历历在目，那时的我，第一次离家异地求学，心中忐忑不安，周围的一切都是陌生的，我有些茫然不知所措，加上心中对校园美好憧憬的破灭，使我灰心丧气。然而，没过多久，我便振作起来，同学们的真诚友爱、互相关心，老师的热情帮助，使我感动，丰富多彩的课外活动，使我从离家的不安中得到了宽慰。我不再茫然，我对未来的大学生活充满了信心，也充满了激情，我不再抱怨学校，它虽不是理想中的校园但它有着独特的美和可爱之处，这样，在良好的氛围中开始了我的大学生活。

● 俗话说得好"既来之则安之"，而且我们考入高等学府只是为了学习先进的科学知识，培养接受新事物、创造新事物的能力，而不是享受才来的，尽管学校的条件不怎么如意，但毕竟我们还能进行正常的学习生活，但条件因素毕竟是客观因素，主观因素还是在于我们人的因素，取得成绩的好坏主要还是取决于自己，课余生活的内容还要靠自己来丰富。所以随着入校时间的增长，我心中的失落和反差也渐渐地消失了。

● 想象毕竟是想象，它与现实生活有很大的差距，曾经有许多人都这么说过。当我步入这即将生活四年的学校时，才真正深刻理解了这句话的含义，当时的感觉像肥皂泡也破得太快了。然而当大学生活真正开始的时候，才使我们认识到，这才是我要寻找的真正的乐土，从军训开始就使我们体会到了校训"树优良学风，育一流人才"的真正意义，这才能填充我们初来时精神的空虚和大脑的空虚。

● 记得大一刚到校，看到学校的第一眼时，心里很失望。大学怎么是这个样子呢？跟我想象中的没有半点像的地方。慢慢的，我懂了：大学之所以称为大学，并不在于她的大小，也不在于她的外表，重要的是，她能给我更新、更多、更好的知识。老师们渊博的知识和生动的讲解深深地吸引了我。从那时起，我明白了，虽然我读过的高中校园比现在的学校还漂亮，但她已经不能再给我以更多的知识和能力，而这里却能让我学到我在高中永远学不到的东西。于是，对母校的感情一天天的加深，由原来的到处不顺眼到现在的难舍难分，原来的在他人面前自卑到今天的以母校为荣。今天，我就要离开你了，我要衷心的说声：谢谢您，母校！

● 虽然她没有美丽的外表，更没有著名大学那样有名气，她只是众多本科院校中的一员，但她是那样的质朴，用自己独特的方式教育我们、影响我们，使我们不流于俗气，而是能学到真实的本领。我能感觉到母校每一天都充满生机和活力。

● 刚入学，生活方式、学习方法都变了，很不适应，每天紧张而繁忙的学习，一点儿也没有感到大学生活的丰富多彩，结果期末成绩勉强过关。但随着时间的推移，我慢慢地改变了学习方式、方法，逐步适应了大学的生活，这才慢慢悟出了大学学习生活的乐趣。

刚入校面对着从中学到大学的重大转折，在转折过程中能否很快适应，是关系到我们能否顺利完成大学学习和生活的关键。

● 新入学，由于对大学生活的实际情况缺乏了解，只凭想象，构成了一幅大学生活的美好图景，很少想到不适应的一面，原以为事事如意，处处舒适。可是当身临其境时才感到不尽然。失去了中学的知音，新同学来自四面八方，无话可说，常有一种孤独、寂寞的感觉；大学的学习内容和方法不同于中学，感到心中无底，有一种恐惧感，精神生活的领域大大超过了中学，课外读物广泛，文化娱乐和学术活动多样。既感到新奇，又觉得眼花缭乱。各种知识信息冲来使自己有点无所适从，再加上刚从竞争激烈的高考场上下来，有一种疲劳的感觉。于是，"喘口气，松点劲"的思想就有了。但过了一段时间后，感到时间紧迫，遂根据大学生活的客观要求，全面调整自己的生活方式、学习方式和心理状态，确立了新的学习目标，保持了良好的竞争优势。

● 在大学里实行的是公寓制，所有的同学都必须住校。我从小到高中一直都是走读生，是初次体验这种集体生活的滋味。仔细回顾这四年来的宿舍生活，真的感到收获着实不小。我们宿舍八人，辽宁省内四人，省外四人，大家聚到一起真的不容易，当然，大家在一个屋里生活，磕磕碰碰的在所难免，一些小的不愉快的事情过夜就忘了。现在回想起来，真是没什么大不了的事情。想着在一起的日子你一言我一语的谈话，甚至拌嘴都觉得亲切。小小的寝室拉近了我们的距离，使我们八个人成了真心的朋友，它也教会了我如何与人相处。我觉得与人相处最重要的一条就是凡事多替别人着想。还有就是己所不欲，勿施于人。如能做到这两点，你的人际关系就会很融洽了。

第二节 人生关键的一步

告别少年时代，正值十八、九岁的年华，步入大学校门，世界观要在这里确立，合理的知识结构要在这里构筑，做人的道理要在这里领悟，人生旅途要在这里起步，大学生活对大学生的一生都有重要意义，是奠定一生事业的基础。人生关键的只有几步，要想有所成就，每一步都不能放松。大学便是关键中的关键。大学生活的足迹，对每位大学生的人生旅途都必然给予深刻的影响，切不可等闲视之。

有人说大学是知识的圣殿，也是人生的圣殿，在这个圣殿里，可以由昨日的无知少年变成了今日合格的大学生，可以使人生观和世界观得以健康形成，正是在这座圣殿里，可以学会人生中的许多第一步……

大学生活是严谨而神圣的，它不是高中生活结束后休息的驿站，可以随意放松、消遣，它是我们迈向人生更高起点的阶梯。青春短暂，如果不珍惜它，利用这美好时光去拼搏、创造，那么它就会转瞬即逝，所以再多的彷徨都不是理由。

1. 我是这样想的

来到这理想的王国，现实的景象及校园内的实际生活立即会给你上一堂深刻形象的思想修养课。大学是培养人才的摇篮，他具有培养人才的巨大优势。这儿不是你奋斗的终点，而是奋斗的起点；这儿不只是自由自在、轻松学习的场所，而是到处充满挑战，这才是你进入知识殿堂的大门。

有幸能获得求知良机进入大学的青年朋友应把大学时代看成是漫长人生道路中的紧要之处，时刻告诫自己，考上大学还只是开始，要靠自己的继续奋斗，去闯出一片自己的天空。许多人都这样说，进了大学就有了一张通行证，一张证明学历身份的通行证。其实这是不对的。大学只是给考上大学的朋友们提供了一个学习的机会。若不好好抓住这个机会，趁这大好时光学习本领，以后后悔都来不及。而大学的学习主要学会的是一种学习方法，一种处事方法。让我们听一听大学生朋友是如何想的。

● 当我第一次踏进学院大门的时候，我看到的是庄严的教学楼和郁郁葱葱的绿色，我发觉自己开始喜欢上这块并不算大的地方了。因为这毕竟是自己苦苦追寻的梦得以实现的地方。记得第一次班会的时候，每个人都畅谈了自己大学的想法与理想，当理想与现实之间存在差距时，如何缩短这其间的差距，这取决于个人的态度。有人说算了，做一天和尚撞一天钟，有的人说要做最出色的。其实，人生就好像一场戏，演员和导演都是你自己。

● 当初我一来到学院，就立志成为我们国家建设需要的跨世纪有用人才，并把这作为我勤奋求知、刻苦学习的思想动力，那时还树立起符合主客观条件的学习目标。当今世界，科学技术门类众多，科学发展的速度也越来越快。"他山只几日，世上已千年"，面对飞速发展，日新月异的今天，我们每个大学生都应当根据自己所学专业以及个人兴趣爱好，掌握学业的基础方向，树立长期学业的目标，一个人追求的目标越高，他的才干发展就越快。

● 回想刚入学，满怀热情踏入这块将度过漫长四年的热土，说实话，当时真有一种接受巨大挑战的心态，对未来四年大学生活充满信心。我曾告诫自己：这四年，决不虚度！也正是这股力量和勇气，支撑我度过最困难的时候。

● 报到的那一天，我就被高年级校友们的风采所打动：自信，一种充实的自信，在他们的言谈举止中流露出来。那时开始，我就告诫自己，一定要把四年的每一分、每一秒都来充实自己的灵魂、自己的精神。于是我就像沙漠中缺水的旅人见到甘泉一样投入到学习生活。

● 记得拿着录取通知书走进校门的第一天，对大学的一切都感到陌生，充满了好奇。以往的生活学习模式已经完全改变了，映入眼帘和头脑的是一种新鲜而生动的景象，似乎在预示着我要放松自己，改变自己，不再是为了考学而学习，而是用一种精神来设想未来。为了一个伟大的目标而去拼搏。学习是为了体验真知，是为了在以后的生活中体现自身的价值。大学是高文明场所，在这样的环境里，让我也领略了高文明的生活。

● 走进大学校门的第一天，我就审视着这里的人，这里的树，这里的水，这里的云……，审视这里的一切的一切，发觉她是那样的美丽。并立下誓言，要珍惜这来之不易的机缘，不辜负父母临行前的谆谆教导，好好学习，力争将自己造就成一名德智体全面发展的人才，回报父母和老师，为社会做贡献。

● 那天，当我提着行李步入学院的时候，我还是一个甚至连建筑学是做什么都还不清楚的孩子，在头脑中构思着那些无法预测的生活内容。但我心中有一点是明确的，就是无论学什么、做什么都要认真，尽自己的能力去做好。

● 初春的小草，需要阳光、空气、水分，也需要自己抵挡那清冷的晨风，这其中既有吸吮露珠的快乐，也有搏斗的痛苦。从我刚迈进校门的那一天起，还对眼前的所有事情感到新鲜好奇的我怀着一颗求知的心来慢慢的融入这一切。新的环境、新的气氛、新的学习和生活方式让我感到，要继续保持高中时代的韧劲和青年人的勇气，攀登这里的高峰，首要的任务是学习。学习学校教授的知识，学习独立生活的能力，学习学习的本领。

● 现在回想起来，发现大一是大学生活甚至是整个人生的举足轻重的转折点。这绝不是耸人听闻，因为大一是学习信心培养的重要阶段，只有基础打好，方能建起高楼大厦，这是最起码的道理。在大一我还有一种错误的认识，认为大学生活还有三年，考研这类事离我们还很远，现在还不着急，到大三时再努力也不迟。

● 回想刚入校时，自己以为经过四年的辛勤努力，进入大学的象牙塔，一切都完成了。可现实与理想反差是如此的巨大：入学成绩全班倒数第二，英语倒数第一，巨大的自卑感一下笼罩着我全身。但我相信自己的能力，越是困境越能向上，世上没有不能克服的困难。

● 经过四年大学的反思，我在想：要是我重新入大学，我该怎么打算呢？我会义无反顾地投入到学习、学习、再学习之中去。我想学的不仅包括课堂上知识，还包括课外要学的。认真去听老师每堂课所讲的内容，把所布置的作业认真独立完成，我想课堂上要学的东西花这些时间已经够用了，剩余的时间，我会安排自己去多看看计算机方面的书籍，能提高外语阅读能力的书籍，还有许许多多与本专业有关的课外书籍，这些我认为仅次于课堂所学的。在所学之外，当然也需要丰富自己的业余生活。我认为业余生活中玩扑克是最没有意义、最浪费时间的消极娱乐。

● 经过这几年，感到自己在学习理论知识方面还算可以，基本上找到了一种适合自己的学习方法，而在实践方面，感觉自己还有些欠缺。经过多次的去现场实习，自己在这方面有了不少提高。仍感到有些不足，这或许是我们平时接触实践较少的缘故，以后应该多多加强。

2. 毫厘之差 人生千里

人的成功与否，不仅与他的智力有联系，与他的思想观念往往有更大的关系。思想不同、观念不同、经历不同，即使所处的环境相同，也能产生截然不同的结果。大学是青年佼佼者汇集的地方，这里充满着竞争的活力，这里为今后投入到市场经济大潮中提供着最好的锻炼机会。竞争能产生压力，竞争同样会带来动力，竞争会使大学生朋友共同成长和进步，只要有拼搏不惜的精神，就会在竞争中不断提高能力。

一位同学这样写信给他的同学："我的确忙忙碌碌。早该出战场了，可我还像个新生。充满了热情，穿梭于校园的各个角落。想象着你正在花前月下与人谈论爱与不爱的问题，我却苦思冥想商品经济冲击下校园之外的走势；你正因为感情的波澜而辗转反侧时，我却在走廊昏暗的灯下赶写一份调查报告。我们度过了相同的时光，我们各有所获。"

是的，"各有所获"，但是，一生的事业中所托付的重要阶段若错失了过去，那么，将一失足成千古恨！因此，迈出每一步时一定要思之又思、慎之又慎！

下面是几位同学的不同经历，他们的追求不同，最后的发展结果和未来却截然不同，正所谓"毫厘之差，人生千里"！

这是一位入学成绩很高，始终不放弃竞争同学的自述：

● "我自知很平凡，却不甘愿平庸；我自知是一根渺小的野草，却不曾放弃参天的向往。生来没有树的高大，但我的天空比树的高远；生来没有树的伟岸，但我的天空比树的宽广……"，他引用了这样一段话来表达心声，作为对他的经历的一个小结，

14

也作为继续前行的动力。他一直认为自己很普通、很平凡。上天并没有赋予他什么天分，要说有的话，他感到惟一值得自豪的天分便是勤奋和吃苦耐劳的品性。

四年前，命运和他开了一个玩笑。极喜欢化学的他在众人的殷切期望中令人失望，更令他失望的是仅因九分之差与武汉某重点大学擦肩而过，来到了沈阳一所普通高校，而在这里，他又未能学到想学的专业，他的人生轨迹因此而改变。"像许多和我有相似经历的同龄人一样，我也曾后悔，也曾灰心，也曾消沉。但是在老师和同学们的帮助下，我渐渐明白了这样一个道理：世上没有一帆风顺的人生，也没有寸步难行的路程；不要把一切都看成鲜花，也不要以为门外一定有风有雨。是的，我跌倒了，但是，我就甘愿永远趴在地上吗？不，那不是我的秉性。我的世界里不应该只有失望，还应该有希望，哪怕只有一点点。所以，我要靠自己的努力重新站起来，把自己面前的路走下去。"正是在这种信念的支撑下，他度过了平凡而充实的大学四年。

四年前，当他怀着无限的憧憬走进梦寐以求的大学校门的时候，和众多大学生所经历过或正在经历的一样，也对大学的一切感到新鲜和好奇，但更多的是不知所措，无所适从。大学究竟是什么样子的？他这样问自己，也问过别人。"大学里很轻松啊，没人管，看武侠言情，看电影，玩电脑……随便你怎么做，考试呢，六十分万岁"，有人这样回答他，他曾经对此深信不疑，因为在大学里确实有很多人正在这样实践，更何况在高考备战的艰苦日子里，用心良苦的老师们总是这样苦口婆心地劝告时常开小差又不知酸甜苦辣的挤独木桥的人们。也有人这样回答他："大学可能是你由学生时代走向社会的最后一站，在这个阶段里，不仅要把自己的专业知识学好，而且还要注重自己各方面能力的提高。"经过思考，在两种回答之间，他选择了后者，他的大学生活因此有了目标，"在大学四年里，我不仅要刻苦学习专业知识，而且要找机会锻炼自己，提高自己各方面的能力，将来还要考取硕士研究生。"他不再彷徨和犹豫，而是为了既定目标而努力奋斗，尽管他不知道自己是否有能力去实现自己的目标。

在别人欢度节假日的时候，他一个人在冷清的自习室里学习；在别人安然入睡的时候，他仍旧在挑灯夜战……他后来回忆说，"不是我不想在周末痛痛快快地玩一场，也不是夜深了我睡不着，而是因为"天道酬勤"的古训一直激励着我，因为我觉得我很年轻，有很多事情可以去做。我拥有什么？我时常这样问自己。这世界天不是我的，地也不是我的，就连自己的生命不也是父母所给予的？那我还有什么？有，当然有。我有顽强的斗志、生机无限的青春和孜孜不倦的脚步，这也是惟一属于我自己的东西。所以我绝对不可以让自己无所事事，我不能自私地只顾自己一时的快活而忘了自己身上的责任，除了自己，我还有父母亲朋，还有这个国家、民族和社会。"在他的努力下，大学四年里，他的学习成绩一直稳居专业第一。

虽然他学习很刻苦，学习成绩也很好，但要申明的是，他并非书呆子。"在业余时间里，我会练练字，到外面去拍几张照片，欣赏欣赏漫画大师的作品，剪剪报纸，打打羽毛球等等，这些不仅是我苦中取乐的源泉，而且也是我在紧张枯燥的学习中调整学习状态的润滑剂。在业余时间，我还担任了一定的社会工作，曾先后担任院学生会宣传部委员和院学生会学习部部长。这虽然占用了我的业余时间，但是在工作的过程中，我学会了怎样做人，怎样去思考问题，发现问题，解决问题。尤其重要的一点是学生会的工作培养了我认真负责的态度，'要么不做，要么尽自己最大的努力去做，并力争比别人出色'，在不知不觉中成了我做每一件事的原则。"他曾经为了办好一份《寝室导报》而在寝室走廊昏暗的灯光下坚持做到深夜十二点，也曾为了一个不明白的小问题而冥思苦想到凌晨三点钟。不是为了逞能，而是骨子里有那么一股认真劲。

也许是应验了"有付出就会有收获"那句话，学院对他的努力给予了很多的荣誉。大学四年里，他连续三次获得院优秀学生一等奖学金和三好学生称号，被评为院十佳学习标兵和十佳大学生，院优秀毕业生和省优秀毕业生，院优秀大学生共产党员和市委科教工委优秀大学生共产党员，省三好学生和三好学生标兵，还曾经代表学院参加了清华同方与建设部高等建筑环境与设备工程学科专业指导委员会共同举办的"人工环境工程学科奖学金"的评比活动，等等。所有这些荣誉都是对他四年来所作努力的肯定，但是他却把这些荣誉当成是对自己的一种鞭策，激励自己前进，警告自己不要自满。

刚入大学的时候，他很内向，很害怕在大家面前讲话。"记得大一竞选班干部的时候，我在台上一句话也没有说出来。从那时侯起，我把这一缺点作为重点来攻克。为了实现这一目标，我做了很多以前从来不敢想也不敢做的事情，曾经参加过系里的英语演讲比赛，曾经主持过英语俱乐部的活动，曾经在系里的学风建设大会上向同学们介绍自己的学习经验……"经过四年的锻炼，他已经有了很大的进步。

谁都知道，豆腐不能用来打铁，将来能够让青年大学生成功的归根到底是要在日常生活中拼尽全力地充实自己，所以有意义的人生是在水滴石穿般的积累中沉淀出来的人生。其实，人们的大脑在生理结构上没有本质的差别，大学生所受的社会教育也没有天地的悬殊，展现在人们面前的世界也是相同的，不同的是青年朋友对待这个世界的态度，因而也就有了不同的人生观，世界观和价值观。悲观还是乐观，失望还是希望，往往就在一念之间。只要用心去做，很多东西，诸如勇气和信心，其实很容易拥有。

"书山有路勤为径，学海无涯苦作舟"。大三下学期，他选择了考研这条道路，这是他由来已久的愿望，并非一时的冲动，也不是随波逐流之举。经过将近一年的精心准备，他终于如愿以偿，以优异的成绩考取了自己喜欢专业的研究生。"像其他考研的同学一样，我付出了很多，也牺牲了很多。令我欣慰的是，我实现了自己的目标。欣喜之余，我清醒地认识到，我的下一步会很艰辛，我不知道我会不会走的很好，但是，为了我自己的选择，我会一步一步地走下去。尽管我的脚步会有些歪斜，然而我相信那每一步都将是坚实的。"

下面是入学时各方面都很普通，但敢于面对困难，勇于竞争的另一位同学四年大学生活的轨迹，朋友们听了后，也许会有另一种新的启示。

● 一九九七年九月，当我满怀着憧憬走进梦寐以求的大学校门的时候，和绝大多数同学一样，我希望自己的大学生活能够很充实很精彩。怀着这样的一种心情，我开始了自己的大学生活。有憧憬就会有困惑，看到身边的同学都很优秀，我也曾自卑，也曾感到迷茫，但是我没有就此停止自己前行的脚步。我把自己的困惑求助于老师、学长和老乡，从他们的话中，从他们的身上，我对自己的大学生活有了一个逐渐明朗的构想。经过两个多月的思考和摸索，我初步为自己的大学生活勾勒出了一个蓝图，并在以后的学习生活中逐步完善。现在我已经是大学四年级的学生了，我的大学生活即将结束，回首过去的岁月，我没有后悔，也没有觉得遗憾，因为我的大学生活蓝图已经基本实现。

他的大学生活蓝图包括以下四个方面：第一，树立正确的世界观、人生观、价值观；第二，学好自己的专业知识；第三，锻炼自己各方面的能力，争当学生干部，参加社团活动；第四，走出校门，积极参加社会实践，勤工俭学等活动，认识社会，了解社会。大部分同学可能觉得是唱高调，很不喜欢听这些，其实当时的他也有过这样的想法，但是他很快明白，每个人都有自己对事物的看法，都有做事情的原则、方法和态度，说白了也就是世界观、人生观、价值观，只不过同学们没有把它上升到理论高度而已。学生的主要任务就是学习，而在学习的过程中，也就为自己将来的事业打下了基础。他的目标是考研，为将来的发展做好知识的积累和铺垫。因为大学是从学校走向社会的最后一站，大学生惟一能做的就是在这四年里尽自己最大的可能去充实自己，完善自己，做自己以前没有想过也没有做过的事情。有想法就得有行动，否则便成了语言上的巨人，行动上的矮子。

●"大一上学期，在班委竞选会上，我跃跃欲试，然而，在与众多优秀同学的竞争中，我落选了。我很失望，找到了老乡和学长。他们鼓励我不要灰心丧气，以后还有机会，现在没有选上也好，趁此机会好好地适应大学生活，把学习搞上去"。于是他静下心来，全力投入到学习中去，同时也在探索自己在大学里的学习方法。刚入校的时候，他和每一位新同学一样，对大学的学习生活感到无所适从。没有了老师父母的千叮咛万嘱咐，也没有了老师们的严格监督，很容易放松自己，有的同学就此而放弃了进取，变得漫无目的，变得喜欢随波逐流。其实，只要静下心来想一想便会发现，大学生活的最大特点在于做每一件事情都得靠自己去思考、去争取、去奋斗。

●"大一下学期，我加入到竞选学生会成员的行列中去。我想，经过一个学期的努力，这回不会再名落孙山了吧。但是，我又一次败下阵来。我冷静下来，经过分析，我意识到自己的能力还很欠缺。怎么办呢？我必须另外找一条路来锻炼自己。"经过思考及在学长们的建议下，他选择了加入文学社团这条路。为了抓住了这次机会，他递交了两份比较满意的文学稿件，来表明自己的爱好和优势，经过努力，最后他如愿地成为了文学社团的负责人。他很珍惜这次来之不易的工作机会，投入了极大的热情，还时常提醒自己为何工作，因此能保持旺盛的精力去工作。为了扩大文学社在校际间的关系和影响，他和其他同学共同努力，与其他院校文学社团建立了共建关系；还邀请来了电台节目主持人做文学讲座等等，为文学社团的发展壮大做出了很大的贡献。

●"由于在文学社团做出了很多创新，后来还担任科技协会的会长。并计划召开科技成果报告会，在短短的两个月之内，这对于还不太清楚什么是科技，科协能干什么的学生来说，无疑是一件难度很大的事情。而且，我们没有现成的经验可以借鉴。我们几乎要放弃了，但是想到自己身上的责任，我还是坚持下来了。做模型，画图纸，写论文，忙得我们焦头烂额。令我们欣慰的是，报告会开得很成功，受到了院系领导的好评。这让我体验明白这样一个道理：凡事不要轻言放弃，只要敢于探索，终会有结果的。在科协里的工作，培养了我实干的精神和一种责任感。"在他的不懈追求下，终于成为了一名学生会干部，他带领社团部的成员以社团为窗口，开展了"社团月"系列活动，创办自己的社刊、出版学生科技论文集，开展精神文明建设活动，成立摄影协会、模特队，取得了良好的收效。

●"同时，我很珍惜每一次的社会实践机会，去做不同的工作，从不同的角度去认识社会、接触社会，体验生活。我上过自来水厂的工地，与工人一起铺设水管；我做过家教，学生进步不小，学生家长很满意；我作过人寿保险公司的推销员，有一定的业务成绩；我作过社会调查，对几个高校的学风建设、新生教育情况进行调查，为系里作建议。通过社会实践我收获很大、成长很多"。虽然他做了很多的学生工作，占用了不少学习时间，但是他处理好了学习和工作的关系。工作中占用的学习时间就会挤出来弥补。在他的努力下，不仅较圆满完成了工作，而且学习成绩也很好，获得院一等奖学金一次、二等奖学金两次，而且还被评为系十佳大学生和院十佳优秀学生干部。所在的寝室三年来一直是百佳寝室，并光荣地加入了中国共产党。

在同一起跑线起步后，随着时间推移，个人努力程度不同，付出辛苦不同，精神状态不同，奋斗目标也包括价值观的不同，会逐步产生差异，这是一种必然。有些同学放纵自己，没有理想、没有方向，只享受人生，出入饭店、影院、游戏厅，或沉浸于爱河中，自甘落后甚至于退学回家"告老还乡"。这不是危言耸听，这也是老师、家长、本人都不愿看到的。一旦发生，只有无奈和心痛。

这是一个学习后进生的独白：

● 走进大学校门后，我的学习目的不明确，没有更高的奋斗目标，思想空虚，日子得过且过，没有危机感，再加上听了一些人灌输的不正确思想——"大学很轻松，平时不用学，期末冲刺就行，轻松过关"，这些更麻痹了我的思想。

● 这些认识上的偏差导致我贪玩，上课效率低，说话、走神、睡觉时常发生，有时还旷课，课后作业不会做，不思考，抄袭他人作业应付老师，一次次累积，最后什么也没学会。自习时间，尤其是晚自习的时间不能得以保证，最关键的是自学和消化过程没有了；不努力，不学习，不实践，半年后学习能力仍然没有提高，高中时的水平都保证不了，不能适应大学的学习生活。无聊中经常去网吧虚度时光，主要是聊天，打游戏。补考出现后，仍然没有认识到事情的严重性，存在侥幸心理，努力不够。现在回想起来，对不起父母的养育，对不起学校的培养和老师的关心。四年中，有多少本该挽留的没有留住，有多少本该争取的没有努力，有多少既定的计划被懒散无情地删去，还有多少美丽的刹那还未开始便匆匆结束……

人生的道路是漫长的，但关键处却只有几步，而对于每一个步入了大学校门的青年朋友来说，大学四年无疑更是关键中的关键、对于一个人的一生来说，四年光阴很短，只能算是一条直线中的一小段，大学四年生活对大学生来说，太重要、太宝贵、太值得珍惜了。它可以把你从一个稚气未脱的孩子培养成一名具有一定专业知识的国家技术人才，让你走向成熟、走向社会。也许，人生有许多美好的事物都来得太早，在还不懂得珍惜、还没学会把握的时候，就已经来到了你的身边。等你懂得了，学会了，也失去了拥有这些美好事物的权利。

大学给我们提供了一个比较公平的竞争环境。思想的进步、学习成绩的取得都应靠自己的勤奋付出，切不可投机取巧，更不应把社会上一些庸俗的作风带到大学校园，这些不但不能增强你竞争、创新的实力，相反却只能消磨你的意志和生命。当然，面对众多的竞争对手，可能会有挫折、可能会有失败。对此要做好充分的心理准备，又要坚信失败后面一定有成功。

3．静听学兄学姐的声音

大学生是时代的象征，作为一名大学生应具有强烈的时代性。要适应社会的发展趋势，就必须在学习的过程中打消停顿、满足，去积极追求、不断的更新观念，使自己的思想道德修养在渐进渐变中，真正有所进步，真正有所收获。使自己成为时代需要的合格人才。

也许你小时候总觉得妈妈特别麻烦，整天絮絮叨叨，又是饭前洗手，又是饭后漱口，又是玩时小心早回，总觉得母亲是世界上最烦的一个人，可当你真正长大了，回头看看过去走过的路时，才发现母亲的话虽重复了许多遍，却无一废话。只是因为你当时太小太自负太轻狂。不听老人言，吃亏在眼前。其实，听听过来人的话对青年朋友会有所收益。我们的时间只有那么一点点，我们的精力只有那么多，我们的机会也只有这么几次，与其自己在茫然中摸索，不如静下心来，听听学兄学姐的声音……

●随着时光的推移，兴奋的心情逐渐趋于平静，此时感到大学已不是自己想象中的那样，他跟高中是完全不同的，我开始对大学生活重新进行认识，明白了自己该干什么，并且怎么去干。在大学期间，不仅是学习专业知识的时候，而且也是为自己其他能力提供了培养的机遇，经过一段时间的沉思，我为自己确定了新目标。

● 人的一生并非永远是艳阳高照，时而凄风冷雨，时而阴霾满空。但正是这些不同的境遇点缀着人生的色彩。绚烂多姿的大学生活是人生旅途中的一步，自然会有类似的情况产生，而大学本身就是一个小社会，在这天之骄子充斥的世界里，不仅可以学到丰富的自然科学知识，同时也会对人人都应具备的处世哲学有一具深刻的认识。

● 大学不是养老院，我们到大学来不是为了休息，我们还有艰巨的学习任务。我们必须付出辛勤的劳动才能获取各种知识，才能适应以后工作的需要。认识到了这点，端正了对大学的认识，对我们的学校自然就有了正确的认识。我们学校虽然不大，不像某些学校那么漂亮，但也宁静、整洁，学习环境良好；虽然不像名牌大学那么声名显赫，但一样有知识渊博的教授、讲师。在这里只要你付出了就能取得应有的成绩，汗水决不会白流。我们校的毕业生在许多工作岗位上的表现不比名牌大学的毕业生差。认识到了这些，自然就能端正学习态度了。大学生活时期，这一特殊的人生位置，要用理性的头脑认识自己的人生位置，以理性的分析去面对人生的选择。

有些青年朋友一旦上了大学，却不肯再动脑用功读书，有些考入普通院校的大学生往往会抱怨命运不佳，自暴自弃等等，有这些种种想法的大学生，实在愧对了大学，愧对了这个人生的黄金时代。如果你自认为身处逆境，也并非全无益处，要依照对环境和自身自觉认识水平，确定一下大学四年的目标，如果你自认身处顺境，就要保持认识上的自觉，就要充分利用有利环境，抓住良机，发奋不已，切忌放松对自己的要求，使时间白白浪费。

进入大学，只要不泄气，勤奋刻苦、抓紧有限大好时光，去完善自己，就能成为合格大学生；如果谁游戏了大学生活，谁就会被生活所游戏。大学生活里必须努力去做可以做的事情，这是一种选择、一个目标、一种奋斗。生活不可能是弱者的天下，正如船在急流中前行，没有了动力和目标，它就只有被急流冲走。每个人有每个人的理想，每个人有每个人的目标。你的呢？赶快写下来并为之奋斗吧！

学兄学姐毕竟是过来人，他们已经看透了许多我们正在雾里看花的东西，但同时，每个人在论述客观事实时又不可避免的带入了自己的感情，所以，青年朋友一定要辨听"老人言"。

第三节　成熟之程、起航百事

当青年朋友背着背包走进大学校园时，是带着一种喜悦和不安的心情而来的，缘分天定，在他们填下高考志愿时便想与他们结缘的学校到底是什么样子呢？不安的心很快被新奇和忙碌而代替，迎新晚会、开学典礼、军训等活动塞满了每天的生活，这就是开始吧！忙忙碌碌中就开始了新的大学生活。

1．难忘的大学之初

带着向往，带着激情，走入大学校园。然而，万事开头难，上大学也是如此，这时老师的指导，同学的帮助，将使"疑无路"的同学"柳暗花明"，因而也将终身难忘。

●老师，是你教我走出心中的藩篱。一支粉笔，点播知识王国的迷津；一块黑板，记下了老师的无限深情；一个讲台，映着老师的艰辛；三尺教鞭，指点通向理想的道路。您不是演员，却吸引了我们饥渴的目光；您不是歌唱家，却让知识的清泉叮咚作响，唱出迷人的歌曲；您不是雕塑家，却塑造着一批批青年人的灵魂。不管是白昼还是夜晚,我都会在心中珍藏着您给予我的那片燃烧的阳光。我将为这珍贵的拥有而永远骄傲!

● 那以往的同窗生活,是一串糖葫芦,那迷人的酸和甜,将永远回味不完。,但愿相忆莫相忘!幽怀几许总难忘。聚也不是开始,散也不是结束,同窗四载凝成的无数美好瞬间,将永远铭刻在记忆之中……

● 刚到大学的那一刻,让我最为感动的是老师们热情的接待,同学们亲切的笑脸,让我一下子融进一个暖融融的大家庭,那种离家后一个人独自走天下的感觉消失得无影无踪。让我感觉到我有一个温暖的大家庭,一个比家更温馨、更浪漫、更美好的"家",我珍爱这个来之不易的"家"。走进大学校园,那一排排葱郁的树木,那优美的环境让我流连忘返。

● 刚入校时,我和许多人一样带着父母的期盼、亲人的嘱托,也带着自己的一份自豪与惊奇,迈着喜悦的步伐走进了建院的大门,迎接我的是老师的笑脸,同学的关怀,使初次踏入异乡的我立刻感受到了集体的温暖。

● 刚踏进大学校门,犹如进入一个崭新的天地,既有兴奋满足,充满信心,奇异的憧憬,同时,也有因对大学生活的陌生和不适而产生的困惑、迷茫,甚至苦恼、不知所措。是系里老师的谆谆教诲及辅导员老师的及时正确的引导使我尽快地进入新角色,翻开了人生中最瑰丽的篇章。

● 也许是同学们的热心帮助让我感动,也许是老师们的悉心教导让我震撼,也许是院系领导的关怀让我落泪,不知从何时起,学院已成为我心中家的代替词。

● 背起行囊,带上亲人朋友的嘱托步入大学,我开始了四年的大学生活。面对接待同学的热情笑脸我终于卸下了初次离家的忧愁有了一种宾至如归的感觉。以前我从来没有住过宿,也未有长时间离家寄住的经历,今天是我走向生活自立的开始,一切都要自己自力更生，没有父母的殷切呵护，没有朋友的一再容忍，我真的是要改头换面了。

● 记得那年我们刚刚步入大学校门，陌生的城市、陌生的校园，让我曾一度觉得茫然而不知所措。从最基本的日常生活开始，处处都碰到困难，那时真觉得一下子从老师、父母的掌心中跌了下来，疼痛之余发现自己竟是如此脆弱，如此的依赖身边的人。可是没过多久，周围同学的热情帮助让我重塑了信心，接下来便是四年的朝夕相处，让我真正懂得了：每一个同学都如一本书，只要真心去读都会发现其中的珍贵。

● 刚入学面对一个陌生的环境，如何适应环境是我大学生活的第一个问题，气候变了，饮食习惯变了，作息制度变了，而且头一次离家到那么遥远的地方求学，思乡之情每到深夜便愈加强烈。在那艰难的岁月里，我除了自身努力摆正姿态，使自己尽快适应环境外，我得感谢我的师长和同学，是他们陪伴我渡过那段困难的日子。在跨入大学校门之前我从未离开过父母独立生活过，但一下子来到这离家千里的城市，确实使我有些茫然不知所措，然而在我踏入校门开始事情并非如想象的那样，在老师和学长的帮助下很快就安顿好了，同学的热忱消除了心中的陌生，拉近了彼此的距离。

2. 我是一个兵

军训，走入大学生活的第一课。军训加快了新生从中学到大学的角色转换，为他们日后更好地完成大学任务打下了坚实的基础。通过军训，促进了新生德智体的全面发展，培养了良好的组织纪律性和勇敢顽强、坚忍不拔、吃苦耐劳、不怕困难的精神；培养了团结友爱、互相帮助的集体主义精神；锻炼和增强了体魄。所以很多大学生在回忆起大学生活时，常常以"我是一个兵"而自豪。

● 四年之后或若干年之后，别的记忆有可能被磨平，但是军训却永不褪色似的永久的停留在我们记忆的深处。

● 给我印象较深的是刚入学的军训生活，虽然只有短短的两个星期，却为以后的生活铺垫了道路，它使我们很快地融进了集体，增强了集体荣誉感，严肃的生活作风和严格的作息时间，使我们能够从小事做起，"勿以善小而不为，勿以恶小而为之"。

● 军训中的一些花絮给我们的大学生活增添了不少有趣的回忆：为了达到内务整理的要求，寝室晚上几乎没有人盖被子睡觉，因为迭出符合要求的被子需要耗上二十分钟或半个小时，而且为了有豆腐块的效果，盖被子的布帘下还要摆两本书。

● 刚入大学时，还带着中学生那种未脱的稚气及对未来美好的憧憬。很快入学时的喜悦便被严酷的军训打得无影无踪，每天只剩下一个累字。虽然累，大家在一起的感觉却很好，你一首我一首的军歌唱个不停，嗓子都喊哑了，唱哑了。最令人激动的就是会操表演了，当我们整齐划一的从主席台前走过时，心中很是骄傲自豪，觉得自己有一个强大的集体，但最后我们没有拿到名次。不过失落的情绪很快就被欢送教官晚会的气氛所打消。大家争先上来表演节目，气氛热烈，现在想起来还令人兴奋。

● 弹指间，时光已滑过好几年，军训已在我们心中渐渐远去，但是那段日子却永远留在我们心间，永不泯灭，不仅因为它独特、新鲜、刺激，更因为它使我们受益匪浅。

● 不能否认，训练是枯燥和艰苦的，但它锻炼了我们的毅力和意志，使我们有了责任感，对集体，对民族，对国家，那是我们心灵的一次净化和升华。

● 军训的直接作用是把我们考上大学后该放松一下的念头用军人的意志来冲掉，使我们能直接投入大学新的生活。

● 军训的日子是很值得回忆的。在那段时光，说实在的，苦是吃了不少，但我们的同学最终还是挺过来了，在高中因强化学习而下降的身体素质又恢复过来，同学们严格要求自己，遵守纪律。同时在军训过程当中，我们增强了同学之间的友谊，培养了自己的一种坚韧不拔的毅力，学会了在艰苦的条件下适应环境，学会生存。其次，通过军训使我们集体的凝聚力增强了，军训还改变了我一些养成的不良习惯，这些一直影响着我这四年的大学生活。总之，十几天的军训生活使我受益匪浅。

● 入学后，紧张的军训生活开始了，有规律的训练生活，大强度的运动，累得我连想家的时间都变少了。开始的时候我还抱怨单调枯燥的军训有什么用呢，后来我发现了自己发生了很大变化，就拿简简单单的整理内务来说吧，真没想到连怎样铺床叠被子，怎样放毛巾、牙刷都要学习。当自己学会之后，心里那种喜悦也是那么难以表达。每次打电话给家里，我都会滔滔不绝的给爸、妈讲很多我新学到的东西，妈妈也会在电话那头与我一起分享快乐。

● 四年了，难忘的回忆实在太多，越是难忘的越爱去回忆。刚入校时的军训，烈日炎炎，烤得我们发晕，教官表面上的冷酷与内心的关爱，让我们深受感动。还清晰的记得欢送教官晚会上的一幕一幕，那雄壮的军歌现在还时常在我耳边响起，黝黑英俊的教官，不知我们是否有缘再相见。军训生活——深刻而又难忘，虽然它只有短暂的几天。

● 走进大学，一开始就是紧张的军训生活。在军训过程中，整理内务是对我们很好的锻炼。以前在家时，不是父母帮助，就是乱堆乱放，可是军训要求特别严，各种物品要摆放整齐，被子要有棱有角，不过这并没有难倒大家，可见人只要努力，什么事都能做好的。最紧张的就是紧急集合了，半夜的时候听到哨声，三分钟内就要到操场上集合好，真是累坏了，在军训的这段时间里，虽然很累，却增强了我们的体质，磨炼了我们的意志，增进了同学之间的感情，从最初的陌生到相互了解，彼此帮助，使我们受益匪浅。

　　优雅、单纯仿佛是初入大学时的真实写照。那时的同学们宛如一块温润的玉，光滑而圆润，却经不起磨损，可是挫折是不会择人而遇的，越是回避，矛盾越多。在军训场上的跌、打、滚、爬中，同学们渐渐地领悟到了挫折的内涵，感受到战胜每一次挫折后的欣慰与荣耀。每个人的成长经历中都会遇到不同的困难，而刚刚走向自立的同学们在大学生活中遇到的小小挫折则会给他们以很大的启示。回首往事，每一个走过的脚印里踩下去的都是挫折与困难，正是每一次经历挫折才让同学们脚踏实地走完了大学的历程。

第二章
冲突与困惑

　　走进大学，来到了新的校园、新的环境，认识了新的老师和新的同学，开始了一切全新的大学生活。曾把大学想象成美好伊甸园的莘莘学子们，经过了十余年的寒窗苦读和黑色七月三天的痛苦煎熬及半个月的焦灼等待，终于盼到了那期望已久但并不一定理想的大学录取通知书，带着几分兴奋、几分冲动、几分向往、几分疑虑来到了校园。再没有了班主任老师看管着学习、自习，也没有了任课教师的随时辅导，更缺少了身边父母无休的唠叨，自主了？自由了？当刚刚到校后的新鲜感逐渐消退之时，当一切都将由自己做主之日，他们茫然了，理想与现实的冲突引发了新入校大学生们生活与学习的困惑。让我们来看一看走过四年后的毕业生们是如何回忆自己的冲突与困惑，又是如何面对冲突与困惑的吧。

第一节　一切从不适应开始

　　大学生活是美好的，也是很多年轻人向往的，走进象牙塔，去实现心中那美好的梦，憧憬着、想象着，当你真的踏进大学校门的时候，一切都那么真实的摆在了你的面前，你准备好了吗？你知道大学应该如何度过吗？大学还是你心中那美丽的梦吗？不是每一个人都能走好迈进大学的第一步的，一切都从不适应开始，又将在适应后结束。如何能使自己的适应期缩短些，更快的适应大学生活。听一听毕业生们为我们讲述了一些什么，或许对你、对他都有好处的。

● 无论在小学、初中乃至高中，听到最多的就是考上大学，想的最多的也是考大学，而缺乏更高的理想抱负，至于上大学为了什么，特别是考上大学以后怎么办，都没有去想。一直没有离开家的独生子女，当他们真正开始独立生活的时候，很多的不适应便开始了。我从茫然中走进了大学，理想中的美好与现实反差很大，一直我无法适应这种生活，学习、作息全是自己掌握，住在寝室像关在鸟笼一样，处处受到限制，远离父母时常让我产生一种孤立无助的感觉。学习没有动力，可第一年基本都是基础课程，这些基础课我学得很差，以至于以后的课总有一种跟不上节拍的感觉，就这样浑浑噩噩中度过了最痛苦的一年。

● 我在高中时我一直都认为大学是一个天堂，在那里只有放松，没有紧张的学习。因而在初入校门之时，由于没有高考的压力，没有老师的叮嘱，没有家长的教导，完全要靠自觉，这对于我来说很不适应。一切都与过去的生活冲突着，一切的一切都是那样的陌生，环境是新的，同窗学友也来自祖国四面八方，呼吸的空气似乎都失去了支撑。于是，最初的那一段时光，盲目地放纵着自己的生活，挥霍着宝贵的时间，因为耳边响起的只有空虚的欢声笑语，手中忙着同高中学友联络感情。几乎陷入了学习的沼泽，后来在老师和同学们的帮助下，才及时地回到正常的生活轨迹。在这里不思进取，贪图安逸享乐不仅是错误的，更是可悲且危险的！在这里酝酿着新的激烈竞争，一种关系到个人、家庭和社会的竞争。优越的学习环境，是为了让我们更加广泛、便捷地汲取知识，充实自我，为社会培养一批批合格的人才。

　　大学真的不是天堂，大学的生活实实在在，大学生活并不像高中时代所想像的那么美好。大学同学来自祖国的四面八方，一方水土养一方人，各地的风俗习惯、文化素质、方言等都存在着一定的差异，这就造成了同学之间的生活习惯、对人对事的看法的偏差，往往一句在自己家乡认为很平常的话，一个微不足道的无意识动作也很容易造成误会，而且大家彼此都是青年人，还不算很成熟，克己容人方面还欠火候，大学生活需要你去适应。

　　● 沈阳是我平生去过最远的地方，对于一个在父母的呵护下长大的孩子，只身一个去外地求学父母不忍，自己心理也有一种莫名的恐惧感。在农村长大的我，喜欢乡下的宁静，讨厌城市的喧哗，喜欢农村人的质朴，而害怕城里人的尖刻，我带着一颗紧张得颤抖的心踏进了学院的大门，我对自己的未来一无所知。我不知道会有什么困难产生，也不知道所学专业——城镇建设到底是什么，我有一种悲哀，不愿把心事向别人说，我又很幸运，有一支笔可以与自己交流，在我大学生活开始之际，我小心翼翼地过着每一分钟，然而随着时间的流淌，我的种种担忧已不知去向。在上大学之前常听别人说大学生活有多么多么的美好，大学生有多么多么的自由，但也听说大学同学有如何地不好相处，大学的人际关系是如何地复杂，这些是真是假，我都时刻警惕着，作为个人而言，我并不想长久地生活在父母为我营造的安乐窝中，如果我是一只小鸟，终有一天会飞出母亲的怀抱，所以我需要去体会，去判断那种种生活现象。

　　刚入大学校园要完成从中学到大学的重大转折，在转折过程中能否很快适应，是关系到能否顺利完成大学生活的关键。对于新入学的学生来讲，对大学生活的实际情况缺乏了解，只凭想象，构成了一幅大学生活的美好图景，很少想到不适应的一面。

大学的学习内容和方法不同于中学，对于初学者有一种恐惧感，可精神生活的领域又大大超过了中学，课外读物广泛，文化娱乐和学术活动多样。既感到新奇，又觉得眼花缭乱。于是，"喘口气，松点劲"的思想在同学们心中产生了。这就要求新同学们根据大学生活的客观要求，全面调整自己的生活方式、学习方式和心理状态，确立新的学习目标，去适应大学生活。

● 新的环境、新的一切都没能冲淡我的那份失意，而和同学们熟悉了一些后才发现和我一样的还有一些人，高考没有发挥好，很遗憾。于是，班级的气氛显得沉寂，我们的心情是低落的。几天后，辅导员给我们开了班会，而那一次班会让我永生难忘，那是我思想的一个转折点。记得辅导员说：我能理解大家的心情，可我们错过了一次，不能再错过第二次了；高考只是一方面的检验，而自身的能力才是最主要的。整个班级都是辅导员那激昂的声音，班会上他在激励我们，在告诉我们只要振奋起精神来没什么大不了的。于是我茅塞顿开，感觉"振奋"已经在身体里蔓延开来。我懂得了，只有自己看不起自己的人才会被别人看不起，而我只不过失误了一次，我们还有机会。那是辅导员给我们上的一次人生教育课，而我知道那不仅是针对我们高考的失误问题，他所说的话都将受益一生。已经两年了，时常在我耳边响起那番话，激励我去奋斗，激励我去拼搏，而我也会在心里默默地念："感谢老师！"。

没有理想便没有理想的生活，失去目标就将失去前进的方向，适应新的环境与生活，就要尽快地找准自己的人生坐标和自己所处的位置，调整自己的人生目标，树立远大的理想，确定努力的方向，制定确实可行的计划，然后，脚踏实地的去拼搏、努力、奋斗。人生没有终点站，成功永远把握在为之奋斗而有所准备的人。

● 一九九五年我作为一名新生带着对大学生活的无限憧憬

迈入了学校的大门。在第一学期中高考成功的骄傲还没有消退，没有全力去适应新的环境，新的学习方式。而大学教师的授课也完全不同于中学教师。从被老师压着学到没人管的情况中，自己缺少自觉学习的动力，每天只在上课时翻翻书，业余时间几乎没拿过书本。很快，所有的后果都集中到补考上。一直是老师宠儿的我很快在现实生活中认清了形势。比自己头脑好，肯用功的人多的是，自己再这样松懈下去后果不堪设想。在第二学期中我努力克制自己的惰性，开始用功，但时间用了不少，收效却不大。在经受有生以来第二次打击后，我沉静了下来，开始痛定思痛。经过一番思考，我决定从学习方法入手，打破以前被动学习的方式，主动向能给予我帮助的人请教。经过努力，我的学习有了一些进步，虽然别人或许对这点不以为然，但对于我却是珍贵的。在后来的学习中，我仍旧努力，尽管有时我也会怀疑学习方法的可行性，但我还是努力去做。终于我冲破了被动学习的局面，开始适应于自学。如果大学生活能重新来一遍我会在大一时就把基础打牢，而不必在以后为此大伤脑筋了。

　　● 我来到建院时，也是带着一种十分沮丧的心情，因为二度高考都那么令人失望，清华梦破碎了，我的心也碎了，来到大学，我的心情不是喜悦，而是更加沉重，从小对清华的向往，一腔心血两次付诸东流怎能不说是对我年轻心灵一种致命的创伤。根本接受不了眼前的现实，但又无法摆脱命运的安排，父母望子成材的渴盼，亲朋好友的热切希望，使我不得不来到这里，整整一年都难以适应，结果，学习成绩滑坡，生活不再像想象的那么美好。终于有一天不断落后的现实让我猛醒，抱怨永远无助于现实，去适应环境，不然，一切都将成泡影。

　　现实生活让大学生们醒悟：大学生活是严谨而神圣的，它不是高中生活结束后休息的驿站，随意放松，消遣，它是大学生们迈向人生更高起点的阶梯。青春短暂，如果不珍惜它，利用这美好时光去拼搏、创造，那么它就会转瞬即逝，所以再多的彷徨都不是理由。

第二节　放任自流食苦果、振奋精神再拼搏

补考对于许多大学生来说并不陌生，"60分万岁"曾是大学生努力奋斗的目标，对一个胸无大志、惰于学习、眼高手低的初入大学校门的学子们来讲，及格也许是一种奢侈，不适应、不知如何适应、不想去适应。时间毫不留情，岁月悠悠，留给大家的是更多的回味与思考，一时放松也可能成千古遗憾，放任自流终食苦果。你又将怎样度过自己的大学生活呢？

● 从一个升学率只有15%的县城中学考入了国家建设部所属的一所院校，奔波两千多里，踏入了我考进的大学校园，我满足了：比起高中班里的其他同学我是幸运的，我获得了继续深造的机会，而他们只有务农、当临时工，我知足啦！思想上的这一"满足感"束缚了我。于是，高中时候奋力拼搏的精神荡然无存，有的只是60分万岁的绝唱；高中时候有的决心与极强的自制力消失啦，有的只是放任自流；高中时候班长的那种工作劲头散啦，有的只是随波逐流。老乡聚会有我，同学过生日我去，班里活动跟着干。日子一天天过去，留下的只是那幼稚的笑声。终于在第一次期末考试中我败下阵来，不过幸运的是我终于静下心来考虑自己，想自己的过去与现在，我终于明白了，进入大学的都是中学里的尖子，都是高手，所以我这个高手也就不是高手了。

● 大学第一年，我一直陶醉在无限的娱乐和幻想中。结果两门补考、多门勉强及格的成绩，而别的同学却拿了优秀学生奖学金，在写年终自我鉴定时，自己终于感到碌碌无为虚度了一年，并暗下决心一定要痛定思痛。这也是我再也没有补考的原因。

从不适应到适应需要一个过程，但时间是有限的，如何从不成熟走向成熟，需要奋斗与拼搏，但愿得到的不都是从痛苦的经历中得来。下面几段真实的故事，让我们感慨颇多。

● 记得刚入校时，由于对学校环境与想象差别较大感到失望，于是每日钟情于吃喝玩乐，到了期末考试，才发觉大事不妙，可悔之晚矣，特别是当班主任告诉我高等数学不及格时，我感到自己的心仿佛一下子落了下去，很沉很沉的感觉，相信我一辈子都不会忘，也是从那一时刻起，我终于觉醒了，也开始认识到我很平凡，只是一名再普通不过的学生，绝不是电影或小说里描述的天才，也不是振臂一呼，应者云集的英雄，我只有加倍地努力，才能取得成功，才能有所发展，一生才能不白白度过，最重要的是永远不丧失信心，永远向前看。从那以后，近乎苦行僧的生活，千篇一律的日出日落，但也就是这段日子，使我引以为豪；经过努力拼搏，第二学年我荣获院二等奖学金，现在想起来，我感到自己是幸运的，没有在打击面前继续沉沦下去，站了起来，这一切，也许应归功于我那不服输的个性吧。心理的发展变化，磨砺了我的性格，使我从不言败，相信这一点能使我受益终身。

● 大一的上学期，由于刚进入大学，一切都是新鲜的，饶有兴趣的，生活过得还不错。可惜好景不长，期末考试，作为一班之长的我，四门考试中三门六十分，只有外语一门也仅只考了七十多分（本来我对外语是很自负的，可惜从此后也是一蹶不振。）这个打击是我难以承受的，我对这种情况是没有一点心理准备的。但更可怕的是这只是噩梦开始的地方……在接下来的三个学期中，我是屡战屡败，情形是每况愈下。说实在的，在那一段日子里，我的天空一直是灰蒙蒙的，看不到阳光。我的精神被高度压抑着。我也曾试着去努力摆脱这种困境，但是稍微有一点困难出现，我的努力便白费了。我总是不能真正投入到学习中去，即便是人坐在教室，心早已不知飞到什么地方去了。我也恨自己不能集中精神，可惜想是那么想，但一看到书本，就又忍不住的走神了。在那时候，我真的是没有救了。当然如果要现在的我重新经历那一段可怕的日子，我相信绝对不会出现那么困惑的局面了。为什么在那么长的时间里我会如此消沉，最主要的原因就是没有目标。在经历过多年的奋斗之后，在跨入大学校门之后，我迷失了方向，觉得自己已经没有什么可追求的啦，支配我前进的动力消失得无影无踪，自己变成了到站的车，靠岸的船，在原地停滞不前，而无须什么努力和奋发了。我现在写这段文字时是很轻松的，原因是我从那个困难的环境下觉醒了。假设我一直没有认识到自己是否应该及如何去摆脱，而是一直生活在没有方向，没有目标的日子里，那么我的一切终将会被毁去了。因此，这一段不平常的经历虽然是不顺心的，但它给我的意义却是非常深刻的，它会时刻提醒我，鞭策我避免在同一个地方两次跌倒。

当我们看到一些同学从失败中崛起的时候，老师的心中也是由衷的高兴，失败并不可怕，怕的是仍不觉醒、执迷不悟，年轻人难免犯错误，能够及时的发现错误、及时的改正错误，去勇敢地面对人生。大学是人生的又一个加油站，把握机会，利用机会，去实现自己心中的理想。更多地了解已毕业同学们的深刻反思，更利于我们更好地度过大学生活。下面再让我们了解其他同学的反思吧，他们的经历也同样令人深思。

● 回想起刚入学时的情景，整天浑浑噩噩，无所事事。一方面是不太适应大学生活；另一方面是我真的没有什么目标与志向，"及格万岁"充斥着我的大脑。可悲的是老天竟然连这样小小的要求都不能满足我——期末考试物理课的不及格沉重的打击了我的自信。没有人能体会它对我造成的伤害。假期在老爸的督促，老妈的唠叨，老姐的鄙视中，在我的热情期待下轻轻地飘走了。我开始反省自己，检讨自己。补考及格后，我变了，变的早出晚归，变的不认识自己了。第二年我取得了专业第一名。我真的没有太兴奋，我有种骑虎难下的感觉。我决心不断超越、青春无悔。坚持到底就是胜利。2000年4月，我考取了我院市政工程专业硕士研究生。不可否认，物理课不及格是我一生的转折点。

● 我的性格可能不能像别人那样能够严格要求自己去学习，主要是我一直有厌学的思想。所以大学四年没能好好学习，成绩不高，对成绩我不怎么后悔，后悔的也许是没能把有用的东西学好。大学四年里一直困扰我的、也是使我感到最遗憾的是英语，很差的英语基础加上懒惰使我四年大学英语一团糟，说起来可能是一个很可笑的事，我的英语第一、三、四学期不及格，其中一、四学期补考不过，五次四级考试皆没通过，进行了两次英语二补，一次授予学位的英语考试。我想这将作为一项"记录"将学院的史册，现在回想起来真是遗憾，往往不是不能而是我没有，这是我最深的感受。

● 升入大学以来，受初期思想的影响，比较懒散，也没有花太多的精力去学习，成绩总是提不上去，并且对自己在这方面的要求不严格，总是想着考试及格就行。目标定的太低导致的结果不太可能会好，自己第一学期的期末英语成绩就不及格。现在清楚地记得第二学期开学时，自己很早就回到学校补习。那一次的正月十五元宵节是我第一次没有和家里人一起渡过。躺在学校宿舍的床上，听着外面的鞭炮声，心里很不是滋味。当时自己暗下决心以后一定要好好学习，不再补考。

补考对于大学生们来讲是一次痛苦而难忘的经历，看过上面的文字后，我们可以看出谁也不愿走进深渊。失败了爬起来，前途依然光明，要学会从失败中学习，人不应该两次犯同一个错误，每一次阵痛后应该是觉醒，不然，一步步就将滑向降级和退学的泥潭，我们同是天之骄子，我们同在一个校园里生活、同在一个课堂里学习，我们曾经同一天入学，可却不能同时毕业，这样的教训实在令人铭刻，这里，我们不能记录那些退学的同学是如何去想的，又是如何去做的，从下面几位降级同学的心灵独白中也许能体会更多。

● 不幸的事终于发生了，降级了。在此之前，我从没有想到我会降级的。

说真的，学习比我差的大有人在。当时我就是想不通，为什么我降级而别人不用降呢？其实道理很简单，别人在最危险的时候懂得如何去过关，自己不懂得。两科不及格就降了下来，就这么简单。我记得很清楚，当英语的补考成绩（57.5分）下来后，我哭了，哭得很伤心。这是我懂事以来第一次哭了，我记得那是一个下午，我回到宿舍，躺在床上，眼泪就是拼命地往外涌，湿透了整整一条毛巾。我很清楚地意识到，我必须为降级付出惨重的代价，必须多付出一年的青春，多交一年的学费，多花一年的生活费，还得交一千元"培养补偿费"，自己还得少工作一年。多么惨重的代价呀。我家住农村，父母年事已高，经济原来就不富裕，供我上大学已经很不容易了，自己却如此的不争气，为他们雪上加霜，很不应该呀。自己真是糊涂。从此以后我由一个活泼好动的男孩变成了一个沉默寡语的人。从此，我开始认识到学校的规章制度的残酷性，大学并不是一个玩的乐园。想混个学位，拿个毕业证书也得下一番工夫。消极的对待学习是走不通的，经过一番深思之后，对学习、生活的态度终于有了正确的认识，也开始懂得应如何去把握自己的命运，我总相信，一个人的命运总是放在自己的手中的。命运的好与坏是由自己去决定的。之所以降级是因为自己没有认真地去把握自己。从此以后，为了自己的命运，开始以积极认真的态度对待自己的学习，每个学期都保证顺利通过，有好些科目都保持在班内名列前茅。在紧接着的两个学期中，英语先后通过了四、六级。在之后的不断学习中，越来越发现了自己的浅薄与无知。到了大三下学期，为了能进入更高的学府深造，决定报考97研究生入学考试，经过一年的苦读，最终还是名落孙山，但也问心无悔，人生的意义并不在于结果，而在于过程。降级的痛苦教训将伴我终生。

● 因为一时的放任自流，导致了自己的一生的悔恨，同是大学生，为什么我不如别人，为什么我没有把握住，为什么这样的耻辱会降临在我的头上，每当夜深人静的时候，我，一个降级生思绪万千，痛定思痛，再也不能这样下去了，球不玩了、牌不打了、游戏厅不去了，从此应该以另一种生活态度对待生活，自习室，图书馆、教室留下了我勤奋的足迹。再也没有了往日的悠哉游哉，我的内心在煎熬，在呐喊，有时也在自卑，就这样的一种心理。伴随着我度过了比别人多一年的时光，也许这是失败，也许没什么大不了的，但是，我的生命力有了这样的一个经历，他时时在提醒我，在今后的生活中，要做每一件事时，要么不做，要么就做得更好。

● 由于一个偶然的机会，我学会了电脑游戏，于是我开始为之着迷发狂。先是在西院计算中心机房整日地玩儿，课也不上了，自习也不去了，一切都为了打游戏。又过了一段日子，感觉在机房打游戏不过劲，因为常有系里老师去查看。于是自己便买了台电脑，对家里称是为了学习，其实那时的我哪里还有学习的劲头，一切的一切不过是为了玩电脑游戏。到后来几乎天天逃课打游戏。这种忘乎所以的行动给我带来了惨痛的后果：随着期末考试的结束，我两门课不及格。可是到了第二学期，我依然未痛改前非，依然我行我素沉迷于我的游戏世界当中。老师的劝告、同学的劝告我都充耳不闻。于是四级未过；期末考试有两门主课补考不及格。我终于震惊了，降级，我的人生将再多走很多的弯路。教训实在惨痛，悔不该不听大家的劝阻，早一点番然悔悟，代价的付出让我铭刻在心，我不甘心一事无成，我要去争取成功。

在大学生活中，有快乐，也有痛苦；有成功，也有失败。快乐与成功给自己以后留下一个美好的回忆，痛苦与失败则更使自己不断成熟、长大，自己从失败中吸取经验、教训，从痛苦中沉思反省。当你读完这些同学的经历，你作何感想，谁也不愿有痛苦的过去，谁也不想承受太多的压力。只是一时的放松、放任自己。不付出便不可能获得，不劳而获那只能是天方夜谭，谁慢待了生活便是慢待了自己，不要等待犯了错误、有了失误，才知道一切已晚，许许多多的同学已为我们赴汤蹈火，同学们，你们难道还要在所不辞吗？不要让错误在我们身上一遍遍重演。

第三节　走好与人交往的第一步

人际关系是大学生中最为关心和敏感的话题，大学的学生来自五湖四海、天南地北，各地的语言、口音、生活习惯、脾气秉性各不相同，大学又是一个需要过集体生活的群体，环境造就人，环境也可以改变人，如何适应集体生活，如何与人交往，如何为人处世，都是大家所关心的，每个人都渴望沟通与理解，都希望彼此成为朋友，同时，在这独生子女日渐增多的年代，每个年轻人都愿意拥有自己的一片天地，都想成为集体的中心。困惑油然而生，走好与人交往的第一步是你大学生活成功的关键。

● 我刚入学时就担任了班级团支部书记工作，班主任与辅导员对我都支持，我也下决心要干好工作，为班级为同学多服务。我也曾满怀热情去组织活动，去开展活动，但一次次的受阻，使我的热情也一分分减退。我抱着完成任务的态度去工作而不求更好。所以我班在某些方面不尽如人意与像我这样的班级干部有很大关系。在开展活动时，分工负责的界线特别明显，而作为一个班集体，班级干部应相互协助，相互支持。比如举办团知识竞赛，我负责找资料，安排参赛同学，但其他干部不仅不闻不问，袖手旁观，即使有求于他时，也恨不得逃的无影无踪，好像这本是团内事务，与我学委或体委毫不相关。我在大一时，每班须出一次墙报，我从月初就开始考虑墙报的内容，快动手时，宣委和组委又相互推脱，让我一个人画几笔算了。好不容易宣委开始画了，就在讲台上，铺着画纸，一直画到下晚自习，也没按期完成，于是他就随便在纸上画了几笔，打破事先拟好的底稿。第二天贴出后，同学们都说像日本国旗。这是大学中最让我伤心的一件事，不只是因为墙报的失败，还有自始至终没有一名干部关心过此事，更有甚者在一旁说嘲笑话，从此后，我工作不似以前那么认真。现在真后悔到头来亏的不仅是自己，还有整个班级。现在想起来工作没做好，更多的是没能协调好干部之间的关系，处理好人与人之间的关系，看来与人交往很重要，光凭自己是不行的。

真诚地对待别人，就会换来别人对你的尊重，我们才可能拥有真正的朋友，才可能有学业上的成功。

●经过一段时间的大学生活后，开学时我那低落的心情有了好的转变，同学们之间的真诚交往改变了我；同时我也悟出了一点，现实不能逃避，必须去面对它，必须去正视它。环境影响人，但人更可以去改造它。从未住校的我，逐渐懂得了怎样和同宿舍兄弟们的相处，身为穆斯林的我也得到了大家的尊重。经过调整后，我那尘封已久的豪气又油然而生，我又重新寻回了那遗失已久的自信。从前晨练的习惯又找了回来，对知识的渴望又燃起我发奋学习的斗志。苍天有眼，功夫不负有心人，一年之后，我挣得了平生第一份收入——院优秀学生一等奖学金，同时对我来说更是一种莫大的荣誉和勉励，那时，我真想让所有的同学、家长、朋友都知道，让他们为我喜悦，为我骄傲，我并不是不如别人，我同样也可以傲视群雄。

● 在人生处世方面，我有自己的原则：用真诚去对待每一个人，尽自己所能去帮助他人。我还记得刚入校的时候，我们寝室由于是从八个省过来的，所以每个人的习性和思想上有很多分歧，经常有一些琐事打扰我们，特别是我，由于是从一个少数民族集中的地方来，在语言和生活习惯上和大家不一样，经常发生矛盾。但我们都用真诚去对待每个人，所以很快那种"敌意"消失了。而且我还学到了很多我以前没有学到的东西，更让我高兴的是我的汉语水平也有了提高。现在我非常感谢他们，我在以后的日子里会怀念他们的。

● 记得刚上大学时，我比较任性，有时总好与人发生争执，但每次过后，我又常常觉得后悔，其实根本算不了什么事，何必跟同学们斤斤计较呢？何必为了一件小事而伤了同学之间彼此的感情呢？慢慢地我学会了多一分谦让，少一分争执，学会了好好地对待别人，学会了宽容。其实人与人相处，贵在真诚，如果你以诚待人，那么别人也会以诚待你的。在社会中，你每天都要与人打交道，都要与别人相处，如果你能与人和睦相处，那么你一定会得到许许多多的知心朋友。

调试好自己的心理，主动地去接触同学，你会感到生活到处充满阳光。

● 刚来时，我对一切都非常陌生，这是我第一次离开父母和同学在一起过集体生活，所以很不适应，总是想家，生活中也不会照顾自己，吃了许多苦头。事实上，这种不适应还主要是心理上的，只要把心理调节好，就能够逐步适应，我就多与别的同学接触，多说说话，时间久了，同学之间越来越亲密，成了朋友，相互关心照顾，久了，就没有想家的念头。现在，我与同学们都和睦相处，非常开心，因为我们都能相互关心、照顾，谁有困难，都能帮上一把，尽管有时有一点小摩擦，但事后大家也能彼此置之一笑，又和好如初，这种生活令人留念，是我终生难以忘怀的。

● 来沈阳上学，我是第一次离开那生我养我的小山村，因此我对大都市的一切都感到陌生，什么事都不懂。同宿舍的姐妹们就领我到处逛，教给我许多知识。最令我感动的是有一次我发高烧，她们怕我晚上病情加重，竟然晚上轮班睡觉，轮班照顾我。结果第二天我倒什么事都没有了，但她们却累得不行了。正是由于她们的爱心和帮助，帮我克服了自卑，是她们的爱心打动了我，是她们的爱心融化了积在我心头的积雪，是她们恢复了我以前的自信，恢复了从前那个爱说爱笑的女孩。现在，我无论干什么事情都特别的自信。对此，我特别感谢那帮可亲可爱的姐妹们。

处理好人与人之间的关系更多的应该理解和尊重别人，你应该记住自己永远是第二位的，你会有更多的朋友。

● 我个性比较强，凡事自己的主见比较强，不太容易听进别人的建议和意见，除非是明显的错误。他人的议论我有时会产生不屑的轻视。在这方面，我想我今后应该静下心来，心平气和的听听他人的意见，然后再考虑如何接受改进，而不能一味武断地否定别人肯定自己，有不同的看法大家可以讨论。我觉得这不是我一个人的缺点，许多大学生都有明显的自负，所以当这么一帮自负的人凑在一起，你可以想象的出，谁也会不服谁，谁也劝不动谁。毕业以后在新的环境中，我想我不会再这样了。年轻人气盛心高是可以理解的，也是正常的，把握好度是最为关键的。

● 我在人际交往方面比上大学前会处理多了，以前性格很直，心里藏不住话，现在也明白了什么话该讲，什么话不该讲，说话也要分环境和场合。以前因为嘴太快得罪过人，现在觉得自己在说话办事方面成熟多了，现在也做到了喜怒不能表现出来，考虑问题要周全，不能丢三落四的。周围发生的事情对于自己来说应该有怎样的反映和表现，不能表现出自己的无动于衷，大学这个小圈子，也存在各色人，有的较正直些，有的较圆滑些，有的偏于狭隘，有的则很大度，要想协调好各种性格的人，的确不是很容易的事。大学四年对我的性格也有所改变，首先不再任性，学会了宽容别人的同时也开阔了视野和自己的心胸。每个人都有一定的长处，多看别人的长处，取他人之长为己所用，这也是完善自我的一个好途径。人还要有骨气，有一定的性格，才不会失去自我。同窗四年，这是份不小的缘，虽然有过矛盾，但会在今后的工作生活中日臻成熟、完美。

大学里最重要的是学会做人，难道做人也要学习吗？四年的回顾与思考，现在，你真正感到这句话所包含的深刻意义了吗？做人的道理其实是很深的。人是生活在集体中的，如何能适应环境，使自己得以发展，其实就是一个做人的问题。

第四节　特殊群体的困惑

大学是培养人、造就人的摇篮，每个有志青年经过自己的努力拼搏都将有所收获，大学中的生活丰富多彩，大学中的群体也多种多样，每个人也都经历着自己并不相同的生活，像本科生院校中的专科生、自费生、国有民办生、特困生、违纪生等等，他们承受的比普通人更多的压力，心中有更多的困惑，他们是特殊的群体，让我们来了解一下他们是怎样想的，又是如何做的，从中我们或许得到更多的思考。

自费生是九十年代初期时代的产物，是一批成绩稍低多交部分学费搭上大学末班车的群体，他们曾是教育体制改革的受益者，同时，他们在大学的校园中又是另一道风景线。

●　因为读的是专科自费，我曾一度自卑过。在学校里，专科是最低的，又是自费生，不论在哪里都觉得低人一等，走到哪里都感觉不自在，有一种受歧视的感觉，家中的经济负担也不断加重，但心里的包袱和残酷的现实没有压倒我，虽然我失望但没有绝望，我相信成功与失败全在于个人，本科生如果不努力也一样会被我们超越。关键是看自己是否努力学习，能否以正确的人生态度对待人生的挫折。也许，挫折与失败在你面前就成了你登上成功顶峰的台阶。在我们当中有一些人抱有极强的消极无为的态度，这部分人遇到失败和挫折后，就会用批判的目光寻找周围一切缺点和错误进行攻击，不能容忍任何一点瑕疵，终日牢骚满腹、怨天尤人。这些都是错误的，我们应积极地寻求恰当的方式战胜自我，要培养健康、科学的人生态度，只有这样才能从逆境中奋起。

　　积极努力不甘落后，是这些专科生经过痛苦思考后的觉醒，他们的拼搏与成绩应该成为我们的楷模。

　　● 由于自己是专科生，心里总有些自卑，和本科生站在一起，总感觉低人一头，曾经想放弃过，自己做得再好，也逃不过专科生的厄运，糊里糊涂混两年，弄个毕业证算了，但通过和老师、同学的谈心，自己意识到这样下去会毁了自己，自己是个专科生，如再没有一技之长，不用说在社会上做一番事业，就是自己的生存问题也解决不了啊。在接到通知书时知道自己没被本科录取也伤心难过，但还是觉得大专就大专吧，可进了校门就发现大专就是比大本低一级，一听到是专科生，人们就会惊叹一声"啊，是专科生呀！"，放眼四顾，专科生的生存空间小得不能再小，忧也罢，怨也罢，这就是现实。我失意过，痛苦过，彷徨过，所幸终于选择了探索和抗争、达观和坚韧。我告诉自己，我不能因为自己是专科生就生活在自卑中，就自暴自弃，塞翁失马，焉知非福，也正是专科这段经历让我学会了不断进取。

　　● 由于我是自费生，刚开始没有调整好自己的心态，以一种全新的面貌迎接新生活，而是就此消沉了下去。我的并不好的开始带给我一个并不快乐轻松的大学生活，这是我一生的遗憾。如果能再回到从前，让我再来一次大学生活，我一定会抓住生活的重点，一定会过的更充实、更快乐，学到更多的知识，无论是专业知识还是生活知识。

我们有理由相信他们的努力不会白费，他们是生活的强者。

专业的好与坏永远是相对的，大学中的专业设置是与国家的需求和社会的需要密切相关的，无论哪个专业只要你付出爱心去用心的学习，都会有一番成就，但是，每年入学的学生都将面临对专业的选择，人们心目中或者说习惯中所谓不好专业的学生便陷入误区，产生专业情绪，直接影响了他们的学业。

● 初入他乡，本已十分孤单和寂寞，加上所学专业又不是自己有兴趣和愿意将来从事的，老乡们的异样眼光及学长们对专业的一些偏见，所有激情一下被冲淡了，代之而来的就是苦闷和彷徨，产生了一种悲观失落的情绪。在学习上只是简单地应付，缺乏一种激情和应有的向上的精神。生活是一面镜子，你不以认真的态度对待它，它就会给你无情的惩罚。由于学习无动力，缺乏进取心，一年级时我的成绩很不理想，这使我的心中产生了强烈的自责和深深的内疚。事物总是有它的固有规律，无论做任何事，只有付出以后，才能有所收获。

● 随着时间的推移，自己对环境渐渐的熟悉了，对大学的期待有的变成了现实，有的却成为泡影。特别是我所学的专业与自己想象的不大一样，情绪慢慢由热情变为失落，由失落变为抵触。整天无所事事，碌碌无为，成绩可想而知了，是老师和同学们的及时帮助和现实的逼迫，我终于清醒回到了现实中，投入精力的去学一次，才感到生活并不是想象的那样糟糕。

特困生在大学中绝对是特殊的群体，随着国家对教育体制的改革，高等教育不再是义务教育，缴费上学成为当前大学生的义务，高等教育正逐步走向平民教育，只要努力就有机会上大学，但是，由于各地的经济发展不同，各家的经济情况不一样，特困生这一特殊的群体便在大学中出现了，不让每一名因家庭困难的同学失学是政府和学校的责任，而特困生们的奋斗事迹更令人感动。

●我是一名特困生，家境的贫寒使我从初中开始便处处力争上游，好用成绩来证明自己，来面对多病的父母，面对周围人的目光，然而我不希望自己成为另类——只知埋头苦读的那一种。我非常感谢四年来一直资助我的左叔叔。他从未给过我任何压力，而且毫无所求，正因为他我才得以顺利地走过大学四年的坎坷路途。事实上我与他才见过一面，尽管左叔叔没有给我任何压力，但我始终也摆脱不了思想深处的自卑感，而在我内心深处又向往着丰富多彩的大学生活。自卑和自强在我的心中产生了一种复杂的情感，在这两种力量的抗争中，我选择了"男儿当自强"。我努力学习，成绩名列前茅，获得了学院优秀学生奖学金；我认真工作，担任班级班长，得到了老师和同学们的认可；在逐步走向成熟的过程中，得到了党组织的认可，加入了光荣的中国共产党。我用自己的行动选择了坚强，我也选择了成功。毕业后，我将踏上开往北京的列车，心中只有一条信念：我会为母校争光的。

●我来自偏远的农村，贫瘠的土地无法供起我这个大学学子，父母甚至从嘴里往外抠钱，他们舍不得吃舍不得喝只想将我供出校门。我深知家里的现状，在吃喝上约束自己，另外如实地向学院反映了我的情况。在这四年里，系里没少给我帮助，不仅在金钱上还在精神上支持我们。我们知道学院的经济也相当紧张，而每年还拿出那么多钱来资助特困生，使我相当感动，以后走上工作岗位一定努力工作，用实际行动来报答我的父母及母校。

●上大学圆了我父母的梦，因为他们不希望自己的孩子像他们自己一样在贫瘠的土地上面朝黄土背朝天地穷困一辈子，我不忍心让父母失望，于是我踏入了大学校园。特殊的家庭境况，使我入学伊始就成为一名特困生，或许是一种幸运，学院的定餐制度减轻了父母的负担同时也让我能吃饱饭，使我不再面黄肌瘦，我的体重也开始与我的身高相符。说实在话，贫困的生活毕竟是辛酸的，但同时也激发了我的傲骨，四年大学生活我的成绩一直很好。坎坷的生活经历使我更能勇敢面对一切挫折。感悟人生，我唏嘘不已，毕竟四年都过来了，我们已不必关心那一切往事，但前车之鉴，后车之师，怎样渡过一段有意的人生是每个人都应思考的。生活上的拮据我并不认为是不幸，相反它能激发一个人的意志品质，正是这四年相形见绌的生活经历锤炼了我刻苦坚韧的生活作风，不管什么事，认定了都会认真地做。做得无怨无悔而不管结果如何，因为我毕竟去全心全意地做过了。中国农民勤劳勇敢，也具有吃苦耐劳的美德，也许我是农民的后代，从小就养成了吃苦耐磨的韧劲。大学的生活是紧张的，大家都是从各地聚来的优秀者，谁都有过辉煌的过去，对于一个农家子弟来说，要想获得优异的成绩，不付出十二分的干劲是绝对不行的。

听一听特困生同学是如何摆脱困惑的故事，我们还有什么理由不去珍惜时间努力学习呢。

大学的管理是严格的、正规的，完整的规章制度约束着大学生们的行为，各种纪律处分也给那些以身试法的同学以教训，给别人以警示，年轻人犯错误在所难免，关键在于从错误中吸取教训，洗心革面，重新投入到大学生活中去，做时代的强者。让我们再去了解一下曾犯过错误同学的思考吧。

● 一件让我感触颇深的事是：和自己朝夕相处的室友在四级考试中作弊中被记了处分。在她伤心后悔的同时，我为她感到惋惜，她本可以凭自己的实力考过的，但仅因一时不慎或其他原因而做了不应该的事情。我也像是自己经历了处分一样对待这件事：无论在什么样的环境下，要始终有自己的原则，做自己应该做的事，随波逐流或人云亦云都会迷失了方向。

● 我一个人默默地走在黑暗幽静的校园树林中，在一个花坛边坐下来，静静的想着这一年来我的所作所为，我是多么的傻、无知，想想自己十几年来辛辛苦苦，一点一滴的奋斗，拼搏，才上了梦寐以求的大学，而自己竟然丝毫不珍惜，搞成这样的局面，犯下了自己不可饶恕的错误。如果这次真的被开除回家，那么整天为我操心，供我上学的老父、母亲会怎么想，父亲已经六十多岁了，为了供我上大学，依然上班，我闭着眼睛似乎已看到了父亲那瘦弱的身体正走在上班路上，嘴里不住的咳嗽，又看见母亲日益增多的皱纹和零星的白发，我不敢再想下去了。

● 一个人一生中总会走一些弯路，我想得到教训并改正就也算是一种"偏得"，对自己今后的路是个指导。毕竟，年轻人犯错误上帝也会原谅的，走出"记过处分"的阴影，竟感到庆幸：如果不是在学校得到这个教训，而是把侥幸的心理带到工作岗位上，那今后的错误就更不堪设想了。想到这里，也想开了许多，想到系里老师和领导的正确教育和帮助关心，真是我一生享用不尽的财富。

● 大学四年中我犯下的最惨痛的错误就是在 1999 年 1 月份的四级英语考试中出现的违纪行为，尽管我主观上无心犯错，但客观上造成了很坏的影响，学校花费了许多时间对这次事件进行调查，影响了正常的教学工作，更糟的是，这不仅带坏了我们的学风，也影响了我们学院在社会上的声誉，我们这批人的错误，给学院造成了难以估计的损失，但学院依然抱着教育为主的目的，对我们进行了不同程度相对而言都是较轻的处分，给了我们一个改正的机会，在此，我再次发自内心的感谢学院的培育之恩，这次深刻的教训让我记住一条做人的道理：做人必须端端正正、踏踏实实。今后的一生中我将警钟长鸣，做一个诚实的人。

第五节　摆脱困惑，勇敢迎接生活的挑战

大学的生活是丰富多彩的，大学的生活是复杂多变的，每个人在这里都将完成人生的重大转折，完成从学生时代迈向社会的转变，每个人都有自己的快乐与烦恼，都有自己的困惑与觉醒，勇敢去面对生活，把握机会，勇敢地去迎接生活的挑战。

●我的大学生活，表面上是平淡而无趣，几年来行色匆匆，上课到考试，考试到毕业，然后找工作，一切都是那么的自然而又不情愿，可在我的内心深处却走了很远很远。也许上大学学习知识是次要的一方面，而自己内心心态的不断调整才是主要的，我从毫无防备到了充满怀疑，再找到了一个独立而自我的自我，我感觉到了自己才是我的力量。生活是残酷的，是我不愿但必须去面对的。四年的大学生活，其中插入的两年医院生活，使我成长，把一个粗石磨成了圆砾，我不断地在问人生，它从何来将何往，可没有人告诉我答案，一切都是在这么不情愿而又自然的进行。在人生的长河中我不断前进，抛下旧日的东西，以前像生命一样珍贵的东西，现在像扔垃圾一样丢弃，却又显得那么迫切而又义无反顾，捡起新的希望。我的大学生活就是由成功、失败、怀疑、悔恨等多种有刺和无刺的鲜花扎成的花环，它虽然清香如茉莉，潇洒如苇花，飘逸如白云，可有时它却实实在在的刺我头痛。

●记得军训的第二天，同寝的一位同学因动作失误又不听指导员的讲解，而是抬头看空中的飞机，被指导员叫出队列，狠批了一顿，直至他痛哭流涕。晚间看到他闷闷不乐，我主动上前询问他有什么心事，他告诉我，长这么大，头一次离家，特别想家，他说那时如果能坐上飞机到家里睡一觉，再回来有多好。听了他的话后，我深切地意识到这是大部分新生的共同心理，面临

着思乡的困惑，我也是同样，随后我以寝室长和军训小组长的身份召集同寝的八位同学专题讨论如何克服思乡的问题。也许是问题引起了大家的共鸣，也许是新一代的大学生处于社会变革时期都有一颗志存高远之心，每一位同学都发表了自己的看法，十年的寒窗苦读，我们走到了一起。家的舒适，家的温暖不能成为我们发展的绊脚石，我们要经受风雨的洗礼、磨难的雕琢，躬行践履，砥砺人生。我们最后制定了几条互帮互助，互相鼓励的条款。尽管那一天我们睡得比较晚，但第二天的军训我们个个意气风发，感觉一夜之间我们成熟了许多，半个月的军训生活结束，我们8个人获得了全优，军训结束的当晚，我们又一次的讨论认为：我们收获了许多，就我本人来讲的确感触很多，在步入社会之后，我相信军训给我是一笔无法抹掉的财富。

●在大学四年中，我感到收获最大的是思想上成熟。刚从高中毕业时，年少的我思想单纯，甚至有些幼稚，做事有时冲动。经过两年的学习生活，使我充分认识到学习的重要性。经过一次又一次的挫折与失败，我变得稳重了，见到问题不是想怎么做就怎么做了，而是仔细地观察，细心地思考，最后找出最适用的方法去解决，运用这一处理方式，我解决了以前看似困难、无法解决的问题。这样不仅增强了我处事的自信，更使我明白了一个道理：世上无难事，只怕有心人。只要肯做，没有难得倒的事。这一思想让我深刻体会到"坚持不懈"这四个字带给人们的鼓励，给予人们的成功。人要自信、自强、自立，没有做到这三点，就无法面对困难，无法迎接挑战，更无法在竞争中站稳脚步，立于不败之地。在成长过程中，我懂得了什么是对，什么是错，什么该做，什么不该做，只有这样才能使我真正地去支持正确的，反对错误的，学会了怎样做人，树立了正确的人生观。

●大学四年也是一个人的各方面观念和思想逐渐树立起来并趋于成熟的阶段，一个人第一次离开家，到一个遥远的地方来上学，各种各样的事情都要自己做出决定并努力做好，开始培养一个人的独立生活的能力（虽然经济上还未能独立），自己的各种缺点就非常明显的暴露出来，懒惰、平时办事总是拖拉，总是每到临考前特别辛苦，昼夜不眠，最终考试成绩也不能达到最好。对自己喜欢的东西能尽心尽力，而不感兴趣的科目则不想听，逃课，或只是应付，一切都很容易显示在成绩单上。在生活中，总是很艰难也很不愿意去干太琐碎的事情，总一拖再拖，直至不得不处理时才硬着头皮去干，干事缺乏韧劲，常半途而废，在学习外语时就表现出来了，外语是依靠日积月累才能多掌握单词，才能学好，而我却总希望能靠几天的突击，没能坚持太长时间来学习，三次才通过了英语四级考试，所以对一些诸如总结和鉴定之类的很费脑筋，这也是自己的一大欠缺。

● 因为我毕竟还年轻，身体内毕竟还奔涌着一腔热辣辣的青春血液，我不甘被人视为平庸。我的周围有很好的同学，他们热爱生活，努力进取；他们痛痛快快地娱乐，勤勤恳恳地学习。跟他们相比，我是如何的暮气沉沉，如何的猥琐！羞愧时时噬咬着我的心：我有什么理由安于现状？有什么理由辜负大好年华？有什么理由逃避人生的责任？我要将那些令我消沉的东西从心底抹去。目标依然在前头，它仍然以一种令我热血沸腾的光芒指引着我，促使我一步一步实实在在地向前走，去成就一项有价值的人生。我将突破一个彷徨与失意织成的茧，作一次自我的更新。我的心头仍怀有对知识的渴求，我的肩上仍能沉沉地感觉到历史赋予的责任。此时，信心的风帆又一次在我胸中鼓胀，我发誓说我决不会放弃！因为我周围的人们正汇成青春的热流挟裹着我向前，因为我同他们一样——年轻。正所谓年少轻狂，在我们年轻的心中把一切都看得那么容易，一切都可以征服。每一个人成长的精力都不尽相同，假如你是生活的宠儿，千万别妄自尊大，前面等待你的也许是沉石暗礁，假如生活惩罚了你，千万别自暴自弃，前面等待你的也许是鲜花遍野。试想，假如我不摔跟头，我不会知道疼是什么滋味，我也很难深刻理解失败的感觉。我会津津乐道于自己的成功和喜悦，而完全不顾周围失败的人的感觉。细细品味大学四年来自己所经历的一切，在某种程度上我会感激自己曾经犯下的错误，这令我学会了珍惜，学会了谦逊，更学会了忍耐。

路，就在自己的脚下，心理上沉重的思想包袱已经放下，就要轻装上阵，努力拼搏。冲突与困惑是人生驿站中的一道风景，正视现实，接受挑战，去体味大学的美好时光吧。

第三章
个人与集体

　　作为社会意义上的人，离不开一定的环境而存在，始终是一个集体意义上的人，个人的发展必然受到集体的影响和制约；反之亦然。这正如演奏的乐队，和谐的乐章有赖于每位乐手出色而忘我的投入和精诚的协作。大学生个人的成长与集体的发展让我们看到了"独奏的乐曲"和"共奏的乐章"。经过了高考的洗礼，不同地域、不同民族、有着不同个性特征的大学生走到一起，组成了新的集体，作为 21 世纪的大学生，如何在大学期间把自己塑造成未来社会的有用之才，以面对竞争日趋激烈的社会，首先要学会的就是融入集体，共同营造良好的学习、生活环境，在温暖、积极、向上的集体氛围中不断完善自己。

第一节　融　入　集　体

　　穿过"黑色的七月"，跨过独木桥的幸运儿们走进了梦中的伊甸园，开始了大学的新生活，来自祖国各地的同学，用真诚与智慧走到了一起，融成了新的集体，8 个人的寝室，30 余人的班级，数千人的菁菁校园都留下了他们踏实奋进的足迹和对集体生活的感悟与眷恋，初次合奏"大学生活的第一乐章"。

1．懵懂的大学之初，认识集体

初入大学之门，曾经的理想变为眼前的现实，期间的喜悦、好奇、陌生、迷茫交织在一起……个人与新集体的碰撞均来到这些大学低年级学生中间，有如新建的乐队，每位乐手均尝试着初次的合作。

● 大学，一直是我儿时的梦幻，如今我实现了，带着父母的期盼，亲人的嘱托，也带着自己的自豪与惊喜，迈着喜悦的步伐走进了我的大学之门，迎接我的是老师的笑脸，同学的关怀。使我初次踏入异乡立刻感到了集体的温暖。在这里，我像一个淘气的、不谙世事的孩子，对任何事物都充满了好奇。

● 一个人第一次独自离家千里，初来乍到的喜悦逐渐被环境的陌生、思家的心情所代替，想家的心总是在流泪，对于一个在父母的呵护下长大的孩子，只身在平生到过的最远的地方求学，心里有一种莫名的恐惧感，望着窗外的人们和寝室内陌生的面孔，没有一个是熟悉的，城市的喧哗取代了家乡的宁静，大学人浓郁的现代气息取代了家乡人的质朴沉默。对自己的未来一无所知，不知道将会遇到什么困难，也不知晓所学专业到底是什么，自己的将来能干什么……。心底平生一种忧郁和不安，不愿把心事向别人说，陌生的城市，美丽的校园让我感到茫然不知所措，从最基本的日常生活开始，经常碰到困难，真觉得一下子从老师、父母的掌心中跌了下来，疼痛之余发现自己竟然是如此单薄脆弱，如此地依赖身边的人。

● 在上大学之前常听人说大学生活如何美好，大学生活多么自由，也听闻大学同学如何不好相处，大学集体如何复杂，无论这些是真是假我都时刻警惕着，作为个人而言，我不想长久地生活在父母为我营造的安乐窝之中，我需要去体会，去判断那种种生活。

● 有人说大学是一个人走向社会的关键。社会很复杂，我们班也如同一个小社会，若想创造好的学习环境，就要有良好的人际关系，要处处为别人着想，不要因自己的喜好而使同学受到影响，那样只会使自己处处碰壁。同时，也要有自己的做人原则，要正直、诚实，不要随波逐流，不因大伙儿都去做而放弃原则。这两年交了许多好朋友，和同学也产生过一些矛盾。但我相信这些人不会对我的人品有意见。只可能是性格上的差异，因为我的眼里容不下"沙子"，对某些人和他们做的事并不赞同。虽然我改变不了别人，但要和这些人划清界限，逐渐改正自己的缺点，发挥自己特长。其实，做一个正直的人不难，不久之前是敬爱的周总理百岁诞辰纪念，通过看图片展览，电影等看到一位真正伟人的风采。他是一面镜子，只要和周总理比一下，就知道自己的缺点了。

● 想大一初来的我——一个"不知天多高，海多深"的高中生，一个曾因考上大学而兴奋不已，也因成绩不理想而懊恼非常的高中生，一个很想保护自己，又不会保护自己的小男孩离开父母，来到异乡，是这里的老师，同学们使我在这里建立了家的概念，体验到了家的感觉，并把自己作为这个大家庭中的一员，在此特别感谢同宿舍的七位兄弟，他们的关心，他们的帮助，他们的接纳，甚至他们一个友善的眼神，都将使我铭记在心，我以能与这样七位兄弟同住四年而感谢冥冥之中的上苍，是他创造了这样的机会，这样的环境，这样的一个"家庭"，时至今日，每每回忆起刚来时的那段美好时光，都令我感动不已。

● 接触最多，感情最深的当属开学时，同时在一寝室的同学，那个时候，我们按年龄排兄弟，我排老四，并且大家根据每个人的"特点"都起了个绰号，他们都说我做事"狗点儿"，所以以后"四狗"的绰号就给戴上了，这一下全班都叫开了，开始我不太好意思，但久而久之也就习惯了，不叫还觉得有些不太亲近。寝室生活丰富多彩，打打闹闹，也经常闹得是天翻地覆。同学之间就像一家人，互帮互助，互激互勉，比高中时更进了一步，有时也为小事"斤斤计较"起来或为某事争得脸红脖子粗，现在回想起来，那时真是无忧无虑，荒唐可笑。

● 大一的幼稚，总觉得进入大二的时候就该轻松了，所以同处一室的八个小兄弟开始疯玩，不过我深深地珍惜我们之间的情意，我们虽然来自不同的地方，有着不同的语言，承袭着不同的风俗习惯，但这并不能影响我们彼此交流，就在大家互相介绍之后，我们八个人组成了一个温馨的家，友谊的桥梁在我们中间架起了。在这个小家庭里，我们同欢喜共忧愁，以坦诚的心彼此相待，这个小集体，我们都付出了自己的真情，溶入了浓浓的爱心，四年里，偶尔也会有点小摩擦，小误会，每一次我们都能互相谅解，在生活上彼此照顾，在学习上又互相帮助。大一的生活是多彩的，系里为我们展示自己的才能提供了广阔的天地，每一次辩论会我们都踊跃参与，丰富多彩的校园生活驱散了我想家的情愁，没来得及细想，大一的生活就结束了。

● 到了大二，我们十七个男生搬到了两个大寝室，这一下我们就生活在一个大家庭里，更是热闹非凡，更进一步促进全班同学的友谊，大伙时常组织各项比赛，虽然我"不太爱运动"，但有时也作为他们的看客，为他们助威，不论成败。各种各样的事都在我们中间发生，有快乐的，也有悲伤的，但所有的一切都促进了我们彼此了解，彼此的友谊，总之还有很多事不能言表于此。

● 我们班是一个活泼、团结、向上、极具凝聚力的集体。说它活泼，这是任课老师给我们的评语，尽管课堂上我们聚精会神地听讲，但课后我们也能跟与我们年龄相仿的老师愉快交流，在我们身边总也少不了欢歌笑语；说他团结，这是大家有目共睹的，在我们这个集体里，无论是谁有困难，总会有二十六双温暖的手及时地伸出；在我们这个集体里，无论是谁提出了合理化建议，大家总是一呼俱应；说它向上，这是有据为证的。1996～1997年，我们班共计四个寝室，百分之百通过了免检，A级率居全院前列；我们的早操出勤率居全院首位；每届运动会我们虽没拿过什么大的名次，却以顽强的拼搏和文明的纪律赢得了"精神文明单位"称号；更可喜的是，我们班于1996～1997学年被学院评为"优良学风班"。成绩的取得，离不开领导和老师的正确引导，以及同学们的共同努力，二十六双充满智慧的手通过真实的劳动，创造了美好的生活。

● 通常情况下，集体活动是最容易让同学彼此间的心靠拢的了，第一次活动就是刚入学的新老生联欢，它给我们提供了彼此认识、相互了解的时间和空间，那各式各样的自我介绍，深刻有趣，活动的戏剧性也很强。第二次就是一二·九长跑了，因为活动的激烈，大家的热情也高涨了起来，于是当活动结束时，大家的心却没有平静，于是又有了下文：全体男生请全体女生吃饭，滑旱冰，这次大家的心走的就更近了，接着的各次运动会，各式联欢、各式游玩，使大家到现在还心连着心，分开实在是痛苦的。

集体，不是个体简单的数字堆砌，而是一个有机的组合，大学里一个宿舍、班级，每一个生活在里面的人无不感受到集体的温暖、积极、向上的良好氛围，并享受着奉献后的收获。

● 经过一段时间的接触，我发现这些初入大学的同学都很直率，待人热情，但也不乏几分自负劲儿，这里的确是群英荟萃，是一个最富于竞争意识的群体。实际的生活，让我们尽快地通过各种方式彼此了解，在了解的基础上理解和尊重他人，遇事多想想集体，想想同学，注意改变自己的不良习惯，以互相关心，彼此尊敬，乐于奉献和谦诚待人的态度，去共同创造温暖和谐的集体环境，我们的感情也随着时间的推移逐渐加深，同时我也学会了让别人快乐，自己快乐，学会了如何对待人，对待事，这是我来到大学学会的第一件事。

随之而来的家庭变故使我陷入了自卑、恐惧而不能自拔，这里是老师同学们伸出了一双双友谊之手，帮助我挥去了乌黑的愁云，重现阳光。

乌云散去了，天空晴朗；黑潮退去，海面平静；走出了误区，我也重新找回了自我。第二学期开学后，同寝的人都说我变了，活泼好动，整天爱闹的我回来了，我拆去了心理上的屏障，真诚地和同学交往，和他们交心之后，我更觉得那些"告诫"真害人，差点让我失去这么多朋友，在交往中，他们待我像妹妹般的呵护，让我充分感受到了班级的温暖，偶尔的情绪波动也会随着她们的安慰而荡平。在这里，我也要感谢他们带给我的那份感觉，尤其是同寝的姐妹们，随着心情的畅快，我做事也有了动力，我积极参加系里举行的各项活动，没能力参加的，我也积极参与，足球场、篮球场、排球场上、系里香港知识竞赛中，处处都留下了我的身影。在广泛的参与集体活动的过程中，我逐渐地和集体融在了一起，也深切地感受到了这个集体的凝聚力、向心力。在这里也要感谢系里的领导和老师，谢谢你们对这个集体的关怀与感召，它有如此的向心力，有你们的一份功劳，使我在这个集体里生活得很快乐、很舒心。在学习上，我也比以前有了进步，虽然比班里的好学生还有一定的距离，但对本门学科缺乏兴趣的我有此进步，虽不满足，也已很高兴了，大二上学期，我依然在班级这个空间里继续翱翔，在寝室这片大海里自由地、愉快地游荡。在寝室里，我们坦荡地展现自己，优点我们赞赏，缺点我们克服，该学习时，我们一起挑灯看书；该玩时，我们走进大自然；懒时，我们又会集体睡懒觉；勤快时，我们又白天、黑夜地在教室画图，这就是我朝夕相处的姐妹们。就要毕业了，我最舍不得的就是这份感情，在此我不愿太伤感，只希望她们都有美好的未来，让我们永远情系母校，校庆五十周年时，看到年近花甲的校友们携手重游校园时，给了我很深的感受，真希望有一天我也会与我的同学们重回学院，重温这份深情。

● 在努力学习的同时，我注意与同学、室友保持良好的人际关系。良好的人际关系对一个人非常重要，虽说还没走向社会，但我已认识到这一问题。良好的人际关系可以使人心情舒畅，可以让人摆脱孤独和寂寞，可以在遭受挫折时得到一点慰藉。通过这四年与周围同学的相处，我对"朋友"一词逐渐形成了一些自己的看法和理解，这对我今后乃至终生都将产生重要影响。与四年前相比，今天的我少了些许当初的分明棱角，多了一些世故和圆滑，有人把这理解为一种成熟，我不知道这究竟是退步还是进步，也许它具有双重性，在此不论，随它去吧。

● 在为人处世方面，我觉得四年的大学生活使我有了很大的提高。上大学前，常听人说大学里的人际关系很复杂，甚至有人提醒我"害人之心不可有，防人之心不可无"，事事明哲保身，少说为佳，而在学院，在我的周围，我所看到的并不是这样，我想以诚相待，并不会换来恶意的伤害，使我非常高兴的是，相处了一段时间后，我逐渐地了解了大家，大家也渐渐地了解了我，私下里他们很愿意接近我，能毫不保留地跟我谈心里话，包括他们的痛苦与欢乐，这一点使我感到非常欣慰，他们能把我当作朋友，能够信任我。

在随后的几年生活中，我们增加了了解，逐渐掌握了每个人的优点和缺点，长处和短处，我们并没有因为当面指出谁的短处而反目，相反那使我们觉得相处的更加真诚。我相信这四年的同窗之情，将永远珍藏于我们心中，永远是我们回忆的主题，永远是我们记忆长河中，最最汹涌澎湃的一段，或许当我们于若干年后再相逢的时候，我们仍会喜形于色的相互打浑"大学的时候，你就是……"我们将永远的记住这段美好的时光，这段天赐的情缘。

2．充实的大学生活，感悟集体

走过了懵懂的大学之初，寝室、班级、系乃至学校、国家的集体意识逐渐增强，由不自觉到自觉地强化和升华集体荣誉感，以平静理智的心态包容别人，以无私友善的行为奉献爱心，用自己真实的生活感悟着个人与集体共同的成长……

● 在大学里实行的是公寓制，所有的同学必须住校，我从小学到高中一直都是走读生，是初次体味这集体生活的滋味，仔细回顾这四年来的宿舍生活，真的感到收获着实不少，我们宿舍八人，辽宁省内四人，省外四人，大家聚到一起真的不容易，当然大伙在一个屋里生活，磕磕碰碰在所难免，一些小的不愉快的事情过夜就忘了，现在回想起来，真是没有什么大不了的事情，想着在一块的日子，临睡前你一言我一语的谈话，甚至拌嘴都觉得特别亲切，小小的寝室拉近了我们的距离，使我们八个人成了真心的好朋友，它也教会了我如何与人相处，我觉得与人相处最重要的一条就是，凡事，多替别人着想；还有就是"己所不欲，勿施于人"如能做到这两条，你的人际关系便会很融洽了。

● 我们寝室八个同学，每个人都有自己鲜明的个性特点和爱憎喜乐，小小的寝室，就是一个浓缩的中国，微型的社会，偶尔也会有不愉快，由于我们都能理智地解决小矛盾，感情与日俱增，每个人都以身为本舍成员而感自豪，共同为寝室环境、氛围建设尽自己最大的努力，寝室评免检宿舍是学院的一大特色，给我留下了深刻印象，它与评奖学金、三好学生、优秀学生干部挂钩，所以，同学们十分重视。然而，第一学期我们落榜了，一向活泼的寝室同胞们沉默了，事后，我们总结经验教训，在寝室卫生上加大力度，大家齐动手，把地面用洗衣粉彻底刷净，门窗擦得干干净净，被褥叠得像豆腐块似的，床单铺得平平的，紧张地等待检查，最后终于获得了免检宿舍称号，大家高兴的拥着，共同分享成功的喜悦。

● "和平共处"是我们共同信奉的原则，然而"内战"的爆发也在所难免。让大家"遗憾"的是每次的"民事纠纷"，都获得了"庭外调解"，没能对簿"公堂"。分久必合，合久必分，于是这一件件"民事纠纷"成了增进我们感情的催化剂，让我们体会到了和好如初后比以前的感情更加的亲密。我们相处的那份融洽，是让我引以自豪的地方，我们一起走过的风风雨雨，一起经历的酸甜苦辣，我都会刻骨铭记，相信我们的友谊不会因为时间的流逝而暗淡，我们会比以往更加珍惜这份感情。

● 虽然大一上学期学习比较轻松，而我们姐妹的真挚情谊却让我的精神生活过得充实而愉快。早就听说大学就是一个小社会，里面很现实，充满了社会中的尔虞我诈，争名夺利。也许每个人都存有一种戒备，可当我们走向那陌生空间，看到彼此那似曾相识的身影，我们知道我们是同路人。随着时间的一天天地过去，随着我们之间的了解一点点加深。才知道我们原来是一档"黄金组合"，可以一起睡懒觉，然后风风火火奔向 A 点（教室），开始我们的必修课；可以在老师一声下课后，紧急出动，向 B 点（食堂）进军；可以在晚上聚集在 C 点（寝室）打打闹闹、神侃、唱歌；可以集体凑份子买回一大堆食物，风卷残云以慰藉一下我们久违的肚子。生活的点点滴滴让我感动，姐妹之间的情谊让我心动，往事不堪回首，回首只会让我徒添伤感。分别在即，我们只能互道一声珍重。如果有来生，我们愿再续姐妹之间的未了缘。

班集体是大学生生活的基本单位，是社会化的主要场所，对大学生的精神面貌有深刻的影响。首先，班集体能满足大学生的各种心理需要，如归属需要、友谊需要、自尊需要，使大学生增强自信心，获得支持；其次，班集体能激发大学生的学习热情，互相交流，取长补短，平等竞争，提高个体活动的积极性、主动性、创造性；再次，班集体可以调节人际关系，及时化解矛盾与误解；班集体还有助于大学生思想道德水平的提高，使他们更加关心集体、热爱集体、关心他人、培养集体主义精神。

● 我很庆幸，在大学我生活在一个团结的集体里，不都说"团结就是力量"吗？我确实感受到了，集体虽小，但力量却是不可低估的，在宿舍建设中，我们是排头兵，在学风建设中，我们班级综合测评成绩是名列前茅，在学院组织的各项活动中，我们永远是成绩不凡。这些骄人的成绩如何而来，除了我们集体中二十七名成员的齐心合力，更重要的是有正确的领导核心，系里的领导对我们关心备至。常在我们有困难的时候伸出援助之手，在我们学习、生活中出现问题时，及时提出并更正。我们的班主任老师更是与我们打成一片。起初，他在我心中的地位依然是像小学时的老师一样，有种神秘感和威严感。但越是相处才越发现他就是我的大哥哥，跟他在一起有毫无拘束的感觉。还有我的这些同学，也是一群兄弟姐妹，每个人都有一份激情和爱心，无论是在学习中，还是在生活中，都能体现了一种蓬勃向上的朝气，自从我们宿舍搬迁以后，更是亲上加亲，不分彼此，正是因为有了这样一个集体，才又使我懂得了"只要人人都献出一点爱，世界将会变成美好的人间"。虽然这个集体中的每个成员都将要走自己的路，但我们集体团结的力量是永恒的。

● 在文体活动中，我积极地响应参与，尽自己最大的能力为集体争光。我是系里足球与排球队的绝对主力。由于我们系小人少，所以在各种体育比赛难免要亏。所以我们只有团结一致，发扬集体主义精神，才能打好每一场比赛。在"建院杯"排球赛上，我们的对手是经管系，实力与我们相差不多，只要我们发挥正常的话，拿下他们是没有什么问题。在刚一开局，我们大家发挥得很正常，轻轻松松地拿下了第一局。在接下来的两局比赛中，由于头一局的胜利冲昏了头脑，只注重个人的表演，而忽视了集体的配合，出现了几次失误，大家产生了急躁的情绪，结果，我们以1：2的比分被淘汰出局。通过这次比赛，我们发现了自己的缺点与不足，也认识到了集体精神的重要性。并且也发誓一定要挽回这个面子。最终，我们在学院举行的"建院怀"男子篮球赛中充分发挥了我们的长处，配合默契，相互鼓励，发扬集体主义精神，终于打败了对手，挽回了失去的面子。

●　大学生活使我们认识到，一个良好的寝室气氛非常重要，它可以使人消沉，也可以使人振奋，作为寝室长的我在寝室建设上，我不一意孤行，而是主动征求大家意见再做决定。以期有一个大家都比较认可且比较理想的结果，大家达成共识，寝室就是我们的家，并且齐心协力用八双手建好我们的小家。四年中，我们的努力没有白费，我们曾多次取得了"免检寝室"、"文明寝室"的光荣称号。在这过程中，我们学会了分工合作，知道了集体的力量比一个人的单兵作战要好得多，寝室的建设不仅改善了我们的生活环境，增进了我们的友谊；而且使我们养成了良好的生活习惯，促进了我们的学业进步，使我们一生难忘。

●　真实的生活让我感悟到一个人的生活离不开集体，我爱好体育，通过篮球比赛我认识到一个人力量的单薄和团结的力量，每个人都出众，但没有合作，不会合作的集体不一定是个好集体，只能是一盘散沙。而一个团结的集体却一定是个优秀的集体。我记得我班同学辩论赛场上的雄辩，学舞时的执著，读书时的静谧，学唱时的放歌；我记得春季运动会上全班同学都来助威，硬是把场上的运动员从第五名喊到第二名，深切体会到集体发出的光和热所进发出的巨大能量，再一次验证了"团结就是力量"这一至理名言。

● 一个集体的好与坏，离不开纪律的约束。四年来，我严格遵守院规校纪，时时刻刻都用它为准绳约束自己，使自己的生活更加完美，我的同学们也实践了这一过程。一个集体的发展，离不开集体荣誉感这个向心力、凝聚力。生活在一个集体里，当个人和集体利益发生冲突时，应该舍弃个人利益，一切以集体利益为重，现在是这样，将来也如此，当国家利益、集体利益与个人利益发生冲突时，应当以国家利益和集体利益为重，作为一名大学生，无论将来走到哪儿，我们首先应牢记的是这一点。

● 集体中的每个人只有把集体的利益放在第一位时，才能最大限度地发挥出自己的能力，实现本身的价值。如果过多地考虑个人的利害得失，虽然一时会得利，但久而久之，会失去他人的信任，失去集体的帮助。只有在同学们共同的努力下，团结大家的力量，向着一个目标前进，才能使集体的力量强大，完成各项任务，在大学这个集体中，我懂得了如何与各种不同性格的同学相处，互相谦让，互相理解，共同进步。

● 我已不再那么恋家而是学会了关心别人，与人友善相处；学会了独立思考一件事后努力将其做好；学会了学人之长，补已之短；学会了忍让，不再为小事斤斤计较，考虑问题时已能从各方面着眼而不像以前那样只顾一点儿不及其余，集体生活给了我不少珍贵的人生体味。

第二节　集体，个人成长的摇篮

大学生是未来社会的工程师，未来世界的开拓者，他们以年轻人特有的方式感悟着集体，共同融于积极进取的群体之中，同时健康向上的集体氛围又激励着每位莘莘学子刻苦学习，努力拼搏，在各方面不断完善自我，投入到积极的竞争之中，在人生的黄金时期积蓄能量，准备以良好的修养、丰富的学识、出色的能力回报社会多年的培育。集体，名副其实地成了大学生们健康成长的加速器，使他们在大学时代合奏出美好圆润的"大学交响曲"，这动听的旋律散发着温馨、透射着力量。

1．集体，给了我真挚的友情

和谐的人际关系和真挚的友情不仅直接影响到大学生的学习生活的顺利进行，给心理带来稳定感和归宿感，也有利于激励新的求知欲和上进心，产生紧密配合，互相促进，团结、互敬、高效的团队精神，帮助个人克服狭隘、自私、目光短浅等不良心理，促进人际关系的和谐发展。

● 朋友，这是人生不可缺少的，俗话说，在家靠父母，在外靠朋友，什么是真正的朋友，是我在大学中体会最深的，在这里，我结识了一批志趣相投的，荣辱与共的朋友，我们对于人生有相同的看法，对于青春有同样的感受，对待生命是同样的热爱，对待友情是同样的珍惜。四年的大学生活，我都是在友爱中度过的，体会最深的就是大一上学期开学五十天时，父亲由于肝浮水晚期吐血而离开了我，在我接受了这个事实的时候只有我和姐姐分别生活在没有任何人可以依靠的异地，我无助极了，就在此时，系的领导帮我解开了心结，班主任还亲自去医院慰问我的家人，给我们无限的安慰，"没事，回家去吧，学习上你不用怕，回来后我们会帮你的，一切有我们大家呢！你不是孤立的。"就这样，我带着同学们的关心；老师、领导们的嘱托回家了。十天以后我回来时，宿舍的姐妹们怕我伤心，使出全身的力气让我高兴起来，怕我吃不下去饭，总是给我带一份可口的饭菜；怕我寂寞，经常留下来陪我；有快乐的事都跑过来与我分享；看我一个人发呆的时候也不来吵我……他们对我的关心真可谓是无微不至了，就是亲姐妹也未必能做到。

● 兄妹情虽比不上姐妹情，但也是让人热泪盈眶的，从家回来的第二天，是我二十岁的生日，由于在家忙了太久的缘故，连我自己都不记得了，但兄妹们都记得，他们想尽一切办法让我过好这一天，当我推开宿舍的房门，一个大大的蛋糕、二十支蜡烛、一盆盆水果呈现在我面前，我明白了一切，大家的心意我领了，你说，生活在这种大家庭里，你能不感到幸福吗？

老师、同学的温暖慰平了一颗因失去亲人而痛苦受伤的心；而身体的意外受伤和家庭经济的暂时困难的同学同样会得到集体的帮助和关心，团结、向上的集体告诉我们：你并不孤单。

● 大二时，因腿骨骨折，我行动不便，去教学楼上课成了我的大难题。虽然是难题，但只要有了热心的同学在，什么难题都能解决。他们用坚实的脊背一次次地背我到课堂，他们用热情的心关怀我、照顾我，我深切地体会到了友情的力量，集体的温暖。在我最需要帮助的时候，在我最无奈的时候，在我最心烦的时候，给我帮助、给我解闷，陪我谈心，给我动力。福不双至，祸不单行，一次球赛中我摔坏了左手，眼看就要考试了，却出了意外，住在病房的我急得不得了。这时，同班同学为我带来了复习资料，我在病中坚持学习。有疑难之处，通过电话和同学研究，不知不觉快考试了，挎着绷带来进考场，紧张得不知所措，站在考场门口直徘徊，同学这时来安慰我："没事的，就和平时做题一样"，我顿时轻松了许多，踌躇满志地走进考场。成绩出来了，我顺利地通过了这次考试，看着这些在生病时照顾我吃饭、叠被的同学们，我不禁双眼潮湿了。的确，生活中有许多事让人感动，也就是这些平常小事，点缀着生活，像一眼清泉、一掬清水，给人的并不是许多，但却能长年累月地给人温暖、让人的心田得到滋润。

● 几年来，我时刻也没有忘记同学的帮助。都是独自在外学习，为了一个共同的目标在这里相识，相聚，组成这个温暖的大家庭，每个人都是这个家庭中不可缺少的一部分。我们情同手

70

足，胜过亲兄弟，处处充满着关心与帮助，互相之间产生了不可用语言表达的友情，正是这种友情伴随着我们度过了愉快的大学时光。生活总是那么不平静，偶尔也会有摩擦，这是在所难免的，但这些都会在同学的理解中化为乌有，往日的笑脸还会再现。

● 四年之中，学校的老师、领导和同学给了我生活和学习的帮助，也令我深深的记在心中。每年的贷款部少不了我的份，家庭劳动人手的短缺，父母的多病，让我家的经济来源非常紧张，让我在每个困难时期挺过来的都是学校给于我的无息贷款，使我能够安心地学习，努力地把自己的学习搞好，不让生活上的困难干扰我的心，让我平安的地渡过了四年的大学生活，我衷心地想说一句，谢谢你们，敬爱的老师、领导和同学。除了贷款之外，特困生补助也让我受益匪浅，勤工俭学活动让我经过自己的劳动赚得一笔对于我来说是相当丰厚的资金，让我不缺生活所需和学习所需，顺利地完成学业，也增加了我对人生的感悟和理解。老师、同学的帮助和关心使我在学习期间和假期期间都保持着良好的心态，迎接一个又一个学习、生活的挑战，这种温暖将陪伴着我度过整个一生，我永远都会铭记在在心，当作一个美好的回忆，当我今后困难时常常想起它，给我帮助和力量，让我战胜困难，进入下一个旅程。

● 要毕业了，最不能忘记的是领导、老师和同学对我无微不至的关心与呵护；最难以割舍的是和同学们、朋友们结下的深厚情谊。朝夕与共，喝同一杯水、吃同一碗饭，静坐床边彻夜长谈，这一切的一切包含了多少快乐与兴奋，也让我们结下了难以割舍的情谊。没有勾心斗角，没有尔虞我诈，大家都以自己的真实面目相处。为难的时候，朋友们帮你一把，难受的时候，又可以倾吐你的辛酸和痛苦，大家一起为你高兴，也能一起为你哭泣，生活在这个集体中，从来没有寂寞与无聊，也从来没有屈辱与孤独。因为，有那样一帮朋友关心你，理解你，不带任何私心杂念。所以，我们在一起的时候，可以大碗的喝酒，可以坦诚的交谈，这已经完全超过了"酒肉朋友"的境界，这里蕴含着浓浓的情谊和芬芳的情怀。即将告别那同甘共苦的兄弟和朋友。心里有说不出的难受，或许以后的日子将不再有机会重聚，或许以后将音信全无，或许在以后的日子将感受不到类似的心境与情怀，或许……不管怎样，我们毕竟拥有他，一块儿高兴、一块儿悲伤、一块"吃喝玩乐"过，让我们抛开这一切烦恼和悲伤，共同去珍藏这份情谊，把握好明天，再见了。朋友们、兄弟们，以后的日子愿你们一帆风顺，一切如意！

2．集体，教会我如何做人

大学四年里，接触最多的是老师、同学，在失意彷徨的时候，在取得成绩的时候，在每一学年、每学期、每时每刻都有集体的智慧和力量引领大学生们学会面对各样的生活，学会理性地处理问题，学会发掘美、创造美、欣赏美；学会理解与宽容；学会与人愉快的交流；学会做人、做事、做学问。

● 大学里最重要的是要学会做人，这是在新生入学大会上一位院领导说的，当初我对这句话理解的并不深刻，难道做人也要学习吗？四年过去了，现在，我真正感到这句话所包含的深刻意义。做人的道理其实上很深也很浅，人是生活在集体中的，如何能适应环境，搞好关系，使自己得以发展，处理好方方面面的事，其实就是一个做人的问题。

● 我们都是青年人，正处在学习阶段，每个人身上都存在这样那样的缺点、毛病，犹如化学元素表中的元素，各有各的属性，有"活性元素"，也有"惰性元素"，大学生活的每件事好比催化剂，在不同的温、压及催化剂作用下风风火火，热热烈烈地反应了一千多个日日夜夜，这一千多个日夜的生成物将是我们心中最珍贵的回忆。生动的比喻说明一个哲理：学会生活首先必须学会宽容，如果没有宽容，那一千多个日夜的反应，将是怎样的结果呢？其次，同学之间必须真诚相待，以心换心，推心置腹，这样才能彼此理解、信任，进而建立深厚的友谊。社会是人的组合，广泛的团结才是生活的坚强后盾，一个团结的集体，就会产生无穷的力量。

● 大学生活给我带来最大的收获便是在人际交往方面。在这里，我接触了来自五湖四海的各种各样秉性、喜好的人，通过他们，我知道了什么是善良、豁达，什么是诡诈、精明、使我学会了接受各式各样的人，从他们身上发现许多值得学习的优点：山东人勤奋、能吃苦、特别敬业；辽宁人有礼貌、热情，在交往中有一种亲切感；南方人头脑灵活、善于思考、做事细致。从不同人身上吸取其优秀的方面使自己趋于完善，这已成为我的一个生活准则。

● 在大学的最大收获除了学习外，就是冷静，不会为一点点成功而沾沾自喜，更不会用个人狭隘的思想来衡量事与人。用理智的思路来理顺一切。大二时自己曾在系体育部工作过一段时间，取得了不少可喜的成绩。这也与领导的教诲，同学们的支持密不可分。在学院的春季运动会上，我系取得了总分第二名的好成绩。同学们并肩拼搏，这一次集体与个体的相融相识后迸发的动力是惊人的，可喜的。我也有了得以施展才华的机会，在卡拉OK大赛上担任主持人，大赛热烈活泼，展示了大学生风貌。

● 四年的文体活动与人际交往同样给了我极大的收获。由于喜爱篮球的原因，交了许多球场上的知己，建立了真挚的友谊，这些源于内心最深处的热爱而建立起的友谊，是我大学生活中最美好的回忆。与同学之间的朝夕相处也使我在人际交往方面有了更大的收获，这使自己在与人际交往方面有了更大的收获。这使自己在与人处事上更成熟、更谦虚、更老道了。我深知一个道理：礼貌待人，多为他人着想。做到这一点很难，但也不难，只要是发自内心的，很诚恳的，就必然会受到他人的礼遇与尊敬，这也是我处事的信条。

● 时光匆匆流过，回想起来，我很庆幸来到了沈阳建工学院，更庆幸和自己的老师、同学们在一起度过了充实的四年。记得那年报到，刚下火车时，心理忐忑不安，但一出火车站，学院接站同学的热情感染了我，心中油然产生了以后我也一定来接新生的念头。一个人在接受别人帮助的时候，就应该想到日后如何去帮助他人。互相帮助不仅有助于增进彼此之间的感情，而且可以陶冶自己的情操，使自己的人格变得更加完善和高尚，这四年中我也是这么做的，虽没什么惊天动地之举，但我也付出了我的满腔热情，同学们也给了我很多支持，获得了珍贵的友情。我们的班级是一个积极向上的集体，我们的寝室是一个团结先进的集体，我和大家愉快相处，学会了自理、自立，学会了如何做人，对于以前从未离开过父母的我，收获是巨大的。

● 虽然我的大学生活趋于平淡，但我过得很充实。我曾用真诚去爱和关心他人，忘掉自私、自利。生活中我感到交流的重要，通过交流，我融入了集体并乐在其中；通过交流我可以用很短的时间，学习别人在很长的时间才得到的经验；通过交流，把我的经验与大家分享，并从中得到乐趣；更重要的是，我与同学进行了心灵的沟通。交流是社会生存的必备课程，在大学我学会了它。

● 诚实而清醒地对待生活，生活将无欺于我，平时多为他人着想，学会了尊重他人，生活就会很开心，学习自然就有了良好的内外环境，也便成了我学习知识，锻炼本领的加速器。

第三节　在集体中展示自我，发展自我

大学这一人生最美的黄金时代，能带给经历他的人什么，每个学生都有各自的心愿和不同的解答，但主要的是要在集体中学会生活，充分展示自我，发展自我。个人方面，以学习为主，明确主要任务就是学习，基本功扎实了，才能为步入社会奠定坚实的基础；同时要培养多方面的兴趣、爱好，不能成为只知道学习的书呆子；还要在集体生活中，加强自身修养，培养良好的团队精神，并在拼搏中感悟生活的快乐。

1．面对现实，客观把握生活角色

渡过艰苦的中学时期，实现了多年的大学夙愿，置身于现实的大学校园中，难免会产生理想与现实的反差与冲突，这时首先要学会客观地评价自己，客观地审视环境，面对现实，确定个人的努力方向，把握生活的角色，以积极的心态投入真实的生活，自觉摒弃"协奏中的颤音"，流出和谐的乐章。

● 大学生活并不像我高中时代想像的那么美好，刚进学院时，的确有一种失落感，与想象中的大学相距甚远。随着时间的推移，一直盘踞在我心头的失落感逐渐减少了，并且开始有点喜欢学院了。虽然教学楼不是想象中的那样雄伟壮观，但窗明几净；知识渊博的教授绘声绘色的讲解，加上设备齐全的实验室、微机室、语音室，还有什么不满意呢？寝室虽然不那样美观别致，但寝室内部床铺整齐，地面清洁，这样的休息环境还不满足吗？和蔼可亲、知识丰富的老师，热情奔放、乐于助人的同学使我的自卑感、失落感消失殆尽，使我渐渐地适应了学院的环境，加入到学院的大学人行列之中，与他们共同学习、生活、谈论、运动，融入了这多彩的大家庭，并成为其中一员。

● 在大学的第二年中，根据需要，我们寝室被拆开了，10个人一屋，因为是同班的同学，彼此都经过了一定的交往，并不陌生，我很快地溶入了这个团体。大家一起吃，一起玩，一起学习，有的买了电脑，还有录音机，学习气氛浓，生活得有滋有味。隔壁对门一个班级的同学，没的说，你来我往，就像一个寝室，一起打"棒"，一起踢球，因为我们班男生只有17人，我们分院又人少，所以我们便理所当然地成为分院足球队的主力，但也正是因为人少，实力有些不济，以至于在"建院杯"足球赛中一球未进，一场未胜，虽然这样，但打97级新生时还挺狠，在告别赛0：2落后的情况下，大家不气馁，配合默契，顽强拼搏，最后以6：2反败为胜，关键在哪，集体的凝聚力。

● 提到凝聚力，就该说说我们班这个集体了，人不多，27个学生，心不多，27颗大小不同却火热的心，但正是这27颗赤诚、火热的心托起了班级的辉煌，96～97学年，被院里评为"优良学风班"。我们班10个女生该提提了吧！没有她们，将不是一个完整的集体；没有她们，将不会有温暖的生活；没有她们，将不会有我们这帮男子汉的"活泼"，爱美之心人皆有之，何况正处在花朵时期的她们，爱笑、爱玩、爱哭、爱闹，但更爱学习，在四年大学生活中她们的学习成绩总是名列前茅，获得奖学金最多的也是她们，运动会上得分也超过了我们这帮"男子汉"，真有些自悲，我的妹妹呀！也不说让让我们，也曾不只一次让我们，只是我不好意思说，让她们让？我怎么说得出口，真的挺想的，无论我们班级的哪一位同学，都那么好，好得我有时都难以招架。

● 大学时期是大学生获取知识、提高能力的关键时期，作为一名大学生，当开始大学生活时，要逐渐完成从中学到大学生活的几个适应性转变。其中最为重要的就是学习规律的掌握和学习方法的转变。也就是说，由于大学生活不同于中学时期，我们要尽快掌握大学的学习规律，适应大学学习。

● 在大学期间，我曾和其他同学一起组织成立了两个学生社团，担任三个学生社团的负责人并兼任院报记者，大一加入院学生会。院筱竹剧社成立，我参与其中并承担策划和编导，加入大学生通讯社，任《沈阳建院报》通讯员。大二与同学一道组织成立了院书法协会，任副会长，负责管理、协调、组织工作，曾组织过沈阳五所高校书法联展等大型活动。大二被党委宣传部、院报编辑部聘为《沈阳建院报》记者，大三担任鲲鹏文学社社长，定期编辑出版刊物。大四担任大学生通讯社社长，协助院报编辑部老师编辑《沈阳建院报》，组织开展学生通讯社的活动。大学四年，我积极参加各种活动，并获得了许多荣誉，多次获得各种奖励。"读万卷书，行万里路"是我喜爱的格言，因为辽宁省图书馆离学校很近，使我借书、读书更加方便，我阅读了大量的有益的健康书籍，政治、经济、军事、哲学等内容都涉及。我利用寒暑假跑遍了大半个中国，只是新疆等西北几个省没去，但我目的并不是纯粹的观光旅游，而是为了解各地的生活风俗、民风，增长知识。

● 不知是哪位先知先觉说的"大一不知道自己不知道，大二知道自己不知道，大三不知道自己知道，大四知道自己知道。"以前并未觉得有何道理，仔细品味起来，自有一番深意，大一真有点懵懵懂懂，上课跟着老师走，讲到哪看到哪，考试不求优秀，及格万岁，结果看到期末有些同学一个接一个落马。还好我侥幸没有被补考，心里也不禁吃了一惊，有好几门功课在及格线上，下学期要有改观了，可真到了下学期，又被丰富多彩的校园生活吸引住了，看了许多经典名著，又作了许多自觉不错的伟大文章，就一直未将重心转移到学习上来，到了期末一看，成绩依然在及格线徘徊。于是明白了种瓜得瓜种豆得豆的道理，这才注意到校园里很多未曾见过的美丽、迷人的学习风景线：图书馆里同学们埋头于书堆中的身影；教学楼自习室没有空着的座位；下课后老师被学生围住解答问题的场面，诸如此类。我也随之加入到勤奋努力，寻找自己科学的学习方法的实践之中，让我感到了大学生活的实质和魅力。

2．勇于展示自我、发展自我

大学四年的时光，给了每个大学生锻炼自己、培养自己的良好机会，给了每个大学生表现自己，展示自我的空间和舞台，在这个舞台上，上演着一幕幕值得永远回忆的成长戏剧，弹奏着大学生活的"雄浑交响曲"。

● 作为新世纪的大学生，平时要抓紧时间充实自己，不但要学习扎实的书本知识，更要在社会这个大课堂汲取必要的营养，这对我们今后步入社会锻炼综合能力显得尤为重要。同时在保证学好专业的基础上，多参加各种集体活动，只要是对自己能力有提高的就一定去参加，无论结果如何，久而久之，自己各方面能力一定会有提高。作为一名班干部，担任团内宣传工作，办墙报是我的本行，从小学就开始办周报，但在一张几十倍于它的纸上做一番设计还是第一次，一次次积累，终于得心应手。

● 大学期间，我刻意约束自己参加了不少有益的集体活动。对班级和院系组织的活动我都积极参加，如在班级元旦联欢会上担任主持人，在篮球比赛中我任主力后卫，在歌咏比赛中我任指挥，在英语竞赛中我荣获二等奖等等。以前上中学时没有这方面的机会，高考像座山无时无刻不压得我喘不过气来，而大学赐予我一片土壤，使我能茁壮成长，开拓属于自己的一片天空。

● 开学初，我们迎来了一年一度的校园文化节，每个系里都要演节目，因为我们系是全院较小、人数最少的系，刚接到要出节目的通知时，很为难，但是同学们的热情高，集体主义荣誉感把我们班几个同学与老生的几名同学的心紧紧连在一起，大家坐在一起，共同商量，献计献策，决定要出个好节目，为系里增光，说动就动，我们大家抓紧课下、业余时间，想动作、组合、编排，由于七八个人的现代舞需要一块很大的排练场地，起初我们就在宿舍，把床搬开练习，后来不方便，就拿着录音机去青年公园排练。一天天的练习，大家的动作一天比一天熟练，一练就是一个星期，连公园的老年人都和我们熟悉了，随着欢乐的音乐同我们一起跳舞，还不时地称赞我们，这对我们是一种无形的安慰和鼓励，也就忘记了整日的疲惫，所想的就是取得好成绩，不让自己的汗水白流，终于等到了比赛的那一天，我们几个在台上尽情的跳跃，尽情的歌唱，加大动作幅度，力争把动作做得更完美。场下雷鸣般的掌声给了我们无限的力量，更增添了我们无比的信心。在掌声中我们圆满地完成了表演，最后我们获得第二名，这不仅是我们几个人的荣誉，而且是我们系里的荣誉，象征着我们全系的团结，全系的智慧。

团队精神带给班级莫大的荣誉，而个人的成长、成才更离不开集体这片沃土。

● 院筱竹剧社成立之初，我是骨干，我虽婉拒了社长职务却作了大量具体的工作，并为它的诞生，它的发展都做了不可磨灭的贡献。系春风剧社成立，我也是主要人物之一，我同样婉拒了社长的头衔，可我却兼做了社长、导演、编剧的大量工作，而今它的影响已波及全院。

院系学生会中，我都曾是举足轻重的人物，除了舍务部、体育部的工作，几乎每个部的工作我都作了，虽然因工作忙、学习紧等诸多因素，我没有同时兼任院学生会主席、系学生会主席，但我任职期间的表现及业绩均可圈可点。

四年来，我参加过的所有竞赛几乎都获过奖，大一时组织班级的两次晚会，树立了自己的威信与影响力，而在后来的文化周比赛中我几乎报名参加了所有比赛，有同学愿意参加的比赛我放弃，同学不愿参加的比赛我上去。本着"甘作铺路石，敢为天下先"的原则，我参加的各项比赛均未落出前三名。我是系辩论队的队长，在两届的比赛中都获得了全场最佳辩手，这也是绝无仅有的。

四年里，我历任宣委、班长、部长、主席、广播站站长、学通社社长、校报编辑等职，锻炼了多方面的能力。

这一切的成绩浸透了我的汗水，也浸透了师友们的鼓励与关怀，我知道若是没有他们，我想成就一切也只能是痴人说梦。

所以循着这条落满闪光足迹的旧路回眸，我的心中充满了感激与温柔。

集体，她以博大的胸襟，无私的奉献精神培养出了一个个优秀的人才，而真正倾情投入到集体中，热心为集体服务的人们同样得到了丰厚的回报，使他们在各方面得到了更多的锻炼，为走上工作岗位后大显身手积蓄了足够的能量。

● 我的体育不十分突出，但我愿意为集体增光，我尽我自己最大的努力去拼搏，因为我的个子矮，参加百米栏时，我跑得很艰难，每跨一个栏都像一座高山，攀越它是那么的困难，但最终我还是把十个栏全跨越了过去，我想这不仅为集体增光，也是战胜自我的表现，使我增强了自信心和做事的勇气。

● 我是一位来自农村的学生，父母早逝、姐姐出嫁、妹妹也为我辍学在家，经济上十分困难，系里得知这一情况之后，迅速向院团委作了汇报，在第二学期，我得到了沈阳兴业总公司每月 80 元的无私赞助。在那一次令人难忘的接待会上，学院领导及兴业公司领导热情洋溢的话语，句句那么朴实，句句温暖着一个孤儿的心。两位素不相识的大姨无私地奉献出自己的工资，来资助一位素不相识的孤儿求学，这是何等高尚的品德，我的眼睛湿润了，并暗暗下定决心，一定不辜负大姨对我的殷切希望，尽自己最大的努力，争做一名德、智、体、美、劳全面发展的优秀大学生。

● 第二学期刚刚开始之时，我被推选为班级的组织委员，在工作上勤勤恳恳，任劳任怨，尽力为同学们服务。我曾组织过多次有益的活动，为了了解历史，增强同学们的爱国意识，我们到东陵公园进行了参观，观赏了努尔哈赤的陵园，不仅看到宏伟的历史建筑，也看到了当代的一些珍品，做工精细，巧夺天工。一些历史故事，如义犬救主等都给人留下了很深的印象，参观结束后同学们均写了心得体会，均言收获颇丰。班级间的篮排球赛，不仅增强了学生的体质，也增加了班级凝聚力，培养了同学们的集体主义观念。还记得寝室间那次团知识竞赛，赛场上异常活跃，个个争先，不仅丰富了同学们的业余生活，也使同学们对团知识有了更全面、更深刻的认识。在组织这些活动的同时，我个人的社交能力、组织能力均在无形之中得到了提高，为以后步入社会打下了坚实的基础。

● 大学生活，让我感到可以失去一切，但不能失去自我。人的一生中没有太多的四年，人在四年中的机会也是有限的，主要取决于自己能否把握。科学技术的发展对经济增长速度和经济效益的提高起着越来越大的作用。计算机的广泛应用，使我看到了时代的脚步，我利用暑假期间在学校学习电脑，诸如AUTOCAD、WORD、EXCEL等基本知识，虽然失去了与父母相聚的时间，朋友谈天的机会，但我认为值得。在大学中，不光要学会学习既定的课程内容，还要学习书本之外的知识与技能。因为落后就意味着被淘汰，意味着被人从飞快的火车中扔出去。在这个知识爆炸的时代，要求我们要不断地武装充实自己，除了刻苦学习专业基本知识与技能，还要积极参加各项活动锻炼自己。我参加辩论赛，为了使自己的口才得到更深层次的锻炼，我利用假期，作了一名兼职推销员，那种感觉不是在书本上所能学到的。早上八点钟炼，几个职员在一起拿着产品彼此练习推销，锻炼口才，真到练到任意拿过一件产品，就可以从它的特点、造型、优点抓住顾客的心理，在五分钟之内通过心理战，使对方的警惕性降低为零，甚至彼此成为朋友，然后让他接受你和你的产品。说起来容易，做起来却是一件很苦的事。在大街小巷，各个阶层的人都要接触，有人会很客气地和你打招呼，有的人会给你赶出去，但你的脸却一定时刻要微笑，这些都是在学院永远也学不到的。我们说学院是一个小社会，其实在这里所表现的只不过是社会中的一个小角落，人们所向往的白色金字塔，没有污点，同学们之间没有利益冲突，彼此友爱相处。

● 由于我在中学阶段曾获全国作文大赛优胜奖，老师安排我做宣传委员工作。开学后不久系里组织了宣传报比赛，我带动许多在这方面有经验或是感兴趣的同学搜集材料，采集意见，后来在许多东西欠缺的条件下仍将宣传报办得有声有色，得到了老师及同学们的好评，给学习生活注入了新的生机。在大合唱比赛前，我代替临时有事不能练歌的文艺委员组织大家练唱，嗓子唱哑了也顾不上，就一心一意地想调动大家的热情，增强我们这个集体的凝聚力。在这期间我还总结了一个小经验，就是凡事要多听大家的意见，尊重他们的意见，并采纳其中合理的部分，这样才能将工作办得又顺利又圆满。后来还组织参加了辩论赛活动，开始是班与班之间的辩论，大家推举我作辩手，我以从容不迫、据理力争的辩论风采赢得了评委老师的赞赏，后来辩论以我们班的胜利结束。在辩论热潮的推动下，我又与班委商议组织一次班内寝室与寝室之间的辩论，班里同学都很兴奋很热情地投入到辩论热潮中，这次班内辩论活动的成功使我们班更具有了活力，大伙都感到了班集体的凝聚力，很乐意投入班里的各项活动。而同时通过这一系列的活动我也确立了我在同学们心目中的地位，在第二学期班团支部重选的那天，我以得票数最多的优势担任了团支部书记，在就职演讲时我说一个班要搞好活动必须团结，只有大家在相互理解的基础上真正地做到团结一致，那么我们这个班不论是在学习或是别的什么方面都会出类拔萃，我会为促成全班同学紧密团结贡献我最大力量。同学们为我的演说报以热烈的掌声，不仅因为我是班团支部的惟一一位女性，而且是被我的真诚所打动。在接下来的岁月中，我遵守我的诺言，孜孜不倦地为班团支部工作奉献着我的全部力量。人的思想总是不相同的，我特别注意在同学的思想工作上多下工夫。多次找同学谈心，化解某些局部矛盾，使某些落后同学能在思想和行动上与大集体同步。为了活跃同学生活，我组织了春游活动。这些娱乐性的活动有效地促进了同学们的进一步团结。我们班有许多特困生，家里生活条件不好，学习生活有负担，为了使他们更安心学习，我积极向系里反映情况，协助系里作好资助特困生工作，也捐钱捐物奉献我的一片爱心。在这其中我也看到许多特困学生的坚强的意志，这深深地震撼了我，我家庭条件相对于他们好一些，我不能因为这儿放松对自己的要求，我要向他们学习，在艰苦的环境下完成自己的学业。我也领悟到要在多方面锻炼自己，我积极参加各项系里组织的活动，经常参加一些以前我不曾参加的涉及面广的活动，开阔了自己的眼界。在作为一个团支书的工作中我学到了许多东西，让自己在大学中得到了锻炼。

●这四年，我真实地投入了大学生活，充分地展示自我，在集体生活中汲取营养发展自我，在最后一年的考研拼搏中，我如愿地以自己的不懈努力考取了我继续深造的高等学府，圆了我大学生活的又一梦想。如果我当初没有充分把握自我，把握机会，那么此时我将存着许多遗憾离开母校。

大学生活是短暂的，但在这短暂的人生黄金岁月中，无论是留给大学生本人的成长积淀，还是留给大学生集体的发展经历，乃至给母校留下的发展历史都将永久地成为昨天的记忆。青春是美丽的，大学生活是多姿多彩的，青春的美丽只有在集体中才能再现出来，放出亮丽的光彩；离开集体，青春将变得淡然无色，现代的社会交往使任何人都不能像鲁滨逊那样生活，在大学养成的集体荣誉感，会使大学生将来走上工作岗位，为单位、为祖国而拼搏、奋斗，到社会更广阔的舞台上合奏雄浑、华美的交响乐章，为社会、为人类贡献其所有。

第四章
进取与自信

    理想是人们所向往、所信仰、所追求的奋斗目标，是一个人在一定阶段或整个一生中的精神寄托，是人生观的核心，是人们前进的航标、前进的动力、前进的方向，在人们的社会实践活动中发挥着巨大的作用。因此，任何人在自己的生活道路上选择了正确的理想，人生就有了灵魂和支柱，选择了错误的理想，人生就会步入陷阱和坟墓。

    大学是成长的沃土，是人才的摇篮，是奋斗者的驿站，是攀登者的阶梯。同时，大学也是一块试金石，奋发者在这里得到良好的补养，为明天的腾飞奠定了坚实的基础。懦弱者在这里虚度光阴、碌碌无为，最终一事无成，成为了时代的弃儿。当我们穿越寒冷的冬天之时，心中期盼的是春天的来临，当我们跨过独木桥，走入大学校园成为人人羡慕的"天之骄子"之时，不要被面前的彩色光环所迷惑而停滞不前，不要为已取得的点滴成绩而陶醉，因为奋斗者只有理想和目标，没有终点。只有心中的目标没有迷失，只有前进的脚步没有停歇，我们才能在大浪淘沙中磨炼成为闪光的金子。

第一节　在奉献中找到乐趣

　　作为当代大学生是生活在重视和强化素质的社会环境之中的，提高自身能力，塑造完美自我已经成为大学生活的主旋律。我们在认真学习知识之余，积极参与社会活动，在无私的奉献中体味到大学生活的乐趣。

　　● 刚到大学时，这里的一切是新鲜而又陌生的。在适应了紧张有序的集体生活后，班主任老师非常信任我，让从没有担任过班干部的我来当班长这么重要的职务。我感到自豪，同时也感到肩上的压力。我暗下决心要把班级的工作做好，不辜负老师和同学的信任。我兢兢业业地完成学院及系内安排的各项任务，认真组织班级的每一项活动。生活上真诚关心每一位同学，逐渐的，我得到了班级同学的认可。我们的班集体团结一心，不断取得好的成绩。

　　大一下学期，为了搞好文艺活动，我去学习了跳舞，准备带领同学一起联欢。每当联欢时只因女生太少，只我一人与同学跳舞，使我们班的男同学没有舞伴，热情锐减，几次活动都不很理想。但我发现他们对卡拉OK倒是满钟情的，唱得要多高兴就有多高兴，看着他们那样无忧无虑地尽情欢唱，我就和大家一起组织"唱歌"，说真的，每一次联欢，我都很高兴，那种感觉是无法用语言来形容的。

　　还有一次，学院举办一个大型晚会，我们分院临时组织了一个舞蹈队，我成了一个主力队员。舞蹈的编排费了我很多心血，由于是刚组建的队伍，队员都没什么基础，所以在编和练上都是较为困难的。但是大家都很卖力，抽出业余时间，一练就是几个小时，汗水浸透了每个人的衣裳，谁都没有怨言，真令我感动。分院在物资上也给予大力的支持，为我们借服装，买伴奏带，这些都为我们的成功奠定了基础。演出那天，我们真的一鸣惊人了，台下掌声如雷。我们分院成立才两年，在我们之前只有一届学生，学院有些人还根本不知道有我们这样一个分院的存在。但通过这次活动我们为分院打响了一炮，争了光，露了脸。回来的路上，我请全体队员每人喝了一大杯可乐。大二的时候，我又带着下届的新生参加院里的集体舞大赛，使我更兴奋的是我既领舞又主唱。当然是我们再一次以辛勤的汗水换来成功，我们取得了全院第二名的成绩。当台下的观众不时的爆发出掌声与喝彩的时候，我心潮澎湃，这同时也是一种自我价值的实现。

大学三年级是我最充实的一年。开学初，由于班委、团支部换届选举，我又被同学们推选为宣传委员，从此在我的大学生活中又多了一份工作，我感到自己的责任加重了。通过班级工作的开展，我的能力有了进一步的提高，责任心更强了。在努力工作的同时，我成为了"文明大学生"。成绩是喜人的，但我的压力也更重了。我在学习和生活中要处处以身作则，这也是对我的能力的一种考验。由于责任心的增强，我学习也更加努力了。终于顺利通过四级考试了，洗刷了自己第一次没过的耻辱。同时专业课的学习使我对专业的认识更具体了，也加深了我对学习的兴趣。第一次专业课程设计结束后，看着自己的劳动成果，我终于有了一点点成就感。喜悦之余我也认识到自己还有许多东西要学，并且需要通过真正的工作来检验自己的学习成果。

大学不仅是一个学习的园地，也是锻炼一个人成长的摇篮，融入其中定会受益匪浅。

● 大学四年中我担任过不同的社会职务，从班级的文委、宣委、副班长、班长到学生会生活部委员、办公室副主任、主任、学生会副主席、主席等。在每一个不同的职务上我都得到了充分的锻炼，能力得到了很大提高。记得在担任副班长期间，我负责全班的卫生工作，为了很好地做好本职工作，我广泛听取意见、身体力行，虚心向上几届的干部取经，组织参观当时的学院标兵宿舍，互相对比找差距，取得了较好的效果，使我们班的宿舍评优率达到100%。正是工作的成效使我得到学生会任职的机会。在以后的各项工作中我更加积极努力，组织了许多有影响的文体类、知识类、娱乐类活动，既丰富了同学们的业余生活，又促进了学院的校园文化和第二课堂建设。工作中的广泛接触、共同提高，开阔了视野，锻炼了能力，为我们今后的工作打下了坚实的基础。

说到宿舍里，只有我一个班干部，这就要求我与宿舍长密切配合，调动全体舍员的积极性，努力创造一个舒适洁净的生活空间。宿舍长年年换，而我这个舍长助理却是终身制。遇有劳动，我总是抢最苦最累的活干，时间久了，宿舍那扇两米见方的窗户就成了我的分担区，无论寒暑只要是玻璃脏了，我总是爬上窗台，甚至钻到窗外，在六层楼高的楼体外擦净每一块玻璃。在大家的坚持和努力下，我们宿舍每年都被评为"文明宿舍""标兵宿舍"。在这个大集体中，我愈加得到了锻炼和提高。

我在任学生会办公室主任时，工作很多、很忙，无形之中就占用了我大量的学习时间，甚至是上课时间。我只好抓紧每一分、每一秒去学习，别人休息的时候我学习，正是这种学习动力时刻鼓舞着我，出色地完成了大学四年的学业。

给予是一种快乐，更是一种收获。无论是什么，都是最值得回忆和留恋的，是我们人生中最美好的一段幸福时光。

● 我在担任九六级学生分会主席工作期间，协助老师处理九六级的一些日常工作，虽然有时比较忙碌，但我感觉到很充实，工作能力有了提高，也对自己有了信心。其中我们组织的一次跳绳比赛活动搞得很成功，给我留下很深的印象，也给了我很多启迪。记得当时经过我们的共同努力，大多数同学都参与进来，玩得很开心，活动得到了同学们的认可。每次活动后，我真切地感受到，当你积极地去做一件事时，你会从中找到乐趣，当别人快乐的时候，他也会感染你，给予也是一种快乐。

同是学生干部，同样的职位，但在不同的时期的差别是很大的，只有经历过之后才会真正明了。

● 从小学到大学，任何职务的团、学生干部我都担任过。但回想起来，中学时的学生会主席工作，竟还比不上大学的一个班长、团支书。大学学生干部工作的自觉性、主动性、创造性比中学强得多。比如，以班级中团活动日的一个团会为例，团支部不仅要构思好团会的活动内容，而且需先安排协调班委之间的任务关系，调动团员的参与热情，然后才是具体工作落实。这样，每次团日活动才能让同学们真正的"用心"参与，真正地去感受"怎样做一名合格的大学生""怎样树立集体观念"，从而受到启发、得到教育，达到我们组织活动的目的。记得大一时，我们班团联合搞了一个为特困同学捐款的活动：为班里一名刚刚承受了巨大的家庭灾难的四川同学献爱心。当在"让世界充满爱"的歌声中倡议完我们的活动主题时，这位同学感动得哭了，好多同学也都低头擦起了眼睛，我感到了欣慰。那就是我们的工作没有白做，同学们都已从这里收获了许多。

大学不仅仅是学习知识的地方，同时也是一个培养人、锻炼人的地方。在大学里人才济济，竞争相当激烈，若想脱颖而出，必须勇敢地去竞争。机会只垂青于有准备的头脑，所以只能靠自己来争取。若想抓住机会，就要充分展示自己的能力，应勇于毛遂自荐，敢于积极争取。

● 刚入校门时，虽然天空中飘着细雨，但那种欢快的心情并没有受到丝毫的干扰，因为面对新的环境，新的同学，有一种兴奋。畅想未来的人生，美好的理想，心中不时产生一种冲动，然而这种冲动是肤浅而短暂的。随着对学校的熟悉，随着有规律生活的开始，它渐渐地被遗忘和磨蚀。当大学生活成为人生的一部分时，原有的那种美好慢慢的开始平淡，使我珍视的那种东西，也慢慢显得不那么珍贵了。有那么一段日子，心中充满着不解，这就是所谓的大学生活？这就是由汗水和泪水换回的收获？未免过于简单，缺少它原有的色彩和魅力。生活就这样在遗憾和平凡中迈动她的脚步。而改变这种状态是从我担任班级体委开始的：在一次偶然的机会中，我显露出体育方面的才能，被推荐为班级体育委员。在此后的日子中，为了把工作做好，曾多次思索方法和技巧，从而把班级的工作做得有声有色，活跃而有序，班级的早操出勤率一直名列前茅。我的工作得到了老师和同学们的认可，内心有一种成就感。在大学生活中，我第一次找到了自己的价值。

当我看到寝室的现状很不好时，我有了出任寝室长的想法。于是我把自己的渴望和想法汇报给系里领导，我又一次得到了机会，我由最基层干起，出任了我们寝室的寝室长，虽然职位小，工作却最多，针对每个成员的个性，用不同的工作方法出色地完成了各个方面的任务。刚上任的两个月，我们寝室便由原来的老大难寝室变成了免检寝室，并且A级率达到了100%。每个成员的思想意识有了明显的提高，各种活动都积极起来，面对这种情况，我并没有感到轻松，而是更加抓紧工作，把整个寝室成员全部带动起来。就这样，我们的寝室变了，变成了全班最好的寝室。接着在优良学风班表彰大会上，班长说过这样一句话：我们班出现了很多优秀的典型，如勇挑重担的杨帆同学。当我听到这句话时，虽然表面很平静，但心里却激动不已。我的工作终于被全班所认可，终于有了成绩，这是我梦寐以求的。

在大二上学期，通过民主选举，我当选团支部宣传委员，同时也被系学生会女工部招了进去。那时起，我按时做好订阅报刊的工作，并拿取信件、信函。班级的墙报工作是比较不容易的工作，我本人在绘画、写字方面火候欠佳，当院、系下达任务时，我就四处网罗人才，任人惟贤，故也出现一两版绝妙的成果，曾获系的"设计奖"。当时班级有心搞班报，后因打印问题而告夭折。但我个人认为那份未成形的班报却是很有内容的，为了它，我们付出了许多心血。结果虽是失败了，但不是有人说"不在乎结果，只在乎过程"吗？实际上，我的工作大头是系学生会女工部这部分上。当时我入会的部长是九二级的于桂晶，她是性情温和的"好上司"，我们曾在她的带领下，收集毕业班的废旧书籍，同时以打折的形式卖给下年级的学生，既解决了老生的"废物"处理问题，也为在校师生减轻了一定的经济负担，同时我们自己也解决了部分活动基金。我们用这些活动资金，举办了全校"女子六艺大赛"。及至大三上学期，我走马上任任女工部部长时，因资金不足，再次发起"收购废旧书籍"的活动，盛况如前。手中有了基本活动资金，我们一改在班级教室搞活动的传统，将战场转移到各自的宿舍，果然形势大好。我们发起的跳棋赛、五子棋赛及扑克赛，场面可谓热火朝天。后举办的系列排球小组赛、篮球赛、毽球赛等的比赛，各选手搭配默契，在趣味问答赛中，笑声连连，连裁判都笑出声来。总之，我的原则是：有笑声就是成功。事实证明，我的活动丰富了同学们的业余生活。

未来的世纪需要多元化的人才，既要有知识才能，还要有组织才能和管理才能。在市场经济体制下，人与人之间的交往更加频繁而且关系更加复杂。对此我们要有足够的认识，正是出于这种想法，在大学三年级，我们班级再次改选班委会，我参加竞选班长并成功当选。这对我来说是一次难得的锻炼机会。上任伊始，我觉得压力特别大，因为那时候自己的群众基础还不够牢固，我要从每一次班会，每一次集体活动中做起，来树立自己在同学中的威信。记得我的处女作应该算是组织党的基础知识竞赛。万事开头难，经过精心的准备，活动取得了成功，得到了同学们的认可。可我仍不敢有丝毫懈怠，自己工作的好坏直接影响到全班。在任两年期间，我先后组织两次新年联欢晚会，一次春游活动，大小型班会二十余次。随着各项活动的不断开展，自己的经验逐渐丰富起来，工作也越来越得心应手。我的工作也得到了老师和同学们的认可，九八年我被评为学院优秀学生干部。当然我的收获还不止这些，两年的锻炼，自己的语言表达能力，对事物的分析能力和判断能力都有提高，尽管自己要比别人多付出，但想到自己确实在不断的成熟和进步，我感到十分的欣慰。

有成功就有失败，只有勇敢的面对现实，接受生活的挑战，才能走出困惑和黑暗，去迎接新的成功。

● 入学后，我历任班级的团支书、寝室长、班长、副班长，几乎参与组织了所有的班级活动，然而在职期间，我最大的收获也许就是失败。我曾经非常武断，组织活动也只是理想主义，效果与反映多不尽如人意，尤其是团活动的开展，形式性很强，枯燥乏味，也伤了同学们的热情。我渐渐认识到了一个天之骄子聚集成的班级不是一个大队书记领导的文化程度较低的农民组成的生产队，在他们中间存在着不同的声音，也就是全国各地学生们观念的差异。我的武断其实是一种无知，我因此辞去了支书的职务，想起来那是很不负责任的，是一种消极。

在做了半年寝室长后我又被推选为班长。我又走向了另外一个极端，对工作常常优柔寡断，处理班级事务使我耗费心力。学习、工作、生活上的压力，使我盼着放假，盼着毕业，然而我没有再退缩。现在回头来看，我的许多进步与收获都是那段灰色的日子中赢得的，我想只有勇于承担责任，勇于挑战自己的人才是好样的，才会成为好样的。作班级干部或学生会干部的宗旨不应是几个荣誉证书或者为入党捞资本，那样的学生干部迟早会出现问题。真正的目的应是通过为他人服务，培养自身的综合素质。四年的工作经历中，我班在综合评比中常居人后，但也有辉煌的时刻，尤以大三那年的拔河比赛为傲，我班同学经历了十多场艰难的淘汰赛成为全院拔河冠军，压抑许久的情绪随着体力的消耗爆发出来，同学们在筋疲力尽之时绽放出那带泪水的笑容。"失败"的经历将我班 36 人凝聚在一起，"失败"导致了成功，接下来我们不再失败。这并不晚。

只要有信心并努力去做，成功就会在你面前。

● 早听说大学生的班长难当，"人上人"聚在一起，谁又买谁的账？何况这豁然开朗的天地，随处有你可以活动的场所，谁又会将区区班集体放在眼里？然而我却相信：只要我这个班长的一言一行能使之信服，受之尊重，何愁没有一个生机勃勃的班级吗？我拉上一帮班委，出谋划策：中秋赏月，夜登玉皇，英语派对，郊外野炊……一个接一个别开生面的活动不但吸引了一班同学，也惹得别班的同学探头探脑。我不敢只沉湎于事务，而怠慢学业，所以我的专业成绩一直名列前茅。两年下来，因工作出色，学业优异，我又被推荐为校学生会候选人，在学代会的讲坛上，我又一次发挥了演讲的特长，成了校学生会委员，继而又进入了校学生会主席团。不可否认，这前进的每一步都是我自身的努力的结果，然而，我总觉得还有外界的力量在推动我，迫使我迎接一个又一个挑战。

记得头一次元旦晚会，全班 34 人，只有 2 名女生，同学们一度想不搞了，这个难题摆在我和班委们面前，大家经过详细研究，紧密安排，一台活泼向上的晚会终于出来了，那一天大家玩得都很高兴，连平时不苟言笑的同学也说："这次晚会挺有新意的"。听到这些，劳累了几天的班委们比吃了蜂蜜还甜.

我自认为自己并没有出色的工作能力和才气，我有的只是一颗负责任、肯为大家服务的心。我的实在和勤劳随着时间的推移也逐渐得到了大家的认可。不过担任班干部之初，大家的不理解、不支持，或冷言冷语，也的确曾让我难过和痛苦。

一份耕耘，一份收获。在大学四年中，我有付出，也有收获，失去了很多，也得到了许多。四年中，作为一名学生干部，为院系、班级做了一些工作，付出了自己的劳动，贡献了自己的力量，锻炼了自己的能力，同时院、系、组织上也给了我许多荣誉，对我的工作也予以肯定。然而，我深深的知道，我的工作中还存在着许多的缺点与不足，这也是我今后的工作中努力克服的地方。

在积极的拼搏奉献的同时，我们欢乐过，也曾苦恼过，多多少少都有自己的体会和收获。这些体会和收获对我们今后的发展，甚至整个人生都会产生深远的影响。

● 四年来，我有一个很深的体会：做学生干部与不做学生干部得到的锻炼有很大不同。作为学生干部，以身作则，搞一项活动，处理每个细节，都像是社会工作中的模拟，给了我很多的锻炼。这其中不但有能力的成分，也有处理好同学关系等的一系列问题。搞好了一项活动，也就像完成了一份工作，掌握了本领，得到了体会，这样的机会的确非常难得。

● 在生活中，作为一名班干部，一名寝室长，我热爱整个班集体，因为和同学相处暖意融融。我积极地参加院、系、班级组织的各项公益劳动和各种文体活动，并与同学打成一片，互相关心，共同学习，共同进步，结下了真挚的友情，这是人生中最珍贵的一段情谊。宿舍就是我的家，兄弟八个共同建立的小家庭在我带动下，什么事共同商量，共同讨论，实行民主集中制，六零六的寝室精神和家庭氛围在我们身上天然合一。

● 从上学开始我就担任学生干部，但大学之前，学生工作全是老师亲自主抓，而学生干部不过是照本宣科，上行下效。在高中时，我担任班级劳动委员，打扫卫生是每日必做之事，除此以外还有定期的大扫除，但这些都是由班主任亲自去部署，而作为劳动委员的我的作用就是表率，在劳动中只要卖力干就行了。到了大学，一切都变了，连工作的定式也被打破了。作为团支部宣传委员的我深感肩上的责任重大，但又苦于不知所以。俗话说：大军未动、舆论先行。宣传委员是排头兵也是急先锋，不仅自身要有一定的书法绘画功底，更要爱动脑筋，工作上有思想，有良好的口才来表达自己，调动同学的积极性。我这个人有点内向，不善言辞，总以为班级的工作要靠全班同学自觉去做，结果这对工作开展很不利。经过几次挫折后，我总结出了一些经验。首先是要从兴趣出发，兴趣是最好的老师，是调动同学的最好方法；其次是要辅以一定的强制手段。在这个岗位上我学到了很多，懂得了如何去协调同学间的关系，如何做好同学的表率。这几年的学生干部经验，确实对我起了很大帮助，对我自身也是一种很好的锻炼，这些必将在以后的学习、生活和工作中给我以最大的帮助，为今后工作打下了一个良好的基础。

● 在大学的重要收获之一就是社会工作能力的提高。在大学期间，我先后担任寝室长、生活委员、副班长等职务。我在担任寝室长时，能身体力行，主动承担最脏最累的活。由于大家的共同努力，我们寝室获得了学院免检宿舍的殊荣。在担任生活委员期间，我注意关心同学的生活，帮助有困难的同学；组织同学在食堂执勤，维持食堂的正常秩序，并及时把同学们对食堂的意见，反馈给食堂管理员。在担任副班长期间，我能够以身作则，在组织同学参加劳动时，做到分工明确，责任到人，受到老师、同学的好评。由于我们班的突出表现，被辽宁省评为辽宁省高校先进班集体。

● 大学四年，我做了四年学生干部，体会到一个有着很强专业水平的学生干部并不一定就是一个好干部。真正的好学生干部是能够无私的帮助任何一名同学，增强他们的自信心，让他们发挥出最大的潜力，并且把大家凝聚在一起的。大家好，集体好才是真的好。这些认识对我来说至关重要，它将使我受益终生。从那以后，我懂得了面对困难，面对劣势一定要沉着，调整心态发挥团体的力量，调动一切可调动力量，战胜一切。

另外在大学四年中我学会了如何与别人相处，在生活中我关心人、帮助人，学会了怎样做事。在学生会工作的三年中，我除了自己的书画水平有了较大的提高，更重要的就是如何与其他各部门合作，如何做好本职工作，如何与本部门成员合作，把工作做得更好，他这些都是我参加工作以后的宝贵财富。

第二节　入党是我永远的追求

21世纪是一个高科技的世纪，更是一个知识经济的时代。作为肩负祖国的未来与希望，承担着实现社会主义现代化历史责任的当代大学生应当树立远大的目标，追求高层次的理想，把个人的追求融入到共产主义的伟大事业之中，大公无私，全心全意为人民服务并以此作为人生的最高目标和最大乐趣。实践证明，一个具有崇高理想的人，不仅会有精神上的寄托，行动上的指南，而且会不断的完善自我，发展自我，向更高的目标奋进。

● 从入学的第一天起，老师就教导我们，若想成为一名合格的大学生，不但要努力学习科学文化知识，更要培养自己的各项素质，要具有良好的思想道德素质，树立正确的人生观和价值观。因此，我阅读了《共产党宣言》、《邓小平文选》等著作，努力学习党的方针、政策。在学习中，我更加坚定了走有中国特色的社会主义道路，坚持四项基本原则，坚持改革开放，并将能成长为一名合格的共产党员作为我的目标。

● 血液中都埋藏着的火热和执著，使我入学不久就向党组织递交了入党申请书。认认真真做好每一件事一直是我的准则。我坚持每天看报，关心国家大事，并积极参加院、系、班各项活动，并结合自身的思想情况，及时改进自身的不足，使自己的思想向党靠拢。能加入中国共产党，是对我以前的学习、工作、思想、品质、追求的一种肯定，更给予了我工作、学习的动力，人生奋斗的目标和方向。由于自己的表现，不久我就被确定为"入党积极分子"，得到了党组织的肯定，这使我更加努力。大一结束，我获得了学院二等奖学金，被评为了"院三好学生"和"院文明大学生"等，各种荣誉的取得，使我要求自己要做得更好，同时也为自己树立了更高的目标。

在大学二年级我参加了党校的学习，正是在这里我对党有了真正的认识和了解，使我看到希望，也正是出于这个原因我希望自己能早日成为其中的一分子。因此我更加努力的工作和学习，并把入党作为我这一生的追求，做着不懈的努力。在组织的关怀培养下，我被批准加入中国共产党，这是我人生的转折点，思想的转折点，政治生活的转折点，使我更加清晰地认识到自己的重任，使我更加努力去完成各项任务，更加严格要求自己，做一名合格的共产党员。

● 大学四年，在思想上我得到了良好的教育。当初第一次入党启蒙教育，对于我的人生观的形成起了很大的作用，使我更加抱有坚定的信念。从而更加努力学习理论知识，关心国家大事，每天看一点新闻，对一些事提出自己的一些见解，忧国忧民之后，化为学习的动力，用自己的力量为国家建设奉献，凭着自己不懈努力和老师同学们的帮助完成了自己的一步步理想，如果一个人失去政治生活，那么他的人生是不完整的，会有许多的遗憾，只有坚定的信念和不懈的政治追求，才能使人的生活不至失向，我相信沿着共产主义这条路走下去无论宽裕也好，坎坷也罢，都会无怨无悔，正如罗曼·罗兰所说："不要羡慕安然的生活，不要畏惧苦闷的心境，假如你有坚定的理想足够的信念，遭遇和苦闷的心境却可成为推动你的力量，假如你觉得软弱，希望你能使出一份耐心与坚韧，也许再向前一步你就会发现峰回路转，夜尽天明。"

作为新时代的接班人，政治上应该是合格的。当经过不懈的追求和奋斗实现了心中的目标时，心情是何等的激动，那将是一生中最光辉的时刻。

● 如果说学习上的所得是我在大学的最大收获，那么加入中国共产党就是我四年大学生活中最大的成功。从小受父亲影响，我对党对共产主义就有着无限的向往和崇敬。进入大学后我认真学习政治理论课，系里举办的每期马列读书班我都参加。通过几年的学习，我的思想有了很大进步，对党的伟大、光荣、正确更加坚信，对社会主义、共产主义事业的成功充满信心。在我坚定了对党的信念以后，学习生活有了更大的动力，为此各方面也都有了更大的进步。逐渐在班里起到了带头作用，在同学们的心目中威信也不断提高，两年后——1995 年 4 月，我终于光荣地加入了中国共产党。

成了一名光荣的共产党员，这与我的思想积极要求进步和各方面综合素质的提高是分不开的，当然还有一些培养帮助我的老党员，成为一名党员。就意味着身上的责任更重了，对自己要求也更高了。记得在党校的学习、讨论中，突然发觉我长大了，这是责任感的驱使。大家都说能在大学期间加入中国共产党，是令人羡慕的，也令自己好处多多。可是我要说在校期间加入党组织是非常令人自豪，令人光荣，这主要是因为她使我在思想上长大了、成熟了，看事物的角度与以往也不同了。

入党令人激动，令人幸福，更会让这些执著的追求者终生难忘。

● 大学生活中最让我难忘的事，就是经过自身的不断努力得到了党组织的肯定，成为一名光荣的中国共产党党员。

记得刚入学时，我对党的知识认识很少。通过参加团组织的政治学习，听取有关党的知识报告，我开始全面认识我们的党，掌握了 全心全意为人民服务是党的根本宗旨。于是在 1996 年 10

月份向党组织递交了入党申请书。在党组织的培养下，在老师的指导下，使我的思想觉悟有很大提高。并于 1997 年 10 月被列为入党积极分子。从此我以身边的党员为榜样，不断加强对自己的要求，向党员同学看齐，寻找自身的不足，以提高自己思想素质。1998 年我参加了党训班的培训，并于 1998 年 11 月光荣的加入了中国共产党，成为一名预备党员。当我站在鲜红的党旗下，举起右拳宣誓时，我无比骄傲自豪。在预备期中，我牢记党的教诲，以党员的标准严格要求自己，积极参加反封建迷信，揭批法轮功邪教本质的活动。1999 年 11 月，我按期转正为一名真正的共产党员。但我深知一个人入党一生一次，但思想上入党却是一生一世。今后的人生旅程中，我将始终以党员标准严格要求自己，以为人民服务的宗旨投身于工作学习中，为祖国建设贡献自己的力量。

贫穷不等于落后，当选择用行动来证明自己时，就会取得成功。

● 我是一名特困生，家境的贫寒使我从初中开始便处处力争上游，好用成绩来证明自己，来面对多病的父母，面对周围人的目光。我努力学习，成绩名列前茅，获得了学院优秀学生奖学金；我认真工作，担任班级班长，得到了老师和同学们的认可。由于自己的努力和不断的申请，我得到了党组织的认可，光荣的加入了中国共产党，这无疑又增加了我奋斗的动力。我清楚地认识到：作为一名党员必须起到表率作用，身后几百双眼睛在看着你。自从入党那天起，我更加努力，顺利通过英语六级考试，并考上了研究生。我用自己的行动选择了坚强，我也选择了成功。

● 在四年的大学生活中，我觉得自己最大的收获是开始了自己的政治生命——我于 1998 年 4 月 22 日光荣地加入了中国共产党，成为一名中共党员，这对我的影响很大。它使我更加坚定了自己的奋斗之路。我的工作、学习、思想得到老师和同学的认可。我下决心不仅要在组织上入党，而更应该在思想上入党，为自己的行为找一个归宿，一个目标。

沐浴在党的阳光下成长起来的新时代的大学生，当面对鲜红的党旗，庄严的举起右手时，他们会感到身上充满了力量。

● 最让我难忘的是 1997 年 12 月 28 日，我光荣的加入了中国共产党，成为了中共预备党员。当我站在党旗下庄重的宣誓时，我的心情非常激动。我将永远铭记着这一激动的时刻。从小我就是沐浴在党的阳光下成长起来的，也常常听到见到许多革命先烈的光荣事迹，而那些革命先烈的光辉形象也深深记在我心。在社会主义社会的今天，我们的党更是全心全意为人民服务的党。这也更加深了我要加入中国共产党的决心。进入大学后，我向党组织递交了入党申请书，同时还参加了系的党训班，较为系统的了解了党的基本知识。经过党组织的培养和自己的努力，我参加了院党训班的学习。通过学习班的学习，我更系统完全的了解了党，思想认识水平和认识问题、解决问题的能力也有了很大提高。这也更坚定了我加入党组织，为党工作、奉献的信念。成为了预备党员后，我更加严格的要求自己，按期参加组织生活，时刻以一名合格党员的标准要求自己，也为自己能早日成为一名真正合格的共产党员而努力！

认真学习，不断充实和完善自我；积极工作，以实际行动来履行一名共产党员的神圣职责。

● 工作中的锻炼使我的思想上很快的成熟起来，有幸成为一名光荣的共产党员。作为党员我有机会参加每两周一次的党员会议和党校培训，虽然说大部分是以理论学习为主，然而就是这种学习与交流，使我从书上、党组织的生活中以及身边其他党员的身上学到了许多，有思想理论的充实，眼界的开阔，更有实际行动上的指导，虽然我对这种由来已久的学习活动形式不是十分认同，但从我的内心中仍然觉得是受益匪浅。

● 我在大三之后担任系学生党支部组织委员工作。因为组织工作和其他学生工作的不同，给我的体会也最深。组织工作是一项非常严肃的工作，在确定积极分子、发展对象、考核预备党员等各方面，我坚持公平公正的态度对待每个人、每件事，向领导老师真实反映情况，并且时时注意做到"严于律己，宽以待人"。看到同学的长处、优点，同时亦指出其缺点，以期改正。在工作过程中，我亦加深了政治理论的学习，提高了自身的政治素养。学习党的路线政策，使自己努力做得更好。这也是我今后无论在工作或学习中都应该长期坚持的。只有这样才能跟上党的步伐，也才更有可能为党的事业做贡献。

在大学期间，虽然许多同学都把加入党组织作为自己人生的政治目标，但总有些同学未能在学校实现这一愿望而留有遗憾，原因虽是多种多样的，结果也不尽相同，但他们都无怨无悔，在积极追求的过程中收获颇丰。

● 我没能向党组织提出入党申请，并努力争取成为光荣的中国共产党的一员，是我在校期间最大的遗憾。看到很多同学积极向组织靠拢并最终加入了党组织，我是十分羡慕的。但我总觉得自己对党的认识还很不全面，政治上还非常不成熟，同时在学习和生活上与党员同学还有一定差距，难以在同学中起到应有的模范带头作用。直至毕业，我仍未申请入党，但并非没有这个志愿，只是觉得自己还没有完全达到一个党员的标准，政治上还非常不成熟，同时在学习和生活上与党员同学还有一定差距，难以在同学中起到应有的模范带头作用。我正在向党组织努力靠拢。通过不懈的努力，我想自己一定会达到这个标准的。

● 思想上的进步，是大学生活中取得的最大收获。在老师的引导下，我感到人活着要有目的，要有理想，因此我积极向党组织递交了入党申请书。在学院领导给我们做的报告中，给我印象最深刻的是殷书记给我们做的"做人、做中国人，做共产党人"的报告。它使我感受到了做一个人、一个中国人的基本条件，而我们要向更高的理想迈进，做一名共产党人。因此我就暗暗地下定决心，树立正确的人生观、价值观、世界观，坚定共产主义信念，把成为一名真正共产党员作为自己的崇高理想。于是，我认真学习了马列主义，毛泽东思想，邓小平理论，认真学习党的十五大与九届人大一次会议精神，作为我政治学习的一部分，在积极靠近党组织的同时常把自己的思想给党组织汇报，恳请党组织给予帮助，缩短与组织之间的距离，并以党员的标准，严格要求自己，随着思想的进步，素质的提高。我虽得到了组织的肯定，但遗憾的是我未能成为一名共产党员。我认为党员不仅仅是一种称号更应该是一种行动。我会不断努力不断提高，向理想的目标迈进，去实现更高的理想。

只要在思想上认识到了，真正的把握住了自己的前进方向就总有那么一天会实现心中的愿望。

● 在思想方面，我积极向党组织靠拢，特别是每学期的几份思想汇报，由一开始的硬着头皮写，到后来发现写一份思想汇报对自己思想帮助很大。当一个人静静地坐着，回顾自己近一段时期的得失，总结经验教训，我感到那就是一次对灵魂的洗礼，只有这样，才能拥有纯正的思想，才能及时修正错误的思想倾向，使自己心理健康发展。尽管最终未能入党，但我相信自己终能成功，能成为一名合格的党员。

● 论及入党，我一直很向往。但总感觉到自己离党员的标准还相差得太远。做党员应事事做在前面，吃苦在前，享受在后。我积极参加系里的党校学习，充实自己的头脑，不断提高对党的认识。经过学习，我认为自己有资格递交入党申请书了。大二时我郑重地向组织提出了入党申请。在此之后，我更加严格要求自己。我知道，我还很不成熟，还不能入党。党员同学也经常帮助我，鼓励我不断向党的大门迈进。我在今后的工作中仍将记着他们的鼓励，经过努力逐渐完善自己，直至最终成为一名光荣的共产党员，我不会辜负母校对我的期望。

● 人是社会的人，社会是人的社会。我们的思想觉悟对社会很重要。大学四年里我努力提高自己的思想觉悟和自身的素质。我积极向党组织靠拢，努力学习党的知识和理论。虽然在大学期间组织上没有能吸收我成为其中的光荣一员，但我依然无怨无悔。今后我将一如既往地追随党。我期待有一天能够光荣的加入中国共产党。

人生都会有遗憾，但永不言败的追求应当成为不变的行动和方向。

● 在大学四年中，我所留下的最大遗憾是未能加入党组织，成为一名中国共产党党员。在这四年中，我不断地做出努力，认真做好各项工作，向组织做思想汇报，但由于外语四级未能按时通过及其他各方面原因，一直未能被党组织所接受。但我不会放弃，因为我清楚，正是由于我自身还存在着许多不足之处，所以党组织还在继续考验我，我会在今后的工作中更加努力，一步步的向党组织靠近，争取早日加入中国共产党。

● 大学四年来，我最遗憾的一件事就是我虽思想上积极向党组织靠拢，并且参加了党训班的学习，成为了一名入党积极分子，但我还是没能加入中国共产党，这说明我的综合条件还没有达到一名党员的标准。在今后的工作中，我将始终把这作为我的一大目标，去奋斗，去争取！改正自己的缺点与不足，争取早一步迈入党组织的大门。

第三节　人生新目标

大学生是未来社会的建设者和接班人，他们的一举一动也许都代表着时代的一个趋势。随着知识经济的发展，"尊重知识，尊重人才"的口号在社会上逐渐被认同，那些掌握专门技能，有着高学历的人无疑成了社会上求职中最受欢迎的人。由于在同等的就业过程中的研究生在选择单位、工资待遇、升迁机会及社会地位等方面有让人心动的优势，使得许多在校大学生纷纷将目光转向了考取硕士、博士研究生。在受到知识潮的冲击后，站在时代前沿的大学生更容易接受新事物。他们对社会、对自己也不乏深层的思考，很多的大学生早已经摒弃了上大学就是目标，大学就是天堂的旧观点，而是把大学作为了自己的人生新起点，在日渐成熟的思想中做出了新的选择——努力学习，重塑自我、完善自我，为了祖国和自己的明天，向着更高的目标拼搏奋斗。

● 也许是高中生活的影响，我依然那么努力刻苦。不像个别同学那样，认为进入了大学，一切都如愿以偿。加上大学的管理不像高中那样封闭严格，不再去追求，失去了生活的目标，学习比较放松，只是一味地追求大学的浪漫。而我，出身于农民家庭，从小就深知生活的艰苦，大学生活来之不易，总想将来有一番作为，因此比较注重实际，仍然不忘学习。功夫不负有心人，学年末因成绩优秀，被学院评为优秀学生奖学金获得者。

● 刚入学时，我的英语基础很差，我尽量抽出时间来学习外语，但提高很困难，第一次英语考试及补考都没有能逃脱被抓的命运。这给了我一个小小的打击，因为下学期英语提高不上去，我将面对惟一的出路降级，所以我在消沉与失意的同时，下定决心一定要学好外语。大一下半学期的大半时光我都花在外语上，看阅读、背单词、泡图书馆，然而半年后的结果又是那样令人失望。我被外语纠缠的苦不堪言，通过同学们的开导，使我颓废和消极的心灵又渐渐好起来，在回家仅有的 23 天中，我每天仅睡 5 个小时，起早贪黑的学外语，使自己在追求目标中振作起来，苦心人天不负，功到自然成，在补考中，我以 86. 5 分的成绩通过了。这给了我巨大的鼓舞，我再接再厉，在第一次四级考试中，就顺利地通过了。这使我相信，命中没有注定灰暗或灿烂的人生，只有乐观进取，机会可以创造，命运可以由你主宰，你就是自己的上帝。也许谁都希望自己的人生轨迹一开始就一帆风顺，那样我们就不会走许多弯路，而不必苦苦咀嚼成长的艰辛，但生活总有缺憾，总有一些我们无可奈何、无能为力的事，这时我们可以埋怨、甚至可以沮丧，却不可以绝望，哪怕身陷囹圄，我们也应该坚信，门关了，也还有一扇窗在等待我们去开启，在以后的学习中，我始终没有忘记大一时学习的艰辛，仍严格要求自己，使得以后的各学期都取得了优异的成绩并加入了考研队伍，虽然以十几分之差未能如愿，但培养了自学的能力，为我以后考研准备了基础。

● 大学四年里，我自一入学便端正了自己的学习态度，不放松每一门每一科的课程，无论是基础课、选修课、考试课、考查课，我都认认真真、仔仔细细的学习，争取到好成绩。有付出就有回报，我的刻苦认真、讲究方法和效率，使我连续四年获得院优秀学生奖学金，我的综合专业排名均在前3名，在被学院多次授予"院优秀学生干部"、"院三好学生"的同时，我也多次被评为"院、系学习标兵"，而且在毕业前夕被评为"省优秀毕业生"和"院优秀毕业生"。专业课扎实、熟练，使我今后走向工作岗位有了坚实的理论基础。而且我利用课余时间学习了我喜欢的计算机知识，不仅丰富了头脑，也很好地渡过了课余时光。

在大学生活中，必须努力去做自己认为应做的事情，这是一种选择，一种奋斗。生活就如同船在急流中前行，没有了动力和目标，它就只有被急流冲走。

● 从小学到中学的目标都是考大学，并一直为之而努力，因此才会取得好的成绩。而当自己一旦进入了大学，便突然失去了目标。因为上大学后从来都没有想过，进入大学后没有很快的确定新的奋斗目标，才导致了生活的迷茫。所以，我现在知道，生活中一定要有目标，有了目标后生活才有了方向，才不至于盲目。

● 高考成绩我在班级是末流的，起初很担心是否能顺利地念完大学。在老师同学的帮助下，我建立了信心，掌握了正确的学习方法，改被动学习为主动学习。经过一学期的努力，我的学习成绩打了一个翻身仗。由此，我领悟到：办任何事情信心是最重要的，有信心不一定会赢，但没有信心一定会输。

大学生活提高了同学的综合素质，开阔了视野，增长了知识。最重要的是学会了思考：对自我、对社会、对人生。

● 大学生活使我懂得了对社会、对家庭、对他人、对自己应负的责任和应尽的义务，使我懂得了许多道理。现在越来越感觉到世界观、人生观对人们所起的作用是非常重要的。确定人生观是我们一切行动的指南针。人为什么活着，人生的目的意义价值何在？如果有了正确的人生观，对自己的奋斗目标更加明确后，学习生活的动力也就会非常大，内心总是充实的，对生活中一些鸡毛蒜皮的烦恼小事就会不屑一顾。

● 大学让我学会了勇敢的面对现实，因为现实无法回避；大学让我学会了要坚定地面向未来，即使在最困难的时候也不悲观消沉，仍能保持坦然乐观的心态。大学使我成熟起来使我懂得了许多即简单而又深刻的道理，掌握了走向社会的专业知识。

目标是人生的导航灯。生命若没有目标将漂浮不定；若目标不够清晰将会随波逐流；目标太高则又终不可达。目标既要有刚性又要有弹性，既要有明确的指向又要有随机性和阶段性。所以，生活中必须确定一个坚不可摧的目标和一步步接近目标的缜密战略，才能在任何环境中坚持下去取得比别人更大的成就。

● 从幼稚到成熟，从迷茫到有理想、有抱负，更表现在自己思想上的突飞猛进。在大学时期，我感悟最深、认识最深的，就是"追求的目标，就是人生的动力"。人活在这个世界上，不能没有生活目标，一个没有生活目的的人，他的一生便碌碌无为。只有给自己定下了奋斗方向，才能有计划、有步骤地为实现自己的奋斗目标而努力地学习、工作和实践，这样，他付出的劳动也是最有意义、最富有成效的。

● 生活就如同在大海里航行，航行需要灯塔和航标的指引。生活也要目标和信念的牵引，我立志做祖国未来事业的建设者，以实现我人生的价值，这是我生活的既定目标。虽然在生活的磨难和挫折面前，我曾悲观失落过，也曾动摇过，但这信念始终激励我、召唤我，让我向着目标乘风破浪地前进。在紧张有序的学习中，我度过了大学生活的每段时光。

● 认真对待每一门专业课，我也从不认为自己不够聪明。加上努力，到大三时我已是专业排名第一了，这样的成绩，使我轻松地获得了一等奖学金。有没有目标对于成才与否至关重要。

● 大学四年中，我学了很多东西，有课本上的知识，有自学的知识。这使我在面临毕业之际显得很充实，也使我在面临毕业之际有足够的信心去面临工作。我不但学习了专业课程，而且还多学了涉外机械工程专业，使我对专业知识和经济类的知识都有所了解。总结我四年学习的细节，那将是一杯很苦的黄酒，为了通过英语四六级，我刻苦学习英语，多少个夜晚，我用手电筒在楼道里学习，最后我终于过了六级。为了能使英语的实践水平也有所提高，多少个休闲日，我到英语角去练习口语，我知道口语是很难练成的，但我没有胆怯过，经过三年的练习，我终于可以流利的操纵英语了，当我被要求做兼职翻译时，我还不时的去思考如何更快的提高英语，直到现在我也没有放弃对英语的练习。为了学习计算机，我通宵不睡地利用计算机实践，最终我也可以使用计算机了。四年中，我刻苦的磨炼自己的意志，我坚信：只要功夫深铁棒磨成针。

● 对于不同生源地的学生来说，市区的与农村的的确有很大的差别，大多数市区的学生不思进取，认为有父母罩着，将来工作有着落。大学的生活就是吃、喝、玩、乐，他们常沉迷于游戏生涯，谈论的也是游戏攻略，对于学习则置之不理，还口口声称大学生不挂科那几年的大学等于白念，很不正常，而我们这些农家子弟，则拼命的学习，每天总是三点式的生活——自习室、食堂、寝室，而我们最怕上的课是外语，在高中时，由于条件的限制，从没上过听力课，没有任何的听力训练，而到了大学一上课，老师全说英语，几乎一句也听不懂，结果使我们几乎都有恐英语症，一是不懂着急，二是怕老师提问回答不了，结果只有拼命的学，功夫不负有心人，成绩还算很理想，然而一句"学会放弃"不得不使我从大二开始调整学习方法，一要考研，二要为生活忙碌，所以必须放弃拿奖学金的机会，一面学习专业课知识，加固这方面的学习能力，一面在外面打工，从而补充经济来源，此外，还要学习大量的电脑知识，以至于不被这个社会淘汰，也就是为抓住这个社会的尾巴从而进入这个现实的社会来完成自己的自身价值。

人不要怕失去什么，要勇敢地为自己的理想而奋斗，下定决心去做一个有益于社会、有价值的人，那么他必将能创造一个辉煌而有意义的人生。只有踏踏实实的做好自己的学习、生活安排，有的放矢，最终才能到达人生目标，实现辉煌的理想。

● 未来的社会要求全方面的能力和素质，我一直对自己的能力不敢恭维，但这时有幸加入院学生会这样一个先进的学生组织：这里很多人都是各系的精英，有一口流利英语口语的英语俱乐部主持人；有年年特等奖学金的部长；有德、智、体全面发展的学生会主席；他们80%是党员，90%的人获得各种奖学金、先进称号。相比之下自惭形秽，努力，我一定要在学习上赶上去，而且工作上也要出色，我的目标是全方面发展。

● 大二的我依然努力学习，但却思考更多的问题。首先要回答自己，自己真正想成为什么样的人，自己到底最想干什么，究竟什么样的人才是优秀的，学习成绩好到底代表什么——是否就是好学生？好学生仅仅是学习好的学生，不，这不是我的追求，这没有用。什么是我需要的，是能力，学习能力，心理承受能力，领导能力，解决实际问题能力，与人协作的能力。而这些能力从何而来？合理的知识结构＋正确的心态＋自信。合理的知识结构就要求我们不能仅仅局限于课堂上的一些东西，太有限了，本着这个看法，我把大量的时间投入到课堂外的学习，有些东西我要求自己钻得很深，远远超出教学大纲，有些东西我仅仅学个大概。这样一来，学习成绩当然不会太好，现在想来学习成绩真的不代表什么，考试不过是老师为学生制定的一个模板，学生符合模板的要求，过去；不符合，过不去。这样从模板过来的人，几乎都一样，这是社会所要的吗？不是，社会需要的是有个性、有创造力的学生，是个敢闯敢拼的年轻人，而不是门门功课100分的模板生。

●我是有条件进入计算机专业的，我却毅然报考了机械制造工艺与设备，别人都为我可惜，我却认为国家强盛需要机制人才，作为国家培养出来的大学生有责任有义务为祖国的机械制造业的振兴贡献自己的聪明才智。我深深感到，本科生的所学已不能适应当今社会的需要，要想为祖国贡献更多，必须拥有更渊博的知识。于是，我毅然报考了东北大学机械制造专业的研究生。我愿为祖国的富强与腾飞贡献自己的青春和热血。

●在大学里，我经历了考研，并且考取了。我相信这样的一句话，宁可做过，莫要错过，他提示我们在生活与事业中要有一种积极进取，果敢自信的态度，当你在事业追求当中面对一个"可能"的时候，当你在人生旅途中遇有一个"机遇"到来时，要果敢的迎上去，抓住他，要充满信心，竭尽全力去做，因为行动是争取机遇、实现追求、通向成功的惟一途径，当你一次次做过以后，你会感到，啊！我真幸运，我能拥有这样的成功，真是没想到。当你一次次错过以后，你不免叹道：唉！我真后悔，当初为什么不去试一试呢？试一下该有多好啊。

现在是知识经济时代，对知识的追求是新世纪青年的必然选择，当代大学生在大学里认真学习的同时，已经把追寻的目光投向了知识学习的更高层次——考研。

● 大二的下学期是我四年的关键时期，那时我决定跟上一级的同学一块考研。现在看来，如果不是当初的大胆决定，我今天可能也就是以一个本科生的身份去砥砺人生了。而今天我又有了进一步深造的机会，尽管这并不意味着我的前途一片光明，但我赢得了宝贵的时间完善自我，为以后步入社会打下更为坚实的基础。当然，梅花香自苦寒来，我考研之路是何等的不易，我心中很清楚，那个学期几乎全天都是课，周六、周日还要全天在东北大学上考研辅导班。每当周五做完物理实验孤独地走在回寝室的路上，我真的感觉很累。可为了我的理想，我的未了情结，我依然坚持前行，因为不试就不会有成功，试了会有失败同样也会有成功。然而那个学期结果并不如意，由于一心备研，无暇顾及其他课程，我的两门课没能过去，有一门还进行了重修。这件事对我的打击很大，我的心理经受了巨大的煎熬，或许这就是成长的代价吧。所幸我挺过来了，我的考研并没有半途而废，在那段日子里，我仿佛与这个世界隔离，什么评奖、入党，我都不关心了，因为我早就与之无缘了。在默默无闻中，我完成了第一次考研历程，结果是又一次与机遇失之交臂在各科小分都通过后，由于专业课复习不充分，总分偏低，我无奈地接受了这一结果。那段日子是灰色的，但我学会了调整自己的心态，我知道只有走不完的路，没有受不了的苦，正是这个信念支撑我踏上了第二次的考研路。

第二次考研相比第一次就踏实多了，静下心来找自己的不足、弱项，加强基础知识，提高自己的强项，端正自己的心态，时刻以一颗平常心面对生活、迎接挑战。这一年过得好快，第二次考研又结束了。在收拾东西时，一种失落感涌上心头，自己的几年在两次考研中度过了，是功是过，无从说起，说不出值不值，说不出该不该，以成败论英雄的年代多少让我有些无奈。这一次我是幸运的，我的总分377相对较高，而浙大今年出奇地热门，在一位老兄保留学籍的情况下我以计划内最后一名的身份进入了浙江大学。几年来的付出终有了回报，几年来的苦终于换来了生活对我的微笑，真应了"付出终有回报"的老话。

●99年初，我决定考研，因为这是我多年前的决定。但时隔两年的大学的学习生活，惰性已在我身上体现出来了。我怕我无法将考研进行到底，我怕我承受不了失败的打击，我怕我的继续深造会加重父母肩上的担子。我也真的放弃过，因为考研意味着巨大的付出，它需要毅力、精力，也需要坦然面对失败的勇气。但经过一段时间的思想斗争后，我最终决定考研，并且无怨无悔，不计结果成与否。在考研的最后阶段，我将自己溶入书本中，忘我的学习。我将北国的严寒置之不理，一心投入到我认定的事业中。当我接到考研成绩的时候，我的心情并不像我想象的那样高兴，我很平静的看待考研的成功。

●当考研逐渐成为一种时尚的时候，我也加入了考研大军，但我的选择并非随波逐流之举。高中时代我就有考研的愿望，随着年龄的增长，这种愿望也日渐强烈。于是，我在大三下学期参加了这场再次决定自己命运的角逐。经过一年的精心准备，我终于如愿以偿，以392分的好成绩考取了我院土木工程系结构工程专业研究生。兴奋之余，我清醒地认识到我的下一步将会很艰辛，但是为了我的选择，我会一步一步地走下去。

也许你曾经迷茫过，也许你曾经彷徨过，只要你能在困境中清醒过来，调整好自己的前进方向，你就会同他们一样把握住自己，使自己的人生走向新的辉煌。

● 由于对自己放纵，第一次考试期间，我食之无味，夜不能寐，整日里提心吊胆，像十五个吊桶打水——七上八下的，那滋味，现在回忆起来仍旧涩涩的。度过了好几个夜不能寐的夜晚之后，与班级里优秀的同学比较起来，我觉得他们惟一比我明智的就是能审时度势，能够以长远的、发展的眼光看问题，而我面临目前糟糕的处境就是因为目光短浅，贪图享乐而造成的。我下定决心要摆脱当前的处境，要树立起明确的学习目标。有了目标，就有了前进的动力。我给自己的大学生活确定了三步走的目标：第一步，重塑信心阶段，即静心养性，慢慢收拢自己已经散漫的心；第二步，学好专业课程，尤其是考研所要求的课程；第三步，考研全面复习阶段。正是由于有了明确的学习目标，慢慢地我收拢了自己散漫的心，学习也有了较大的起色，进步十分明显。虽然最后考研以失败而告终但我没有什么可以后悔的，因为我毕竟为自己的理想奋斗过，那早晨提着暖瓶匆匆赶往教室，晚上熄灯后提着暖瓶急急忙忙回寝室，洗漱完毕倒头便睡的那一百多个日日夜夜尤令我怀念。别了，我的大学生活。

通过行动来证明自己，应该是了解自己的最好方法。

● 两年半的时间很快在空虚的忙忙碌碌中过去了。自己仍是一无所有，一无所得。经过大三下半学期，同学们掀起了考研热潮，许多人跃跃欲试。经过慎重考虑，我也加入了考研队伍的行列，但决非"毅然"加入。考虑到自己的平时成绩，还是心有余悸的。不过，我当时想，这是一次有效而且相当公平的竞争，就让它来证明自己是不是真的比别人笨吧。

接下来的近10个月的时间中，我的努力程度可以说是空前的。这个努力不是完全体现在学习时间长短上，而是更多地体现在学习效率上，这十个月尽管过得非常紧张，但回想起来真的很充实。我开始觉得，清闲的日子可能很舒服，但不会有什么味道；紧张的生活尽管很累，但却可以说是丰富甚至多彩的。正像白开水永远不会像饮料有滋味一样。

考研的结果是我考取了。有人认为我很幸运，也有人认为这有点偶然，但我觉得这是我付出所得到的回报。事实证明，谁也不比谁笨，就看你是否努力了。大发明家爱迪生说的：天才就是百分之三的灵感加百分之九十七的汗水。我觉得他绝不是在谦虚地解释自己的发明天才，而是他毕生努力所得出的经验总结。

也许最终没有走向成功，但要对自己永不言败。事业的成功永远属于那些敢于拼搏的弄潮儿。自信就是魅力，自信就是太阳！自信是个性的松绑、自我的凸现、对生活的看重。它可能不会让我们赢得整个世界，但至少已经赢得了我们自己的精神世界。树立理想和自信心，这样，才能做好我们所想做的事。

● 大三下学期，我在考虑了很久之后，终于做出了一个非常出人意料的决定，我决报考家乡一所较好的综合性大学的文科专业的研究生。我是计算机系的学生，刚开始的时候，我总有一种担心，担心别人用异样的眼光看我。我在那时候其实还是很脆弱的，无论同学或老师，只要有那么一点的否定表示，我想我就会放弃这个念头了。幸运的是，所有人——我的同学，我的老师都认为这是非常正常的，这实在是让我感激。我碰上了世上最好的老师和同学。虽然我在一年之后的考研中失败了，但是在这一年的准备时间里，我还是学到了很多知识，因为考试科目中有三门课是我从未接触过的。因此也培养了我的自学能力，这也算是一项收获吧！

● 很遗憾的是，考研究生失败了，经历半年的寒窗苦读，似乎回到了高考前，但这次与高考前的复习不同，这完全是在自觉的基础上进行的，虽然未考上，回味当时的那股劲儿，真有点让人回味无穷。考研是人意志的锻炼。它要求人始终保持积极的意志，充满自信。而且要求有吃苦的精神，想起那当儿，宿舍里起得最早的是我，睡得最晚的是我。一份耕耘，一份收获，也自会领悟其中的乐趣，当然，现在的信息时代，知识经济越发展，人才需求就越大，人才高层次的追求越来越厉害，考研究生是一条很好的出路，能更好地成才，以后有机会，我会再考。

● 大三时曾想去考研，因为我越来越认识到知识的重要性。然而有些条件却不得不使我放弃。父母年龄大了，再也经不起那样重负荷的劳作。我不能只考虑自己的前途而不管父母的死活。所以我只好放弃了。但我想这个放弃只是暂时的，只要条件允许，我一定要实现自己的愿望，使自己能对社会做更大的贡献。

第五章
环境与成才

　　有人把大学比喻为象牙塔，它是一个比较纯净、比较理想的地方，但是大学对于许多同学来说又是一个小社会，来自方方面面的事物、来自不同地区、不同层次、不同背景的人都会对你的世界观、人生观、价值观产生积极的或消极的影响。有人说大学是天堂，也有人说大学是染缸，是社会的缩影，在经历过大学的风风雨雨之后，许多同学才深刻地认识到大学是一个真正的课堂，"在这里我学会了思考，在这里我学会了品味自己的生活，品味生活中的酸甜苦辣。在这里我学会了学习，向他人学习，向书本学习。在这里我学会了如何做人，做一个堂堂正正的人、问心无愧的人，做一个有理想、有抱负的人。"

　　大学是走近社会的第一课堂，通过实践锻炼、接触交往、学习、活动，从校内到社会，从老师身上到周围同学，你都可以学到许多东西。在这里，你可能学好，你也可能学坏，大学是塑造人、培养人的加工厂，而"你"自己就是加工自己的工程师。"大学是勤劳和奋斗者的天堂，大学是卑劣和懒惰者的染缸"，在这个"第一社会"中，每一名学生都有许多感触与收获，四年的大学生活会给每个毕业生留下一笔巨大的永久性的精神财富。

第一节　大学是个小社会

都说大学是半个社会，人际关系、个人利益等事已经比较接近社会，每个大学生都要面对社交和人际关系问题。大学之前，读了十几年的书，可那时还很单纯，与社会接触还很少，学习的目的还很单一，到了大学，可以说这个阶段是从不懂事到走向社会的一个跳板，这段时间过得愉快，问题处理得好，对走向社会也是不小的帮助。

在大学一个人的成长，需要你自己的努力，更需要集体的帮助。学习期间你可能"独来独往"，但你不能脱离这个时时刻刻都在你身边运转着、不经意间都会对你产生影响的集体，经历过摩擦、经历过坎坷、经历过迷惘，也经历过困惑，在这里，你将学会理解、学会体谅、学会交流、学会关心、学会与人相处。

● 大学这个小圈子，也存在各色人，有的较正直些，有的较圆滑些，有的偏于狭隘，有的则很大度，要想协调好各种性格的人，的确不是很容易的事。大学四年对我的性格也有所改变，首先不再任性，学会了宽容别人的同时也开阔了视野和自己的心胸。每个人都有一定的长处，多看别人的长处，取他人之长为己所用，这也是完美自我的一个好途径。人还要有骨气，有性格，才不会失去自我。

● 在大学中我还有一份值得让我珍惜的收获，那就是我得到了社会的真情，同学的帮助，体会到了别人给予我的温暖，在上大学前，有父母的疼爱和帮助，我一路顺风地走进了大学，因而，我对生活很乐观，可是就在上大学前，曾有人告诉我，大学是社会的缩影，是很复杂的小社会，不会有人用真诚对待你，不会有人在你无助时向你伸出手，而且到处是竞争、是欺骗，听了这些，我很害怕。因为我没有很好的口才，对人际交往很头疼，害怕自己到大学受到冷落。然而两年的大学生活即将结束，我并没有受到冷落，最初的紧张情绪早已被现在的轻松所代替，在这里，我并没有因自己的贫困而遭到冷眼，相反，我得到的是句句暖人心的话语，学友的热心帮助、领导的关怀、社会的支持，在大学校园里，我看到的是真诚的笑脸、互帮互助的情景，班集体的温暖让我感动、让我心安，校园的温馨让我感到舒适、轻松、愉快，在校园里，虽然存在着竞争但那是公平合理的个人竞争，是促人向上的竞争，是鼓励人进取的竞争，凭的都是自己的真本事，而不是采取欺骗手段，是无限真情给了我希望，是你追我赶的竞争给了我动力。在我接受大家帮助的同时，我也用真心去帮助大家，用行动去影响大家都伸出友谊之手互帮互助，共创美好生活。

● 进入大学，我挑食的毛病没有了，手脚也勤快了，对社会的认识和适应能力也有了极大的提高，日常起居安排得有条不紊，衣物床铺收拾得干净利落。大学四年的团体生活教给了我以诚待人、严于律己的处事态度，培养了我广泛的爱好和兴趣，使我在这五光十色的世界里，时时处处都能捕捉到美，体会到美。另外，四年中培养起来的团队精神和合作精神必将使我在今后的工作中如鱼得水，形成一个良好的人际关系和工作环境。

● 大学的四年，培养了我的生活自主、自立、自理能力，增强了我的自学能力和意识，也锻炼了我的交际、表达能力。大学里学会交流很重要。大学的学习中越发感到交流对每个人的自我提升多么重要。通过交流我融入到了集体中并乐在其中；通过交流我可以用很短的时间学习别人花很长时间才得到经验；通过交流，我也把我的经验与大家分享，并从中得到乐趣；更重要的是通过交流，我与同学进行了心灵的沟通，获得了好朋友。交流是社会生存的必修课，在大学我学到了它。

● 随着年龄的增长，我慢慢地懂事了，懂得了忍耐，懂得了理解，懂得了帮助和被帮助的意义是多么重大。大学的生活还教会了我们如何同别人良好合作。以团体的力量来战胜外来的压力和困难，大学的前三年，我一直是寝室的寝室长，怎样搞好寝室各个成员也不甚了解，在大学的第一学期中，我们寝室被撤下了免检寝室的名单。大家对此一直耿耿于怀。第二学期，由于大家的相互了解，许多事情干起来显得得心应手。在这种情况下，通过我们的努力，我们终于成了"免检"寝室。使我们寝室的团体力量变得更加强大。为了进一步加深大家相互间的了解和培养大家各个方面的素质，我们还以寝室的名义举办了许多活动，如篮球比赛，乒乓球比赛、讲故事大赛等等。其中给人最深印象的是每晚睡觉前的时事评论大赛，每个同学既是辩手又是评委，唇枪舌剑，各抒己见，通过争辩我们对当前世界所发生的事情有了更深刻的了解。同时，我们还学会了怎样对待"异己分子"，那就是宽容，毕竟时间能辩解一切，谁是谁非，日后自知，何必在一朝争得头破血流。

大学，实行开放式教育，许多方面不同于高中的教育方式。大学是没有"围墙"的城市，从这里，你能通过社会实践活动、生产实习、社区服务、走访校友、做家教等多种形式接触到社会的方方面面，在感受、观察、了解与思考中，受到深刻的影响与现实的教育。

● 在大学的实践活动中，我接触到了社会上的各个阶层，接触到不同层次的人。在实践中，我了解了他们的生活、工作和学习，认识到创业的艰辛，也增加了自己的知识，扩展了视野，磨炼了自己的意志，提高了适应社会、与人交往的能力。在大学四年的历程中，有件事让我真正感受到什么是社会，这就是在沈阳市沈河区风雨坛街道办事处热爱居委会担任主任助理一职。在工作的过程中，我学会了如何与人相处，其重要原则就是与人为善。居委会的工作是非常琐碎而又简单，可是这项工作却为那么多人解决了许多难题，为那么多人行了方便！以后无论我到了什么地方，参加什么样的工作，都应该时刻记住与人方便，与人为善。只有这样，我们的工作才会变得生动、充实而富有意义，否则就只可能是空洞、无聊和毫无意义。

● 还记得暑假的打工吗？大三的暑假，我和班上的同学到地震局打工。在那段日子里，我学到了不少在课堂上学不到的知识。更重要的是接触的人又是另外的一个群体。虽然时间不能算太长，但是对我们来说它将会是一大笔财富。在打工的这段日子里，虽然有时能感受到一点压力，但对我们年轻小伙来说，可算是双丰收，不但靠自己挣得了一点生活费，更重要的是，学到了一些社会知识，这可是最重要的。

● 在担任家庭教师期间，我得到了应得的报酬，虽不十分丰厚，但我认为它是我对社会做出贡献的回报，是我的劳动所得，更是我运用多年勤奋学习获得知识所创造的价值。我认为这种意义远比金钱的实际价值要大得多。

● 在大三下学期我们进行了社会实践，整整一个学期，我们都在工地进行实习。这次实习对我来说是巨大的帮助，使我终身受益。在工地，我看到了我们所学的理论知识的实际应用，知道了理论与实际的差距。我开始努力学习"实践"中的东西，开始了解施工的具体操作，知道了如何绑钢筋、搭模板、浇筑混凝土及如何验收，知道了工程中容易发生的各种通病，也知道了工程是如何管理的，总之我在工地学到了很多的东西，为我以后工作打下了坚实的基础。

● 青春是一首精彩的歌，大学的生活是丰富多彩的。为了更好地适应社会，在大学里我利用课余时间参加了多种有益的校园活动和社会实践。我积极参与院系各种大型文体活动，我还利用暑假参加了98"沈阳国际友好活动月"的青年志愿者服务队，并获"优秀青年志愿者"称号。另外，我也曾利用假期和课余时间参加勤工俭学活动，我当过家教，为协助宝洁公司在沈阳派送样品工作而现场绘制沈阳市住宅分布图，给康师傅顶津集团当过饮品促销员。我相信经历是一种财富，成长是一个过程，而我已在各种活动中接受锻炼，为自己积攒了一笔无形的财富。

第二节 校园文化的熏陶

大学，是收获知识的殿堂，也是收获思想、坚定信念，形成正确的"世界观、人生观、价值观"马克思主义的大课堂。大学，党团组织离你很近，对每一名大学生都将产生深刻的影响。政治上的成熟是人思想成熟的显性标志，是一个人在社会取得成就的首要素质因素。在这里，你的理想开始起航了！

● 在大学生活中，思想教育至关重要，这一点我深有体会，在进入大学的第二学期，参加系里举办的马列主义学习讲座小组，接受了马克思、列宁主义的思想教育，加深了对党的认识，增强了靠近党组织的愿望，同时，这种学习讲座，也密切了大学生之间的人际关系，提高了同学们的政治觉悟，更重要的是，通过这种思想教育方式，更能充分促进积极要求进步的大学生发挥作用，给每一位大学生一个施展才华的机会。

● 一九九六年十一月十日，我被组织接受为中共预备党员，实现了我多年的梦想，这件事对我影响很大。入党是我入学后的奋斗目标之一，并且我一直为之不懈地努力。当得知这一消息后，我的心情十分激动。回想起来，那一次支部大会的情景仍历历在目。那一天在我的人生道路上是一个重要的转折点。从那时起，我就成为了一名光荣的共产党员，要肩负起神圣而伟大的使命。

● 通过和先进分子接触，我逐渐认识到过硬的思想和理论不单单是空洞的口号和汇报，它更是一种行为标准，一种正确的人生观和世界观的基础，它可以指导我们行动，使我们具有优秀的、高尚的思想品质和道德修养，成为对社会有益的人。在思想上，我努力学习马克思、列宁主义、毛泽东思想，并且结合实际，深入地学习了邓小平同志关于现阶段各个领域的精辟论断。同时，密切地关注党和国家各种政策、方针的改变。这使我在思想发生了变化，信仰更加坚定，在工作中有了动力，所有工作与以前的方式及成效都不同，有了较大的提高。

●在身边进步同学的积极帮助以及自身的努力下，我坚定了只有马列主义才是最先进的思想武器的认识，并把共产主义当成了自己一生的信仰和追求。一九九八年，我光荣地加入了中国共产党。从一般角度讲，学校是为社会培养人才和输送人才的场所之一；而从个人角度而言，学校则是自我发展的一个主要环境。这个环境是综合的，我们从这个环境中能够得到多少有益的东西，完全取决了自己乐观而积极的态度。学业是主要的，不是惟一的，我们需要在这个综合环境里学习生存的法则、竞争的意识；在这个环境中完善自己的人格、情操与修养，在这个环境里磨炼自己的意志，端正自己的态度；在这个环境里培养志趣、懂得交际……需要学习的东西实在太多了，能够学到的东西也太多了！而且我认为，一个人立身处世绝对不能满足于独善其身，更要培养起对社会的责任感，要有"先天下之忧而忧，后天下之乐而乐"的胸怀，也要有"敢为天下先"的勇气；要有"天下兴亡，匹夫有责"的观念，也要有"一马当先，身先士卒"的精神。培养集体观念，树立大局观念，讲求协作精神成为我四年里所一直追求的境界。

担任一定的社会职务，做一名学生干部是众多大学生在大学期间的一个主要目标，而一个班级的三分之一以上的学生都能在大学期间做学生干部工作，得到或多或少的锻炼。在服务中奉献，在奉献中收获，是每名学生干部的共同体会，也是学生干部的共同愿望。在这里，你们耕耘，在这里，你们收获，在这里，你们出发，你们将走得更好！

● 大学里，来自他人的直接约束很少，每个人都有很大的空间，关键在于如何去把握自己。把自己封闭在学习上并不可取，应该有意识地让自己走出寝室，走出班级，多接触社会，开阔眼界。我有幸在学生会工作，多接触了不少人和事，自己也得到了很好的锻炼。

● 大三的工作依然很累，也很充实。我连任了学生会体育部长，并在这一年里取得了不错的成绩。建筑系在各项比赛中都有上佳的表现。男足、男篮、男排都跻身三强，是这几年最好的，乒乓球也拿到团体亚军。做学生干部，本身没有多少好处，但还需要很强的责任心，其实这也同样锻炼人的素质，我可以说是收益非浅的。

● 大学生活中组织各种活动，接触各式各样的人是我的一项重要内容。在参加活动和组织工作的过程中，我认识到了自己身上的许多不足与缺点。在我担任系学生会文艺部长期间，我从老师同学身上学到了很多，在迎澳门回归晚会中，学生会的同学们在一起把事情安排得井井有条，大到舞台布置，小到一节电池，特别是那种团结协作精神，尤其给我启发。大学的学生干部经历让我学到了很多，我也相信，这种踏踏实实做事的工作态度是做任何事情都不可缺少的。

● 我在系学生会和院学生会工作的日子，结识了更多的人，组织和策划了更多的活动，看到自己费尽心血组织的活动，同学们能热情参与，并在其中愉悦了身心，丰富了知识，强健了体魄，我无比的欣慰。在工作中，为了做得更好，就要多思考，在思考中我得到的最多。我认识到，没有一个高尚的动机，无法付出一切去做一件事情；没有真挚的心灵，就无法打动别人的真情，我学会了作一个真诚的人。天道酬勤，在奉献中我有收获，这种收获有分量，装满着汗水和智慧，把它放在掌心，永远不会怕别人偷偷窥视，永远不会怕它在一瞬间飘逝，那种感觉快乐而充实，是人生中最好的感觉。在思索中我看到了自己的不足，努力不断的完善自己。想做好一项活动，使它有吸引力，构思就要新颖，要有创造性，它需要有敏锐的洞察力，活跃的思维，勇敢的气魄。想组织好他人，就需要有人情味，需要更高的理论水平，需要关心、爱护、理解、支持等等而升华的凝聚力。这一切的一切，我曾缺少，但现在我已拥有，这是我的财富。感谢学生会的学习和生活，感谢给我这样一个机会的老师和同学，是你们，使我学会了作一个有智慧、有感情、有魄力、有韧劲的人。

大学校园区别于高中的一个主要特点，就是你有机会、能选择参加许多你喜欢的活动，受到大学校园文化的熏陶与影响，感受着自由自在发展个性的快乐，感受着大学文化的深远与丰沛，感受到成长与发展的无穷乐趣。在这里，你会自由地呼吸、快乐地跳跃、奔放地高歌、尽情地挥洒青春、汗水与热情……

● 大一的我充满希望、幻想和热情。我积极参加院系组织的各种活动和加入社团组织。征文比赛，演讲比赛，排练舞蹈，还有学通社、文学社。我会为"建院杯"辩论赛辩手那流利的口才和机智的反应能力而赞不绝口；我会为联欢会上别人优美的舞姿而艳美不已。逐渐的，我开始领悟到大学生活的丰富多彩，开始注意对自己各方面能力的培养，我开始一步步走向成熟。

● 我深知在当今这样一个知识经济时代，需要的是一专多能的复合型人才，于是在此期间，我获得了公共关系资格证书。我的座右铭是：从绝望中寻找希望，人生终将辉煌。在演讲比赛中初露锋芒；电脑桌旁大放异彩；主持人大赛中独领风骚。我热心于社会工作，活跃在团委、学生会、协会等各种组织，在广泛的空间里锻炼自己的能力，并以此为休闲，为娱乐。用自己的头脑和双手开辟人生崭新的道路。

● 大学不仅仅是学习知识的地方，同时也是一个培养人、锻炼人的地方，大学所有的工作都是靠自己争取来的，因为学生特别多，老师不可能对每个人都了解，所以老师更欣赏毛遂自荐、敢于争取的人。大学里人才济济，竞争是相当激烈的，若想脱颖而出，必须勇敢地去竞争，我做到了，于是我的能力得到了很大提高。从大一开始，我便担任班级的文艺委员，参加了辩论队，并获得了"最佳辩手"的称号，参加了系里的主持人大赛，获得了一等奖，一入学学院组织"女子六艺"大赛，我与两名同学一起组成了一个青春组合，自编自演，多次在学院的大型活动中登台献艺，并且参加了春风剧社，大二开始担任文艺部副部长，工作非常负责，精益求精，作过主持人，表演过歌曲、舞蹈并多次获奖，并两次组织百人合唱并指挥，我的认真工作是有回报的，我在同学中有较强的号召力并获得多个荣誉称号。

● 大学是一个可以充分展现自己才华的大舞台，在这个舞台上，我像个精力旺盛的表演者，尽情地跳着、舞着。乒乓球赛、排球赛、足球赛、校运会、摄影大赛……我感受着从未有过的自由，心理和生理上都经历了前所未有的发展，真的是"天高任鸟飞、海阔凭鱼跃"，于是我惊讶的发现：自己还有这么多方面可以发掘，关键是要努力培养，勇于表现。

在大学可能一次小小的活动就会改变一个人，成就一个人，这就是"大学"的一道特殊风景吧……

● 如果不是由于一个偶然的机会，我的大学生活会更加的平庸与无聊。那是一次系里组织的征文大赛，我代表班级参加，并且居然获了奖，这对我来说是一个不大不小的奖励。后来我被推荐到了院报编辑部，在这之后，我的人生中就又翻开了崭新的一页。

● 在前前后后拿的一些荣誉之中，我最珍惜的也是最留下深刻印象的是第一次拿的"十佳计算机能手"称号，通过推选、笔试，作为大二的惟一获奖者，从书记的手中接过证书的时候，我的心中只有一个声音：我成功了！一个学期两次登上同一个地方，第一次检讨错误，第二次是接受奖励，这种反差带来的是一种无法描述的感觉。经过这么一次从困境中走出来的经历，感受到自己的想法以及思想的各个方面都有了很大的改变，自信心也有了较大的提高。

● 而这三年中最令我心惊胆战的一次经历却是在学校礼堂的模特表演。因为以前从未有过此类经历，面对那么多的观众，面带微笑的展示自己，可谁叫我个子高一点呢？只是硬着头皮上了。熟悉的音乐节拍，走台步，做姿势，对我来说，都是陌生的，只好跟着感觉走。当走在台上时，短短的几分钟，对我来说好像有几个世纪那么长，眼前黑压压的一片，心里小兔儿在跳，真是"惊险"的一次！经过这一次的锻炼，既给我展示自己的机会，又磨炼了我临危不乱，随机应变的意志。

● 记得第一次参加的大型活动是刚入学不久，由土木系举办的"寝室杯"文艺大赛，当时由于大家互相还不熟悉，我还是自告奋勇报了一个独唱节目，还与同学合唱了一首歌曲，两个节目都通过初选，进入了最后的比赛。尽管我不是第一次登台，但在大学还是头一遭，紧张是避免不了的，但总的来说唱得不错，得到了观众热烈的掌声，尤其是与同学合唱的《江湖行》，在没有伴奏带的情况下，连唱带跳仍然十分投入，由于舞姿不甚优美，反而引起了全场大笑，最后独唱获得了三等奖。这次演出是令我终生难忘的，也开始了大学四年连续不断的演出活动，不论是院里还是系里，各项文艺演出参加了多次，成了文艺骨干，并且获得了院卡拉 OK 大赛的第一名。这些丰富多彩的活动，不但使我的演唱水平不断提高，也认识了各系的不少同学，增强了自己的交往能力。

● 我的个性比较活跃，喜欢热闹，所以也参加了不少有益的活动。对班集体及学校组织的活动，我都积极、踊跃的参加，例如在班集体元旦联欢会上曾做主持人等。这些有益的活动，使我增添了不少随机应变的能力和组织才能，我爱说爱笑，因此也结识了不少朋友。以前在上高中时没有这方面的机会，因为学习太紧，而高考又像一座大山，无时无刻不压得我们喘不过气。大学赐予我一片土壤，使我能茁壮成长，开拓属于自己的一片天空。

走入大学，你会接触到许多社团，这些由于兴趣相投的学生自发组织起来的学生"群众组织"，有自己的章程，按照成员共同商定的模式开展别具一格的活动，在组织、参与中，同学们让自己的才能得到充分的展示，同时也收获了许多……

● 可以毫不夸张的说，今天没有参加过社团，就等于没上过大学。交往空间的逐步扩大是大学生们感受越来越深的一个事实。在大学，班级只是读书的场所，而非人们惟一的生活环境。经常参加一些社团活动，对自己是有很大帮助的，首先，社团的成员来自不同的专业和年级，同他们交往，可以学到更多的东西，得到更充分的信息，也能认识更多的朋友。其次通过参加一些社团活动，可以陶冶我们的情操，锻炼我们各方面的能力，使自己真正成长起来。

● 四年中，有一种至今我都解释不清的动力贯于始终，令我能够坚持在筱竹剧社的天空下做着不懈的追求而一直是无怨无悔。我真的很感谢筱竹，是她给了我一个舞台可以施展自己的才华，发挥自己的潜能。今天想想，才发现如果没有筱竹，我的大学定将失去一抹最为亮丽的色彩。

参加各种竞赛，对于学习专业知识将产生很大的推动力……

● 大三时的全国大学生设计竞赛对我们来说也是一个很好的锻炼机会，同一个设计题目，由全国的同专业学生参加，真是同行之间一次切磋学问的时机。虽然我没能被选去参加，但我后来看到那些获奖作品，也是一种提高，我可以亲身感受到，面对同一个问题，他们的解决方法是那样的不同，所以成为优秀，而我的是平常的、普通的，这样我就看到了自己的不足之处。因而我也就提醒自己注意，在今后的学习和工作中加以改善，朝着好的方向发展。再就是大四时的城市规划和室内设计方面加了两个设计任务，在此过程中我又觉得拓宽了自己的专业道路，领略了另外学科的关键之所在。

第三节　贫困是一种特殊的财富

大学中，有一些学生由于经济方面的原因，成为学生当中的"特困生"，在克服比他人更大的心理压力与更多的困难中，他们找到了自己的位置。贫困不是一种负担，是促进特困生更加努力成才的巨大精神动力。在生活中，他们感受着较其他同学更多的辛酸，在这里，他们也更多地体会到党、国家、学校、老师、同学以及来自社会的种种关心与帮助，在这里，他们耕耘更多，收获更大……

● 生活上的拮据我不认为是不幸，相反它能激发一个人的意志品质，正是这四年相形见绌的生活条件锤炼了我刻苦坚韧的生活作风，不管什么事，认定了都会矢志不渝地做。做得无怨无悔而不管结果如何，因为我毕竟全心全意地做过了。中国农民勤劳勇敢，也具有吃苦耐劳的美德，也许我是农民的后代，从小就养成了吃苦耐劳的韧劲。大学的生活是紧张的，大家都是从各地聚来的优秀者，谁都有过辉煌的过去，对于一个农家子弟来说，要想获得优异的成绩，不付出十二分的干劲是绝对不行的。

在精神上，老师们不断地帮助我。我记忆犹新的一句话就是：贫穷并不是错误，而是一种财富，你应该把它看成锻炼自我

127

的财富；你虽然无法选择自己的出生，但你可以选择自己的人生。四年中，我一直把这句话铭记心里，把它当作我战胜困难的力量源泉。在它的鼓励下，四年中我从未向家里要过一分钱，而是利用一切机会参加勤工俭学，做家教、拿奖学金来过着自给自足的生活。大学四年，我学会了自立、自强，学会了正确地面对自己眼前的一切困难。人只要有毅力和信念，就一定能战胜一切困难！

● 学院对我们生活困难的学生给予了很多帮助，就拿学院的勤工俭学制度来说，使我感触很深。我们多数来自农民家庭，家庭经济困难，加之大学花费很多，有的拿出学费就不能吃饭了，有的连学费都交不起，学院及老师考虑到学生的困难，发放特困补助，开办勤工俭学，在我们最困难的时候给予了我们关怀和帮助。我也是受救助的一员，由于我找到了家教经济有所好转并准备考研，就把勤工俭学的工作让给了最困难的学生。在我们困难时，有人伸出友爱之手，给我们帮助，那么在别人困难时，我们也应该伸出友爱之手给予他们帮助，我们生活在这个世界上应多多关怀别人，而不能只想自己，通过勤工俭学制度，使我们更加懂得自立生活，对生活认识更加深刻。

● 老师在生活上的关怀让我感激涕零，终生难忘。由于我来自贫穷落后的山区农村，而且又是委培生，生活条件是可想而知的，在学院团委的热情帮助下，使我解决了生活上的后顾之忧，顺利地完成了自己的学业。在第一学期我参加了学院的勤工俭学（在东九舍接电话，每月工资60元），在第二、三、四学期我享受了订餐的待遇，并同时得到了辽宁省工联物资燃料公司每月50元的资助。所有这些让我充分感受了社会大家庭的温暖。自身的体会要比书本和电视的教育理解得透，感受得深。在此请让我说一句："谢谢您们，亲爱的团委领导、省工联的全体员工，在将来的工作岗位上我一定加倍努力，有一分光发一分热，决不辜负你们的期望"。

● 大学四年，使我深深体会到人间自有真情在。使我懂得了如何关心别人、帮助别人。入校后，系领导老师了解到我的家庭情况后，学院在资金不足的情况下，拿出几十万元钱来资助特困生，同时又发动全院师生来资助特困生并向社会各行各业呼吁来帮助特困生完成学业。沈阳个体修车青年陈勇大哥每月从辛苦所得中拿出200元来资助我和其他3名学生。在老师、同学们和陈勇大哥的关心下，我们得到的不仅是物质上的帮助，更重要的是精神上的关心和爱护，使我感觉到这个世界上有那么多有爱心的人关心我爱护我，关注着我的成材，使我认识到人不能为自己而活着，作为社会的一员，我应该帮助更多需要帮助的人，莎士比亚曾经说过："当你学会爱别人时，那才是高尚的爱"，通过学校的政策和陈勇的行为，使我深深地体会到了这句话的含义。

● 原班主任工作调动后，王石老师调过来做我们96级的辅导员，她一如前任老师那样关心我。团委刘成现老师把我的情况上报给省教委，省教委的众位叔叔、阿姨向我伸出了关爱之手，每学期赞助我700元钱。我是如此的满怀着感激与羞惭接受了这充溢着人间温情的700元钱。在此期间，校党委张书记也亲切地接见了我，对我的学习与生活表示慰问与关心。我开始努力学习，让自己绝不愧对于众位师长的关爱。我把自己从唐诗的浪漫里、宋词的凄婉中拉起，抬头面对真实的生活。我开始关心每个人、每件事，因为我的心里是如此的充满着感激，对人间真情由衷的赞美，对远方灯火热忱的喜悦，我的脸上露出希冀的笑容。天道酬勤，大二学年，我以综合排名第六的成绩获得"优秀学生奖学金"。我的脸上终于露出真正的笑容，恢复了自信的豪气，青春的洒脱。

● 在以后的生活中，我学习更加刻苦，家里供我读书也更加吃力，学院进一步了解到情况后，在继续给我发补助的情况下，又组织上届同学举行"献爱心活动"，他们每月都给我几十元钱，直到他们毕业。这些钱对别人来说算不上什么，可对我来说却相当的宝贵，每次接到他们捐给我的钱，我都非常感动，充分感受着大家庭的温暖。到第一学期放假前，学院又给我一百元钱，是怕我们这些困难学生没有回家的路费，或是没有御寒的棉衣，我就用这笔钱买了大衣，每次我穿上大衣都暖在心里。难得学院为我们考虑得这么周到，我作为学生没有什么可回报的，只有努力学习，否则我们不就辜负学院全体师生的一片苦心了吗？

第四节 老师、同学，你们是我一生的朋友

大学四年匆匆而过，回忆起成长的每一步，都离不开老师的谆谆教诲。记得一位作家曾说过，第一个拥抱你的是护士，第一个吻你的是母亲，而第一个引你走上人生之路的却是你的老师。茂密的森林里容易长出参天大树，正是由于有滋润和哺育它的泥土；而如今在学生学有所成时，他们是不会忘记也忘不了那些曾为他们付出心血的老师们。既为人师，又做人友，就像蜡烛，燃烧了自己，照亮了别人。没有老师的指引，他们不会走好人生之路。老师给了他们知识，给了他们力量，教会了他们如何去面对生活，如何去探索人生，如何在纷繁的世界中书写自己的历史。

● 大学中，原在我心目中已很高尚的教授虽不是谆谆善诱，却也是风趣幽默、和蔼可亲、胸襟宽广。在他们的引导下，我进入了一个神圣的殿堂，在那里，我可以放下包袱，放开胆子，做我要做的事，说我要说的话。从此，我自由了，我独立了，我有了信心和自尊。可以说，也就是从那时起，我体会到了被放飞的感觉，体会到了自立后成功的舒畅。是老师，是大学的氛围，引导我走上了新的人生旅途。

● 即将离开大学，我怎能忘记明亮教室内的书声朗朗，怎

能忘记寝室内的嬉笑欢乐，怎能忘记食堂内的大锅饭。正是这普普通通、平平凡凡的宿舍—食堂—教室，简单的三点一线，构成了这有血有肉、实实在在、永生难忘的大学生活。昨天，我们还是象牙塔内的莘莘学子，明天，我们即将全力以赴投身于国家的建设之中。昨日的学子，明日的栋梁，这一切的一切都是尊敬的师长们谆谆教诲之功，是建工学院这个母亲摇篮的功劳。今日的辛勤汗水，明天的桃李芬芳。

● 大学的每一天我都过得很充实，其中令我震动最大、给我印象最深的则是一位老师的良苦用心。那次课堂上，我平生第一次欣赏了贝多芬的"命运"交响曲，那雄壮高亢的旋律，深深地征服了我们每一位同学的心，教室内一片肃静。老师满含激情告诉我们："我之所以在课堂上让大家听贝多芬的命运交响曲，是希望在座的每一位能牢牢地把握自己的命运。现在我们有的同学把自己交付于命运，脚踩着西瓜皮，滑到哪里算哪里。有的同学以读书无用，大学生得不到社会承认为理由来替自己辩解……我问你，你还没为社会做过一点贡献，社会凭什么承认你有才干？知识是有价值的，但知识不是你向社会索求报偿的凭据。老师的话深深地叩击了我的心弦，令我佩服，使我醒悟。

老师令他们感悟到知识的真谛，感受着知识创造者的价值……

● 在大学里最大的收获是自己学到了许多知识，学会了怎样去思考，这离不开老师们的帮助。也许学到知识的多少并不太重要，重要的是自己是否学会老师们分析问题的方法，这是老师的给予。

● 学院老师用他们广博的知识、宽广的胸怀，教导我们知识和做人的道理。老师和同学们给了我无私的帮助，使我能不断成长，日趋成熟。

● 无论是从基础课，还是到专业课，老师们的辛勤教导和无私奉献，使我们学到了足以在社会上立足的各种知识。我认为大学是人生最重要的一个环节，它是你人生中的一个重要支柱，有可能伴随你一生，所以我十分重视在大学中学到的知识，也真诚的感谢和祝福教过我的各位老师。

人生是多彩而复杂多变的，老师为我们引路，替我们导航……

● 现在回想起来，当初之所以有过一段荒唐的经历，究其根源，主要是进取方向的迷失。无论在小学、初中乃至高中，听到最多的就是考上大学，想的最多的也是考大学，而缺乏更高的理想抱负，至于上大学为了什么，特别是考上大学以后怎么办，都没有去想，有了入学时的迷茫也就不足为怪了。难能可贵的是，一周的入学教育及班主任和辅导员的谆谆教导，为我指出了前进的方向，也有了进取的动力，人生中又一次闪现出亮丽的色彩。

● 开始时总是那么的美好，但结束时却让人承受不起，风风雨雨注定要在叹息与回忆声中落幕。我是一个怀旧的人，这就决定了我会在多年以后仍然会惦念这一切，我在1994年入校时，自己特别悲观失望，并不是因为学院不好，而是大学对我并没有太大的吸引力，因为那时无法摆脱过去的阴影，那份疼痛仍烧伤我的心，迷惑着自己、困扰着自己，因此，这种徘徊复杂的心情使我难以平静，同时到了这个陌生的地方，又是一个新兴的专业，未免让人心理难以接受，但我是一个能适应环境的人，随遇而安，这是我的人生信条，虽然是掺杂着一丝消极的想法，但还不失为一种理智。记起当时班级中我是第一个报到的，可以说在报到的瞬间，自己的内心发生了微妙的变化，因为老师给我讲了许多关于学院的方方面面，并且询问了我的成长经历、将来的打算，开学以后将如何去做等等，这些耐心的谈话，深深打动了我的心，使我增添了勇气，为我今后大学的成长指明了方向。

刚踏进大学校门，犹如进入一个崭新的天地，既有兴奋满足，充满信心，又怀着奇异的憧憬，同时，也有因对大学生活的陌生和不适而产生的困惑、迷茫，甚至苦恼。是老师的谆谆教诲及辅导员老师的正确引导使我尽快地进入新角色，翻开了人生瑰丽的篇章。

● 我想学会自学在大学教育中是极其重要的，它应该成为大学教育最为重要的内容。记得从前在杂志上读到这样一则小故事：一个学生毕业多年后重返母校去看望一位教过他的老教师时，看到他正在批改考卷。他非常惊讶的发现试题竟然与当年自己考试时的一模一样，感到非常困惑。老师看到了表情并向他解释说："题目是完全相同的，但答案却完全不同了。"这则故事虽然有些夸张，但它反映了一个我们无法否认的事实：知识演变发展的速度远远超越我们的想象，所以学习中最重要的不是掌握某一项知识本身，而在于学会理解、掌握知识的能力。这一点对于我们学习计算机专业的学生尤为重要。在这里，我想感谢严格要求我们认真学习基础课程的诸位老师，因为刚开始时我们并不能认识到这一点。如果当初任由我们自行其是，等理解到这一点时已经为时太晚，浪费许多宝贵光阴。自由历来都是一个常被人误解、诱人误入歧途的字眼。如果我们对一个事物缺少认识，没有深思熟虑，我奉劝大家要多听有经验长者的建议。

● 记得那是九六年，大一的男孩总是那么的激情，也许现在想想，我那时也只能算是幼稚。在经历了大一第一学期后，我的学习成绩居然不错，大学不过如此，我的心中开始出现了这样的想法。也许是年少轻狂，也许是少不更事。"玩"这个字占据了我的身心，我开始了我的运动黄金时期，足球、篮球、乒乓球、保龄球，也许是圆的我就能玩上两三下，"身体是革命的本钱"，我那时还振振有辞。身体是非常健康，甚至都有些富余了，但革命却没有进行到底。大一的第二学期我就因挂了三科的成绩被斩落马下。也许当时有一定自觉性的话，后面的事也许就不会发生了。但当局者迷，那时的我根本不愿意也不想接受这个现实，只认为也许玩得太多了，下学期努努力就上来了。事与愿违，第三学期末我居然又有两科成绩不及格，我开始迷惘、困惑了，消极如潮水一样涌向我的内心，我像一只弱不禁风的小舟，被海水慢慢地推向了黑暗，光芒消失了，剩下的只有千篇一律的声响。酒，这个我在高中还不怎么认识的东西陪我度过了许多恍惚的夜，又过了许多迷惘的白天。每天总是深夜才睡，日上三竿才醒，活动不参加了，课不上了，自暴自弃，父母的教诲、同学的劝阻都已丢开。我觉得我只剩下了躯体，而思想早已麻木。现在回想起来，也许那时真的快完了。转折出现在大二的后半段，李老师的出现让我在黑暗中看到了光明。迷失了很久的船看见了明灯，苦苦挣扎的我震动了。四月的一天，也就是我生日的那天，我收到了一份礼物，那是一本非常精致的书，名字叫《心灵鸡汤》，里面夹了张生日贺卡"无论什么时候，什么情况，都会有一个朋友默默祝福你、帮助你"。树种的含义也许正是老师所要表达的，挫折并不可怕，真正可怕的是遇到挫折而一蹶不振。真切的含义、诚挚的语言，我感动了，也许正是这一番话语使我重新找回了自我，重新认识了自己，我开始了新的征程，消极离我而去了，思想又回到了我的身体，我开始认真面对我的人生了，欢笑回到了我的脸上。大三、大四的我，就在这种动力下完成了下来，所有的课程都没有补考，我成功的读完了我的大学。

大学，老师离学生很近，通过接触使同学们对生活中的老师有了最新的认识……

● 老师丰富的教学和实践经验让我们赞叹不已，老师风趣的话语给我们带来了学习的乐趣，老师的鼓励让我们看到了前方的光明，让我们充满自信，不再感到迷茫。老师把我们当作朋友，使我们没有了紧张感，能够放松地去学习。我有一个好的辅导员老师，是她在我学习懈怠的时候提醒我不要太放松，在我工作上有困难的时候给予我帮助，在我情绪波动的时候指导我人生的道路。而最令人激动的时刻是院领导走到班级给同学拜年，人们互道新年快乐、新年吉祥，使我们这些远离家乡、远离父母的同学倍感温馨。老师不仅耐心地给同学讲解每个问题，而且作业全都做了认真的批改，为了能使大家顺利通过期末考试，她不惜牺牲周六、周日的时间给同学们讲课、补习。虽然我只听了一学期的课，但老师优良的作风和敬业精神深深地烙在了我的脑海里。我要学习老师那种强烈的责任心，做一行爱一行，做一行钻一行，继承学院的优良传统。

大学四年，在你成长的每一步里，都会有你最难忘的老师……

● 进入了期望已久的大学，一切都是新的，新的老师、新的教室、新的环境。经过高中三年紧张的生活，突然有了这么多的空闲时间，真不知该如何做了，也顿时放松了自己，这时，班主任李国良老师，他看到我们不少人都有这种想法，不时地找我们谈心，给我们敲警钟，讲道理，关心我们的进步与成长，帮助我们树立良好的班风与学风。

● 在学习过程中，老师当然是起到承上启下的作用，好的老师可以调动起同学们的学习兴趣。大一时的英语老师李莹就给我留下了深刻的印象，她就会把全班的学习兴趣调动起来，一篇英语小短文、一个事件的由来，她都会绘声绘色的娓娓道来，课堂上的气氛严谨而活跃，同学们不但学会了知识而且学到了学习方法，我后来又把这种学习方法运用到其他科目的学习上，我今天取得的成绩也要归功于老师。

● 我在这里仅提一位令我终生都不能忘记的老师，她就像我的母亲一样，时刻关心着我，她就是葛运培老师，从大一到大四，她无微不至的关怀令我刻骨难忘。她送给我钱，送给我书，

135

送给我那珍贵如金的激励话语时，我没有一句话可说，只是眼里噙着泪水。大四了，还有十几天就考研了，她老人家又送我二百元钱，叫我补身体，真的，我很幸运，我逢人便说，能生活在这种充满关怀和帮助的氛围中，是我今生的造化。

● 最初，我的价值观很庸俗，我以为人和人都一样，金钱才是最重要的。但随着年龄的增长，我对这一点有了转折性的认识。学院里面有很多才华出众的人，他们有能力为自己挣很多的钱，可他们却一心一意地为了教育事业，奉献着自己的青春才华，我被他们的情操所感动了。博士后李宏男先生，拒绝了国外的高薪聘请，回母校建设，这种事情，从前只是听说过，而今亲眼见到了真实的本人，我怎么能不为他们的精神所震撼呢？记得，爱因斯坦曾说过："人生的意义不在于获取什么，而在于奉献什么。"这是何等的境界，这句话，正是在这么多默默奉献在祖国各项事业的人身上体现出来的。对于未来的生活，我自己又该怎么做呢？我会毫不犹豫地说，我要一心一意地为祖国的建设事业尽一份微薄之力。大学生活给我留下了宝贵的知识和高尚的精神财富。

● 在我们到法库实习时，我们年轻的老师——何群老师，刚结婚不到3天就来上课，又紧接着带我们到法库县农村去学习，由于那儿风沙大，给我们的测量工作曾带来很大麻烦。但在何老师的带领下，大家克服了种种困难，胜利圆满地完成了任务。记得秋风把何老师的嘴唇都吹裂了，舌头上也烂了，但她没有叫苦叫累，跟我们一起吃、住，一起翻山越岭，一起徒步走很远的距离去测量。年轻的何老师那种孜孜以求的工作精神鞭策着大家，以至影响到我们今后的工作生活，为人师表的何老师称得上是一位优秀的好老师。

● 我现在很感谢我的英语老师王金玲老师，当初她对我们每一个学生要求都很严格，从不因为谁的成绩差就放弃谁。在上课时，虽然我们一些英语差的同学对她的提问有抵触情绪，但她还是照常地把我们叫起来回答问题，并且和别人的要求一样，"强迫"我们提高，最终我们班的三十二名学英语的学生都通过了四级考试，在全院排名第一，六级通过率也很高，这不能不说她的功劳很大，她和教学水平和态度很值得我敬佩。

生活是本教科课书，老师为你开启每一页……

● 大一时的辅导员刘春兰老师在我的眼中是一个年轻、睿智、有责任感而且感情丰富的女性。现在回想起，她具有一般女性所不具备的沉静与善良，而从中绽放的善解人意的幽默更是一份难得的清澈。在我最无助的时候，她像一盏航灯激励着我踏出勇敢的一步，成为我大学生活中一次最重要的转折。现在刘老师早已不带我们，但我们仍保持着联系。也许老师还以为这是她作为老师所应该做的小事，不求回报，可恰恰是这样，我感到了一种珍贵。这使懂得了关心自己身边朋友的重要。因为你的一句暖心话，就可能让他振作起来，走出另一条人生轨迹。

● 平时涂涂写写一直是我的爱好，但却苦于无人分享。大一那会儿每月都有院报送到寝室，后来又知道，《沈阳建院报》是我们自己的报纸，有大学生通讯社，招收学生记者，而且它的副刊是学生们自己的天地，都是些散文、诗歌，内容反映同学们的心声，我一看就喜欢上了她，心里暗暗打定主意，一定要成为其中光荣的一员。从这以后，我开始关注学院里的大事小情。联系写通讯，写评论。在张治中老师的悉心指导下，我的练笔中接连有几篇发表了，我的劲头更足了。除了自己写以外，还与其他人联合采访，帮助老师们排版、校对、发放报纸。经过一年的锻炼，我已经能够单独采访了。就在大二那年冬天，我光荣的成为了院报的一名学生记者。功夫不负有心人，我的通讯《高树荣先生资助我院特困生》获院"外事杯"新闻大赛三等奖，并连续获得学院优秀学生记者称号。在此间，我的业余生活也变得丰富多彩，在与其他同学的交往中，我为他们的真诚、热情所感染，整个人像是有使不完的劲。在我参加的辽宁省"祖国、青春与我"征文比赛中荣获了一等奖。我深深的知道这要归功于我有那么好的老师和同学们。就在找工作当中，全国著名杂志社《芒种》同意录用我了。虽然因为其他原因没能去，但我深深的明白，这些机会都是学院老师对我鼓励支持帮助的结果呀！在这里我深深的感谢给过我帮助的各位老师，谢谢您们！

● 回想过去无数个日日夜夜的寒窗苦读，苦也悠悠，甜在其中；老师的谆谆教诲浮现在脑海，我敬佩老师们那种兢兢业业的精神，以及他们无私地把知识传授给学生们的美德，在大学，学生们都住在学校里，班主任老师就像家里的父母一样给我们温暖和帮助，刚入学时，是班主任老师教会我们独立生活，并给予适时的帮助，即将毕业，面临着择业的关键时刻，站在人生的十字路口，还是经过班主任老师的帮助和指点，使我们顺利走过这一关。在我即将毕业离开母校的时候，我衷心地向老师说一声"谢谢"！

新同学的眼里都写满了新鲜，这时候最需要指引和关心……

● 记得那年我们刚刚步入大学校门，陌生的城市、陌生的校园，让我曾一度觉得茫然而不知所措。从最基本的日常生活开始，处处都碰到困难，那时真觉得一下子从老师、父母的掌心中跌了下来，疼痛之余发现自己竟是如此脆弱，如此地依赖身边的人。可是没过多久，周围同学热情的帮助让我重塑了信心，接下来便是五年的朝夕相处，让我真正懂得了：每一个同学都如一本书，只要真心去读都会发现其中的珍贵。

● 记得五年前的我，和许多人一样带着父母的期盼、亲人的嘱托，也带着自己的一份自豪与惊奇，迈着喜悦的步伐走进了建院的大门，迎接我的是老师的笑脸，同学的关怀，使初次踏入异乡的我立刻感受到了集体的温暖。当时还不满十六岁的我是一个对什么都感到有趣的小东西，同学们中我最小，大家都很照顾我。

同学之间的友情是最珍贵的，同学的感情在大学的生活中被诠释为人生中最美的东西……

● 我不曾忘记四年前的那个深秋，当我第一次踏上沈阳这片土地，迈进建院的那份激动与憧憬。眼前的一切对于我是那么的陌生，美丽的城市，静谧的校园，还有那么多热情的老师和同学。我们寝室中八个人来自六个不同的省市，天底下还有比这更深的缘份吗？我们彼此互相尊重，互相照顾，组成了一个和睦的大家庭！每当我想起自己第一次操着那浓重的家乡口音在全班同学前做自我介绍时，每当我与同学们亲切交谈时，我心底就禁不住升起一种莫名的激动。我是来自山东偏远小山村的女孩，我那里的人祖祖辈辈地说我们那里的方言，就连老师也是如此，因此我只会说满口的方言，不会讲普通话。在家的时候，我并没有觉得这是问题。但来到学校后，问题就出现了，我说的话别人听不懂，我无法跟别人进行交谈。再加上我们班的女孩都是来自大都市的，只有我自己来自农村，我感到很自卑。另外，我的家庭比较困难，学费都是东凑西借，因此，到校后吃饭很成问题。基于上述原因，自卑的我逐渐地把自己封闭起来，每天独来独往，不与别人进行交往。实际上我感到很苦闷，心里特别孤独，整天郁郁寡欢，感到欢乐已不再属于我，脸上很少出现笑容。在夜深人静的时候我曾偷偷地哭过。在这种情况下，我班的女孩没有嫌弃我、排斥我，而是特别的关心、照顾我。我不会讲普通话，她们就尽可能地利用一切空闲时间，不厌其烦地教我，首先帮助我过了语言关，以便我能同大家进行交流。来沈阳上学，我是第一次离开那生我养我的小山村，因此我对大都市的一切都感到陌生，什么事都不懂。她们就领我到处逛，教给我许多知识。最令我感动的是有一次我发高烧，她们怕我晚上病情加重，竟然晚上轮班睡觉，轮班照顾我。结果第二天我倒什么事都没有了，但她们却累得不行了。正是由于她们的爱心和帮助，帮我克服了自卑，是她们的爱心打动了我，是她们的爱心融化了积在我心头的积雪，是她们恢复了我以前的自信，恢复了从前那个爱说爱笑的女孩。现在，我无论干什么事情都特别的自信。对此，我特别感谢那帮可亲可爱的姐妹们。

●发生在我身上的一件小事，给我留下了永久的印象。记得在大一时，一上午我始终感觉身体不舒服，好不容易坚持到中午放学，大部分同学都已走出教室去食堂吃饭了，室内只剩下两女生没有走。我趴在桌子，这时肚子疼得加剧，一会儿就吐了，室内的两名同学见状便立即来到我面前，要扶我上医院，我告诉她们去给我弄点药吃就好了，用不着上医院，其中一个女生见我执意不肯，便迅速跑回寝室，给我弄来药和水，跑得满头大汗气喘吁吁，待我喝下药和水后，她俩都会心的笑了。扶我在椅子上躺一会儿，药吃下后，一会儿便见好转了，然后她俩就扶我到寝室。班级女生知道我病了，相继到我们寝室来看我。她们二人为我的病而忙得团团转，以至于中午连饭都没顾得上吃，就又去上体育课了。远离家门，父母不在身边，而大家对我照顾得却体贴入微，胜似亲人。这件事情不大，但反映的精神让人兴奋，让人感到相处在乡镇分院这个大家庭中的温暖。

良好的人际关系，将会直接影响到你的学习、生活的顺利进行。扩大人际交往，建立友谊网络将是每一个大学生成长过程中必然遇到的心理发展课题。和谐的人际关系不仅会给心理带来稳定性和归宿感，也有利于激励新的求知欲和上进心。学会帮助他人，你会在其中培养锤炼做人的涵养，在走上社会的时候，人生的道路就会有相应的坦途……

●大学的四年里，与我接触最多的是我的同学们。在我失意彷徨的时候，她们安慰我、鼓励我，有她们作后盾，我还有什么可怕的呢?! 这是一个团结向上的集体,有着很强的凝聚力,思维活跃,敢于创新,在她们身上,我受到了很多的启发。与她们相处,我学会了宽容与忍让,学会了与别人交流,学会了去发掘美和欣赏美,学会了如何去理性地处理问题。我学会了许多,受益颇多。时间总是在无情地飞逝,就在我们还有几个月毕业的时候,一位来自湖北的同学被医院确诊为白血病,治愈需要十几万元,同学们纷纷解囊捐款,那时正巧姐姐病重住院,家里经济正紧张,怎么办? 不能眼睁睁地看着病魔夺去同龄人的生命,突然间想起老爸寄给我的生活费,抽出十元,少吃一份菜不就行了吗? 这个月虽然肚皮被勒紧了一圈,我很高兴,虽然这点钱如一颗水珠不能灌溉饥渴的大地,毕竟是我的一份心、一份力,只要尽力了又有何所遗憾。

四年在人生中也许只是沧海一粟,然而在人的一生中,这四年却占着最重要的地位。同学从相见到相知,伤心的时候一点鼓励,高兴的时候共同分享,这就是大学生活……

● 记得大一的那个元旦,是四年来最有意义的一次集体活动。那时的我作为班级的组委,负责准备工作。又是买糖,又是买瓜子、苹果之类的吃的,还得买彩纸布置教室,忙得不亦乐乎。那时整个人都处于极度的兴奋之中。晚上大伙一起吃自己包的饺子,然后开晚会,之后是通宵的玩乐。浓浓的节日气氛以及那浓浓的友情融化了同学们心中的隔阂。大伙在一起玩、一块乐,心情多么的舒畅。第二天,班级买回了一个大蛋糕以及一些酒菜,在 607 室为我们几个元旦前后过生日的同学祝福。虽然那小小的宿舍挤三十多人在里边,每个人都必须侧着身子才能站得下,但是那种快乐的感觉我想在场的每一位同学都能感受得到。晚饭过后,燃起生日蜡烛,当三十多人的祝福歌声响起的时候,我的眼眶湿润了。这一个日子将永远深深的记在我的脑海里。

● 四年中,大家由操着家乡话的懵懂少年到思想比较成熟的青年，其间经历了很多的变化，由彼此的陌生和不熟悉到亲密无间情同手足的兄弟。由彼此的设防到坦诚相待，相互信任，相互倾诉。或许，我们之间平常的关系比较平淡"君子之交淡如水"。但此时，我们之间感到了四年同学之情的珍贵。或许，我们之间由于一些事情引起了误解、矛盾，但此时，我们会化干戈为玉帛，一笑泯恩怨，彼此都能互相谅解，因为大家都知道四年走到一起不容易。

● 经历了这段在异地他乡的求学生活，更让我感到友谊的重要性。刚到沈阳时那种四顾茫然的陌生和孤独感早已随着时光的流逝烟消云散，环绕着我的是同学之间友爱互助的光环。真希望这世界上再没有心的荒原，再没有爱的沙漠。毕业在即，相处四年的同学转眼就要各奔东西，一份淡淡的离愁不由涌上心头，但我深信，万水千山也隔不断珍藏在心中的这一份份情意。

大学的寝室是一个家，也是一个课堂，从不同的人身上吸取其优秀的方面使自己趋于完善。这就是这段不平凡的集体生活会带给大家最宝贵的东西……

● 寝室的各位兄弟来自不同的城市，不同的地区、他们的方言也不能通用，也就是说他们的语言保护性很强，我们这样一个集体，各人有各人的生活习惯，各人有各人的家乡话，在外人看来，我们一定不能互相沟通，相互适应，然而，我们的关系是那样的融洽，那样的和谐，虽然有时也难免会出现一些不愉快的事，但是大家很快地便能和好如初，在这样的集体中生活，感到的是一种荣幸，从这些人身上，能够学到很多受益的东西，说话的风趣幽默，待人的热情豪爽，工作上的认真负责，学习上的刻苦努力，还有那坚强的意志，都要从中不断的学习，在这样的大集体中，我们能够相互团结、互相帮助，努力做好我们的团小组工作，互勉互励，搞好我们的建设。连续被评为"免检寝室"，这不仅为我们自己争得了荣誉，同时也为我们班级做了自己应做的贡献，这一直都是我们引以为自豪的资本。

第五节 大学给了我高飞的翅膀

"大学既是一个学习的过程，又是一个学习怎样学习的过程，既是学习怎样做事的过程，又是学习怎样做人的过程。"经历了独立学习、经历了独立生活，也经历了独立思考、独立处事，同学们都变得更加成熟、更加理性、更加勤奋，生活的点滴将成为他们永远的记忆与巨大的精神财富。

● 大学是个大课堂，在这里我开始接触社会，在这里我学会了思考，在这里我学会了品味自己的生活，品味生活中酸甜苦辣。在大学中我逐渐成熟，使我能够独立处理自己的一切。大学期间我最大的收获就是锻炼了自己的能力，使我懂得了做人的道理，能够正确处理出现的各种问题、挫折。四年的大学生活，我逐渐的树立了科学的世界观、人生观、政治观、道德观。我对问题的分析、理解能力得到了增强，对问题有了自己独特的见解。

● 大学四年的生活既美好又现实，这四年不同寻常的经历，使我对自己充满了信心，也让我拥有了清醒的头脑，在现实面前不至于迷茫，不至于迷失自己，更理性地看到了现实与目标的差距，但我有信心完成自己的心愿，这种信心来自于学院的培养，来自于各位老师的教育，以及各位同学、朋友的关心、爱护。

● 大学生活中，在老师的教导下，在同学们的帮助下，我无论在生活、学习、工作和思想上都有了很大的进步，这是我大学四年结出的硕果。生活上，我学会了独立生活，学习方面，我受益很多，大学的学习使我有两点较大的进步，首先，通过四年的学习，使我学到了比较扎实的专业知识，学到了许多建筑方面的专业知识，了解了房地产市场的发展规律和运作方面的技巧。其次，大学里学习，让我掌握了学习的方法，教会了我怎样去学习，去学习什么东西才有用。工作方面，我在大学四年里也受益匪浅，如何干好工作，这四年的历程让我懂得要干好一项工作，必须要全心全意的付出，在思想上，我树立了正确的人生观、世界观。

● 大学生活究竟带给我些什么？在即将毕业的时候，我终于找到了答案。她给我的不仅仅是丰富的文化知识，更重要的是给了我独立思考的能力，独立生活的信心，良好的自我约束力及高度的社会责任感。

● 天行健，君子以自强不息；地势坤，君子以厚德载物。大学生活给了我自强不息的启迪，同时也教给我做人的道理。"待人厚，克己薄"给我以潜移默化的熏陶，在我的成长经历中起着重要的作用。能够成为"院文明大学生"算是我通过努力改变自己的成果吧。人说，"知易而行难"。人们都知道很多事情，却又犯同样的错误。我感觉大学生活就像一个熔炉，铸造出一个个鲜活的人物去改变这个社会。其实，人生本来就有很多瞬间，就如同分水岭一样，把一个人的一生改变。大学生活就是我生命中的一个瞬间，短暂而又漫长，却使瞬间变成永恒，在我记忆中永远是一个值得骄傲的回忆。

● 大学是人生中非常关键的一个环节，其关键性不在于在此期间掌握了多少书本知识和积累了多少做事、处世的经验，而在于如何树立一种学习的态度，建立一种怎样的处事观和什么样的生活观念，积极参与各种活动，以确保在给自己"定位"时不至于偏颇，深刻地剖析自己，发现自身的长处与不足。

● 大学，这个大熔炉已经将我熔化，并将铸成一个完美的我。当年那个内向、不善言辞的我已不复存在。大学铸就了我的热情、开朗、大方的性格，铸就了我宽广的胸怀，我已不再为一点小事争得面红耳赤，但并不是我变得随波逐流，而是我已由一个小孩子变得成熟了，我的表达能力是通过与同学、老师，与社会的交往中提高的，我的办事能力是在为同学服务的过程中提高的，我的勇敢、坚强是在军训中、学习中摸爬滚打锻炼出来的，我的集体荣誉感是在寝室检查卫生时、学院运动会中体会出来的，我感谢学院铸就了一个新的、比较完美的我。

大学中的成功，也许是从"失败"中获得的……

● 渡过大学生活，我变得成熟了，这是大学生活的最大收获，但这种收获是在付出很大代价后才获得的，其中不仅有成功的满足，更多的是失败的痛苦煎熬。所谓吃一堑长一智，很多成功都是在无数次的失败基础上才得到的。大学是一个大大的熔炉，四年的时光已将我这块顽石熔化，并将铸成一个更加开朗、大方、宽广、自信的我。

大学生活有得也有失，许多同学更多地学到了学习的方法……

● 大学的学习不同于以前的小学、中学的学习，老师教一点，学生学一点。如果把学习比做吃饭，那么我认为，小学时代的学习好比是吃稀饭，喝糊糊，大人只需喂给你饭，你自己吞下即可；初中好比别人喂给你饭，你只需咀嚼即可；高中需要把饭为你准备好，才开始自己动手吃饭；而大学，则只把做饭、菜的原料给你，由你自己选择，自己亲自动手做，而后才吃之。

● 四年的大学生活，我失去了什么呢？简而言之，经过大学的学习、生活，我们更加成熟，失去了以往的幼稚；在生活方面，我们饱尝了"独立生活"的酸甜苦辣，从而使我们失去了对父母的依赖；学习方面也失去了以往被动学习的态度，而代之的是现在主动的学习方式。

● 大学四年得到了许多，领会了许多，掌握了许多。学习上倒不一定从课本上得到许多，关键是学会了学习方法，如何自学，如何解决一个问题，怎样利用已有材料。课本上的知识是重要的，但在大学学会的分析、解决问题的办法才是更关键的。

● 知识与能力是两个概念，在学习过程中，我更加注重能力的培养，自主自立地学习，主动思考，开发自己的思维。应该说，大学四年并不一定能学到很多有用的知识，但学到了应该怎样去学习。学习是大学生活的主题，最令我欣慰的就是这四年来取得硕果累累的成绩。大学的课堂上，教师在传授知识中除了"教"外，主要是"导"。这就要求我们以独立自觉地去学习为前提来调动自己学习的积极性和主动性。注重能力的培养是我大学生活的又一大收获，首先是自学能力的培养，包括自己的洞察力、记忆力、概括力、思维力、想象力以及检索能力、阅读外语能力等等，二是实际操作能力，三是思维表达能力。在大学的学习中，我逐步形成并掌握了一套自己的学习方法，培养了独立思考和自学的能力。这也是大学学习生活中由点滴积累出来的宝贵的收获。

大学是同学们成长与成才的舞台与空间，是人生的转折，也是拼搏者的新起点。在这里上演"成功"，还是"失败"，是充当"勤奋者"的角色，还是扮演"懒惰者"的角色，关键在于你自己……

● 大学四年的时光，给了我们每个大学生一次锻炼自己、培养自己的良好机会，给了我们每个人一个表现自己、展示自我的空间和舞台。同时，在这个舞台上，也上演了一出出、一幕幕值得我们永远回忆和怀念的悲欢离合。更重要的是，在大学的四年中，我们都从一个少不更事的毛头小子变成了一个成熟干练的成年人。大学给了我们知识，给了我们能力，给了我们太多太多有意义的东西，这些东西将在我们今后的人生道路上起着重要的作用。

● 这四年的生活是我一生中一个重要的转折点，一段改变我一生的时间。在这里，我学到了知识，会用这些知识去为大家建设更美好的家园；也学会了学习知识，在知识的浪潮里不断充实自己、武装自己，不使自己被时间所遗弃，被历史落下；更重要的是，在这里我学会了做人，做一个堂堂正正、问心无愧的人，做一个有理想、有抱负的人。

● 四年啊！人生中最美好的岁月，人生中最浪漫的季节留给了建院。同时，建院也把四年前那个无知的我培养成今天的我，一名朝气蓬勃、充满自信、勇于接受困难的新时代毕业生，我感谢母校，它教我接受社会，教我在困难中勇敢的站起来，教我做人，更教会我在社会中立足的根本，那就是知识。

第六章
自律与他律

　　"亲爱的母校，我就要离开您了，离开您温暖的怀抱，宽容的胸膛。没有人再为我挡风遮雨，没有人再为我设想周到。今天想想，老师那絮叨的话语竟如此可亲可敬，平时严格的各项规章制度竟成了理所当然，成了我成长、成才之所必需。记得四年前，有一位学长曾对我说，当你知道如何把握好这四年的时光的时候，你已经快离开这里了。当时的我不曾在意那位即将毕业的学长说的话，而今我深刻地体会到这一点时，我也已经快离开这里了。"

　　这是一位大学生在即将毕业时的真实告白。每当老师教导学生要努力学习，为将来报效祖国打下坚实基础时，学生总是认为自己能够自觉地学习，取得好成绩；每当老师讲解学校的规章制度时，学生总是不以为然，认为自己不会犯错误，规章制度与己无关；每当老师讲要与同学融洽相处，珍惜这段友谊时，学生总是说他的朋友很多；每当老师说大学期间谈恋爱影响学习，也不成熟时，学生总是认为老师是多管闲事，等等。突然有一天明白了，而这时，往往已是毕业在即。

第一节 恋爱——大学校园另一道风景线

对于这个问题，也许不同的人站在不同的角度有不同的认识。放开对错在一边，这里我们展示一些身在其中的大学生的体会与观点。

大学生生活在校园内就会有不同的社会关系，如同学关系、师生关系、家庭关系、朋友关系以及爱情关系等。目前，大学生的年龄一般在 18 岁至 22 岁，生理上已越过发育阶段，而进入性成熟阶段，心理上也逐渐从性意识的朦胧走向真实，由性接近阶段向恋爱阶段过渡，如何处理爱情关系，成了摆在大学在校学生面前的一个重要问题。

1．大学生的爱情观

男女恋爱，人之常情。大学生正处在人生的黄金时代——青春期，同学们在春意浓郁的大学校园里，爱神丘比特之箭难免射向情窦初开的心扉！这时一定要特别注意，树立正确的爱情观。

● 随着年龄的增长，我的爱情悄悄地来临了。男友远在异地，我们书信来往，虽然我们的生活环境截然不同，但理解和信任拉近了互相之间的距离。我们时常谈论对人生的态度，也谈理想。我们共享进步的快乐，共担忧愁。我们之间也曾有过矛盾，有过危机，但他的宽容和理解使这份爱更加珍贵。爱情是美好的，绝不是盲目的，爱情需要付出真实的感情，不能似是而非。经过这段青春岁月，我越来越认清了什么是真正的爱情。快毕业了，我放弃了许多好的就业机会毅然地选择了他的所在。许多朋友不理解我的做法，但我这是清醒的抉择。我放弃了发展的机会并不意味着放弃了事业心，我选择一个人并不意味着我选择了安逸的生活。写到这，我起初对"女强人"的说法似乎有了新的解

150

释。对于马上就走入社会的我来说，我决不想放弃什么得到什么。我想我的性格就是要使人生完美无缺。我对我的男友说："让我们各自开拓辉煌的事业，在人生的下一站等我"。

● 在四年的大学生活中，我一直没有谈恋爱，但我却不感到有什么遗憾。我觉得自己是个事业型的男人，事业第一，感情第二，所以在这四年中，我无暇顾及感情的事，虽然父母心切，但我深知时机未到，现在不是谈恋爱的时候。现在我惟一能做到的就是最大限度地充实自己，多努力学习科学文化知识。看着自己在这四年取得的成绩，感到自己的大学生活没有白过。在即将开始的攻读研究生的日子里，我不会懈怠："天道酬勤"，这是我的人生格言。在以后的日子里，我会付出的更多，因为我的青春只有一次，我不能碌碌无为；我的大学只有一次，我决不放弃。

爱情是幸福的。但幸福的不仅仅是爱情，比爱情更重要的是事业。没有事业，爱情就会变得毫无色彩，甚至会消失。

● 大学是学习、成长的黄金季节，我们大学生切不可受"爱情至上"思想的影响，将大好时光消磨在无休止的"卿卿我我"之中，好像大学只有两个人。因谈恋爱而与广大同学的关系逐渐疏远了，对集体的事情越来越不感兴趣了。更为了让恋人陪伴自己，甚至阻止对方参加集体活动以及与其他异性交往。决不可沉浸在爱情的甜蜜中而不能自拔，从而放松了学习，不求进取。

● 我曾经谈过近两年的恋爱，我觉得，恋人之间的感情应该是互助、互敬、互尊、互爱，以文明、高雅的道德行为来表现。在求爱中，当你被别人谢绝时，不要纠缠不休，或采取报复的手段。任何人都无权剥夺别人对爱的选择权，当对方已经做出对爱的选择后，一个有相当精神文明水准的人，应该尊重对方的选择，善于控制自己的感情。尽管这样会给你带来一时的痛苦，但如果一意孤行，侵犯他人的权利，只会给他人带来不应有的痛苦，也会给自己造成悲剧，留下更多的悔恨。当你拒绝别人的求爱时，一定要把理由陈述清楚，婉言谢绝。感情上尊重对方，态度一定要明朗。同时要给予对方充分的理解和尊重。对方也会因为你的理解和尊重获得感情上的安慰，进而平息波动的情感，从烦恼和痛苦中解脱出来。

● 爱情是一种责任。首先是责任，其次才是欢乐，其中包括相爱关系带来的幸福。而爱情的幸福则在于对别人承担重大责任。还没有完成家长和学校所赋予你的学习的任务的情况下，就开始寻找对爱情的责任是一种不负责任的表现。

2. 恋爱与学业

当代大学校园里的青年学子们对爱情蠢蠢欲动，但岂不知爱情的孕育也需要一定客观环境来培育，她不是轻轻地来，悄悄地走。摆正爱情与学业的关系，是不可回避的问题。

● 恋爱在赐予喜悦和欢乐的同时，还费神地润饰对此有责任心的人们。我们当代大学生还正当青年，需要的是学习知识，而且大多依靠家庭的资助上学，正处于人生观、世界观形成的阶段，还不能很好地承担爱情带来的苦与乐和责任。因此，我时时都在认真思考这个问题，这也是我在大学阶段没有谈恋爱的主要原因。

● 我们大学生生活在校园内，对我们来讲空间就是校园，校园毕竟是有限的，在有限的校园里能够给我们提供恋爱场地更加有限，同时学校为保证正常的教学和学习环境也对恋爱加以规范与引导，致使恋爱的空间更狭窄了。恋爱是相互了解和信任的过程，这就需要一定的时间去培育，而学生在校学习是紧张而忙碌的生活，学习是学生的本职，是生存于社会和服务于社会的基本前提。大学生背负着学习的压力、生存的压力同时驰骋于爱情的战场是不会获得胜利的。

● "人生最亮的三颗星星是：生命、诗歌、爱情"。记不清这是谁说的了，但肯定是个诗人，他将爱情看的与生命同等重要。几年的大学生活中，爱情离我似乎很遥远，但我并不遗憾，因为我对爱情是负责的。我知道爱并不仅仅是花前月下，甜言蜜语，更重要的是要准备付出感情，肩负责任。所以我并不赞同随便的、不负责任的爱。记得一位朋友曾对我说：爱情这个东西可遇而不可求。听起来有点宿命论的感觉，但也许顺其自然才是最好的。我相信我会找到我的真爱，在不久的将来，而不是在大学校园内。

● 大三的一年，是我经历磨难的一年，也是我收获最大的一年。大三了，进入了专业课的学习，该进入系统化的阶段了。然而，我却走进恋爱的苦海，我与她由认识到恋爱，本来是很普通很平常的事，因为在大学里，谈恋爱的很多。我初涉情场，很认真，很认真。为了她，我可以与朋友们少来些交往。走进爱情的天堂，我忘记了一切。短短一年的交往，我失恋了，来得很突然，当时怎么也想不通。现在回想起来，一切尽在情理之中，孩子气十足的我不足以养活一个女子，而且我们家境并不富裕，这等于让她失去了安全的依靠，更何况我还要学习。现在，我除了努力为自己未来的事业打好基础之外，没有别的选择，作为一个男人，必须拥有自己的事业，因为我非常的了解自己，我不是依靠嘴皮子吃饭的人。必须要实干，创造出财富，实现自己的价值，才能活得有意义。

● 大学生活就要结束了，仔细想想，喔，只是对恋爱史比较陌生。在大学没有谈过恋爱，我的恋爱史迄今为止还是一片空白。大学也有无聊和空虚之时，再加上一些耳闻目睹的刺激，使自己有时觉得也很无聊。无奈只好用书本来充实自己的生活。但是我想，对于我们青年人来说。我并不赞同大学生谈恋爱，我觉得在大学时代，一定要抓紧有限的时间全身心的扑在学业上，因为我们还年轻，我们要有自己的思想，要有自己的理想，不要过多的把自己的学业和感情问题交织在一起，这样势必会影响自己的学业，从而影响将来的发展。

● 对于恋爱问题，我觉得大家应该谨慎对待，毕竟大学阶段应是以学习为主，大学时光对于我们每一位同学来说都是很重要的，甚至会影响我们这一生，而且我们谈恋爱只会浪费时间，成功的机会几乎为零。另外，在大学阶段我们所要学的东西太多了。总之，我认为大学生还是不应该谈恋爱。

● 有人说：大学生活中如果不能刻骨铭心的爱一回，就不算有过真正的大学生活，对此，我没有实践，所以就谈不上有感受。也许，恋爱真的会刻骨铭心，不过看到他们恋爱得那么辛苦，我也就望而却步了，也许他们苦中有甜吧。我觉得自己是个快乐的"单身汉"。

● 爱情，这个话题，我不愿提及，但我无法抹去我的生活，它真真实实地存在过。我感谢我的初恋，她让我学会了理解、信任与爱，虽然她只是一朵曾经绚丽的花，没有结出果实。对于这段时光，我无怨无悔，我会正确对待她，让它化为我生活的力量，创造我人生的辉煌。但这段时光又给我留下了抹不去的阴影，因为它耽误了我的学习，给我的学习造成了很大的压力，使我没能很好地完成学习任务，没有能为我的将来打下坚实的基础，我必须在今后的工作中付出比别人更多的时间和精力才能不被拉下。

3. 友情与爱情

友情与爱情是既有联系又有明显区别的两种不同心理现象。正确理解和对待两者关系，是青年人必须注意的问题。

● 直到有一天，我参加广播站的选拔面试时，遇到了与我同分一组的名叫静的女生。我见到她时就有一种似曾相识的感觉，她与我初中的同桌太像了，说话的表情、行动，甚至名字。与她在一起的那些日子阳光明媚，我们一起组稿，播音，周末去游泳、滑冰，说说自己的过去，自己的未来，可惟独没有谈到感情，这也许是我犯的又一个错误，路一天天走过去，直到有一天，班级的同学对我说，她与×××挺好。我留意观察了几次，了解了事实，检讨了自己，发现自己自始至终也没有与她谈朋友的意思，只是感到与她在一起很快乐。就让这段路走过去吧，因为我知道，自己还年青，正是需要学习的时候，只能谈友情，不能谈爱情。

第二节　管理——一个由不理解到理解的话题

高等院校的规章制度是思想政治教育后的管理教育，是思想教育工作的继续和必要手段，是通过管理实现教育的重要途径。通过规章制度的设立和执行能够树立学生的法制观念；树立崇高的理想和正确的人生观，保证青年学生在健康的人生道路上发展；可以加强学生自身道德修养，增强抵制各种腐朽思想的侵蚀和正确认识社会的能力。

学校的规章制度给大学生留下的印象是不同的，但却是深刻的。

1．成长的摇篮

大学就是一个小社会，里面浓缩了社会的方方面面，在这个社会中，也有可以和不可以的分别，有可以做的，有不可以做的，有民主与自由，也有纪律的约束，只有认真对待生活的人，他的成长和进步才会很快。

●　在沈阳建筑工程学院这个校园里，有着非常好的校风校纪，同学们形成了良好的学习习惯和生活习惯。学院有一套较完善的教育管理体制，因此培养出来的学生都具备良好的素质。一日之计在于晨，每天六点的早操使同学们养成了早起锻炼的好习惯，也能在一天的学习生活中保持良好的精神状态。有明确的纪律、规章、制度约束着大家不断修正自己，使自己能够尽快成才。

● 重要的一点就是学院的各项规章制度很严格，这就磨炼了我们严于律己的好习惯，不犯小错，更不犯大错，以便在以后的工作中不犯或少犯错误。从这点上说，学院的决策是对的，如果不养成好的习惯，我们将来到社会上也不会有好的工作表现和好的工作业绩。

● 在学校实行的文明大学生证书制度中，我被评为文明大学生，我想这一称号在别人眼里也许不以为然，但它会激励我永远向前，会为我以后打下很好的基础，使我在以后的学习生活中沿着这个方向永远走下去，永远向前，使我不断进步，成长起来。

● 四年的大学生活教给我很多做人的道理，使我渐渐地走向成熟，并能够正确地处理人与人之间的关系。学校严格的规章制度使我养成了一种良好的生活习惯，从而使我的身心更加健康。近二十天的军训生活也使我锻炼了身体，更增强了我的集体荣誉感，从而使我在思想上走上成熟，并积极主动地向党组织靠拢，使我在思想上产生飞跃，并取得了一定的进步。

● 我们学校从去年就开展了争做文明大学生的活动。为了获得这一称号，我们每个人都为自己制定了可行性计划，还交了申请书。在活动中，同学们八仙过海，各显其能，涌现出了许许多多的好人好事。我们虽然获得了人们的赞扬，但我们并未因此而自满，相反，我们以此为动力而更加努力。

● 我对一个荣誉特别珍爱，那就是文明大学生称号。这个称号并不是人人都有，也不是对我的奖励，但它反映了一个人的素质和修养。只有一个有正确思想、勤奋向上、有责任感、爱护环境、语言文明、热心助人、礼貌待人的人才可以获此殊荣。我为之骄傲，为之振奋，但我不骄不躁，以自己的行动为同学做出了表率，让这个空间充满温馨，充满活力。我这一生都将非常珍惜这个荣誉。

● 大家都把军训当作是绿色军营生活的体验，都从军训中有所得。因而从军训一直到现在我们宿舍一直被评为免检寝室。军训给了我们一次爱国主义教育，让我们体验到了军营生活的严肃、紧张与刻苦，进而促使我们更加努力学习。我觉得学院对我们进行军训是对我们很好的锻炼，学院应该把军训当作一项重要内容来进行，时间要长一些，这样对我们意志的磨炼、纪律观念的培养都是十分重要的。我们在大学学习阶段就要注意培养自己顽强的毅力和吃苦精神，这不仅是取得优良学业的保证，同时也有利于培养自己的艰苦奋斗作风。

2．友爱、进取的团队精神

学生离开家庭的保护来到学校，又立即熔入了班级、寝室这个新的家庭，在这里学到的是家庭和父母永远不能给予的，那种团结、友爱、互助的集体精神将在今后的学习、工作和生活中一直陪伴他走完人生的里程。

● 学院的宿舍管理制度有自己的独到之处。尽管有时也对这样那样的规定而怨天怨地，但正是学院严格的管理制度，使我能够在生活方面对自己有较强的自理、自立能力，而且培养了寝室内部团结、友爱的精神和荣辱与共的进取心，看到自己的寝室被评为"标兵寝室"、"免检寝室"，我们的努力终于没有白费时，心里异常激动。正是我们宿舍的八个人给自己创造了一个清洁、安宁、舒适的学习、休息环境，这一切不能不说是学院宿舍管理工作的功劳，这时才体味到学院开展这项工作的必要性、重要性和有益性。

● 学院评选免检宿舍给我留下了深刻的印象。为了迎接评选，我们憋着一股劲，特意买了涂料粉刷了两遍寝室，我们寝室顿时焕然一新。印象最深的是每一次擦地时都一步一步退着擦，不仅地擦得很干净，连脚印都没有。我们的汗水终于换来了成果，我们寝室被评为免检宿舍。每次想到它，都令我感到集体的力量是那样的伟大。

● 集体中的每个人，只有把集体的利益放在第一位时，才能最大地发挥出自己的能力，实现本身的价值，如果过多地考虑个人的利害得失，虽然一时会得利，但久而久之，就会失去他人的信任，失去集体的帮助，最后，吃亏的还是自己。

● 宿舍就是我们的家，宿舍建设在我们的大学生活中也具有重要的作用。我们宿舍八个人建立了深厚的友谊，并且齐心合力用八双手来建设好我们的这个小家。在四年中，我们的努力没有白费，我们宿舍多次取得了"免检宿舍"和"文明宿舍"的光荣称号，这与我们的努力是分不开的，在宿舍建设的过程中，我们学会了分工合作，知道了集体的力量比一个人的单兵作战要好得多。宿舍的建设增进了我们的友谊，将使我们一生难忘。

● 一个人的生存与生活都离不开集体，我永远属于建筑工程九五这个集体中的一员。一个集体的好与坏，靠的是纪律的约束，在大学学习的这四年来，我严格遵守校规校纪，时时刻刻都用它们为准绳来约束自己，使自己的行动和活动更加完美。一个集体的发展，是靠"集体荣誉感"这个向心力来凝聚的。生活在一个集体里，当个人和集体利益发生冲突时，应该舍弃个人利益，一切以集体利益为重，现在是这样，在将来也同样如此，当国家利益、集体利益和个人利益发生冲突时，应当以国家利益和集体利益为重。作为一名大学生，无论将来走到哪儿，我将首先牢记这一点。

3．良好习惯的养成

当一个人步入成年后，他的习惯就比较难改变了。因此，大学就成为人的行为习惯养成的最后阶段。好的环境、好的氛围和严格的要求是大学生行为习惯养成的必需。

● 走进我们寝室你会发现，即使已是毕业班的我们，宿舍中依然干干净净，绝无一点拖拉的感觉，而这正是由几年的良好的生活习惯所养成的。当初对宿舍卫生的严格检查是头痛的要命，现在回想起来，在这样的环境下，使我们养成了良好的卫生习惯、作息习惯和生活习惯，它可以使我们受益终身。

● 老师们很注重我们的劳动能力和自我生活能力的培养。一开始，对学校卫生检查的如此仔细不太理解，一段时间后渐渐理解了老师们的良苦用心，老师希望从小事着手培养我们的动手能力和认真仔细的精神。认识到这一点后，我干起活来就特别的认真，特别地用心，并逐渐养成了爱清洁、勤动手、不怕脏、不怕累的好习惯。

● 其实我们大都把院系里的管理当成是一种束缚，换个角度想一想，它更是一种严肃的爱，是让同学们养成一种更容易成功的习惯。

●“一屋不扫何以扫天下”这句话一直伴随着我渡过了大学四年。我们寝室不仅抛掉了“最差寝室”的称号，在大一下半年还获得了“免检寝室”的荣誉称号。“一屋不扫何以扫天下”不仅是我，而且是每一名大学生都应该牢牢记住的一句话。

● 一件让我感触颇深的事是：和自己朝夕相处的室友在四级考试中作弊被记了处分。在她伤心后悔的同时，我也为她感到惋惜，她本可以凭自己的实力考过的，但仅因一时不慎或其他原因而做了不应该做的事情。我也像是自己经历了处分一样对待这件事：无论在什么样的环境下，要始终有自己的原则，做自己应该做的事，随波逐流或人云亦云都会迷失了方向。

● 在校的日子里，常常抱怨学校管的太多，制度太严，与其他学校相比，我们学校简直是"监狱"。而现在想来，正是这种严格的制度使我们养成了良好的学习、生活习惯，有了律己正身的行为规范，这都是我终身受益的。

● 在我的思想还没有转变过来，还处于中学生那种幼稚的思维怪圈时，我总是对大学校园的一切有着一种抵触情绪。什么"大学生十不准"，纯粹是限制个性的发展；怎么早晨起来还做早操？也不是孩子，所有时间都应该归自己支配吧……现在回想起这些想法来，才真的觉得很幼稚，又很可笑。

● 沈阳建工学院的学风正，这在沈阳高校中已是公认的事实。同学聚会，交流各自学校情况时，我发现我们学校在教学上要求得很严。学生以学习为本，治学态度严谨无疑对我们的成才具有很深的意义，也是一个学校办好的前提和基础。我们学校在思想教育、学生管理和宿舍管理等方面也称得上一流了，而且看来还有越来越严的趋势。说实话，当时觉得很倒霉，有几个学校还像高中一样斤斤计较于早操的出勤率和宿舍的卫生呢？可现在想一想，这些实在都是必要而有益的，对一名学生的全面素质的培养、提高具有不可低估的作用。从许许多多的小事的管理中，久而久之使我们养成了许多好习惯，好作风，体现出新时代大学生的精神面貌。进入社会以后，还有谁会再这样教育自己呢？一个学生的健康成长中凝聚了学校的多少心血呀！只是到了今天，我们才深刻体会到这一点。

● 在即将离开学校之时，回头想想，学校在很多方面的严格要求对学生是很有益的。"免检宿舍"的评比提高了学生的独立生活能力；严格的作息时间安排和严禁违章用电制度，增强了学生宿舍的安全系数，防止了事故的发生，等等。

● 在沈阳建筑工程学院学习了两年，给我留下印象最深的便是学院严格的纪律，严谨的学习和考试纪律。大学纪律和学风抓得这么好的在省内甚至国内也是很少的，所以希望继续坚持下去。"文明大学生证书制度"的实施，对每位大学生来说都很重要，学校如果坚持不懈地抓下去，从沈阳建筑工程学院出去的大学生将不仅是合格的建设人才，更会成为文明的先锋。

第三节　美丽的港湾

在这里演绎着一个又一个生动的故事。经历过大学生活的人都会有同一种感受——学生寝室是青年学子的欢乐时空，是最温暖的家，是最美丽的港湾。

1. 寝室带来温暖

● 大学的同学来自五湖四海，我们为了同一个目标走到一起来。因此，我结识了许多全国各地的好朋友，尤其是我寝室的兄弟。人们说大学就是个小社会，人际关系是很复杂的，但相对我同寝室的人来说你们是我的兄弟，你们是我真正值得信赖的朋友，你们是我一生最值得依靠的人，你们是最善良的，你们是热爱生活的，你们是积极上进的，你们是我这一生最宝贵的财富。你们每一句话都是真情的流露，都是能把握的温暖，让我充满对生活的信心，让我更爱这个集体。虽然你们的做法有时让人难以理解，你们的话语有时让人难以接受，但我们要在一间宿舍内共同走过四年的大学生活，我们必须有共同的默契，我们必须互相理解，所以无论发生什么，你们都是我最好的同学。是你们在人生路上与我并肩而行，是你们在我最孤独的时候给我快乐。你们给这个寝室温暖，我们的寝室，我们共同的家，我们的栖身之所。寒冷的冬天，炎热的夏天，无论什么时候，当你有了烦恼，当你有了困难，是我们的宿舍给了你快乐，给了你一个发泄的地方，一切的一切，都是宿舍给你的。既然是这样，你还有什么理由说长道短呢？无论身在何方，人在何地，我都会说：我大学的寝室很温暖。

● 大学当中，同学之间真挚的友谊最让人难以释怀。"百年修得同船渡、千年修得共寝眠"，这是我篡改诗句得出的一种对同寝兄弟友谊的概括。同寝八人，天各一方，能够相识、相知是一种缘分。当我们在一起玩球，一起打牌，一起深夜卧谈，那种毫不保留的情感让人激动不已。毕业前的元旦联欢，我喝了自小到大都没动过的酒，因为那时确实是千杯少，确实是难逢的知己。

2. 寝室培植情谊

● 最难忘的是同寝姐妹的情谊。带着对大学生活的美好憧憬，我们八姐妹从祖国的四面八方汇聚在一起。我们八个人既同班又同寝，虽然语言不同，性格各异，但却丝毫没有妨碍我们在四年中建立起深厚的友谊。我们一起欢笑，一同流泪，一同高歌，有着数不清的共同的点点滴滴。春日里，我们结伴同游，饱览祖国的大好河山，领略大自然的神奇奥妙，熊熊的篝火照亮了我们的青春。夏日里，星空明月，清风夜话，海阔天空；或滔滔不绝，或凝神细想，或争论不休，有着谈不完的话题，说不尽的知心话语；更有围着十几斤的大西瓜磨刀霍霍，垂涎欲滴，争先大嚼的令人不忍目睹的狼狈场面。秋日里，树叶金黄，诗意流转，骤雨初歇；在秋雨的路上，却已见我们三三两两，撑伞嬉戏的身影，银铃般的笑声，撒落雨中，犹如激起的一束束晶莹的水花。冬日里，雪花纷飞，我们在雪地上追逐笑闹，打雪仗、堆雪人，洁白的大地上留下了我们快乐的身影。

● 特别是我的室友，我很感激他们。他们给了我很多的帮助，我以前一直走读，从没有住过校，上大学头一次与同学生活在一起，朝夕相处，很是新鲜，也很是高兴。虽说和某些同学由于性格的原因发生过一些矛盾，不过大多时间他们给了我许多的帮助和关心，使我头一次独立生活，不仅没有一点的不习惯，相反，我很高兴，连放假都是晚去早归。在校住宿体会了同学的关怀和独立的感觉，学习了如何与同学相处，如何去关心别人，这才是最重要的。当你帮助别人得到承认的时候，可能远比受到别人的帮助要更有意义。这些体验，是今后我真正独立生活的基础和宝贵经验，有了这些，我将能够从容地应付未来生活中的问题。

● 几年来，我时刻没有忘记同宿舍同学的帮助。都是独自出来学习，为了一个共同的目标，在这里相识、相聚，在这里组成一个新的大家庭，每个人都是这个大家庭中不可缺少的一部分。我们情同手足，胜过亲兄弟，处处充满着关心和帮助，互相之间产生了不可用语言表达的友情，正是这种友情伴随我们愉快地度过了这两年的美好时光。寝室里的每一字、每一句都充满着欢笑。生活总是那么不平静，偶尔也会有小摩擦，这是在所难免的，但这些都会在同学的谅解中化为乌有，往日的笑脸还会再现。生活总是不能太平淡，平淡的生活总是没有滋味，这样也许我记得更深。

3. 寝室造就精神

● 我觉得，在大学里不仅要锻炼能力，还有重要的一点是培养团结协作精神，四年共同培育的寝室精神对于我们今后的事业是一笔可贵的财富。

● 大学四年需要八个人在同一寝室中学习生活，所以一个良好的寝室气氛是非常重要的，它可以使人消沉，也可以使人振奋。我们寝室八个人来自祖国不同的地方，有南方的也有北方的，有城市的也有农村的，所以大家在生活习惯上各有不同。在寝室建设上，我不一意孤行，而是主动征求大家意见再作决定，以期有一个大家都比较满意而又比较理想的结果。寝室里，兄弟们拱手相安，努力建设着我们共同的家园。寝室长为了响应学院号召，争做"免检宿舍"，举手投足都显着重权在握的样子自然让我们敬重，乃至晚上翻身都心存敬畏，轻手轻脚。当然，他也与民同乐，抬扛与卧谈，经久不息，天南地北，无所禁忌。来自五湖四海的兄弟们，都是每个地域风土人情的代表，在每个人身上都有着或多或少体现地域特色，自然也会有摩擦，但我们都求同存异，朝同一个方面努力着，使得我们从生活中学会了宽容和忍耐。

● 集体就像一个大家庭，需要人们的互相理解、互相谦让，只有通过大家的努力，团结大家的力量，树立共同的人生目标，才能使集体的力量强大，能够完成各项任务。在宿舍这个集体中我学会了理解，学会了体谅，学会了处理人与人之间的关系。这是我走向社会、从事工作的最初教育。

学生宿舍不仅是休息睡觉的地方，它更是学生的第一社会，第二家，第三课堂。这里有温暖、有情谊，更有大家共同培育的精神。珍惜吧，大学生独有的美丽港湾。

第七章
学习与拼搏

　　"宝剑锋从磨砺出,梅花香自苦寒来",经过十年的寒窗苦读,熬过了流火的七月,一些高中生终于迈进了大学的门槛儿,然而,大学并不是人生的终点,还有许多新的知识和技能需要学习,还有许多未知的领域等待开拓,还有更高的目标需要攀登,大学里仍然有一道道的门槛儿,过不好就会摔跟头。"学如逆水行舟——不进则退;心如平原跑马——易放难收",只有不断地学习,奋勇地拼搏,才能最终到达理想的彼岸。

第一节　考试演绎的故事

　　刚刚迈进大学校园,一切都是陌生的。面对陌生的环境,陌生的人,充满了好奇,于是有的学生放松了对自己的要求,以为"船到码头,车到站",正像一首歌中唱的那样"你太累了,也该歇歇了,不要把所有的事一天做完",再加上个别"老生"的几句话,"平时不用学,考试之前突击一个月,保你六十分万岁",于是开始大玩特玩,直到最终折戟沉沙方才醒悟。

● 大学生活并不像我预想的那样轻松而悠闲，取而代之的是紧张的学习。一段时间忙得和高考时没有什么两样，不一样的是没有人督促我向什么目标努力，取得什么样的好成绩，有的是自己的事自己做主。所以，一旦控制不住，就可能浪费许多时间，做错许多事，但我认为不走弯路、不受挫折就不会学会自己去适应这个社会。因此，我没有后悔过，只要不在一个地方犯两次错误就可以了。"学如逆水行舟，不进则退"。在求学的道路上，想轻松自在就达到目的，是不可能的，也是对自己不负责任的。在四年的大学生活中，我曾试着用少量时间应付大量课程，靠小聪明混过关，结果是把自己混进了补考的行列；也曾试着用大量时间对待少量学问，结果是事倍功半，这让我曾一度困惑不解，不知道该怎样继续学下去。从前有人督促，有章可循；在大学一切章法都要自己摸索，当时觉得没有人管的滋味也挺难受的。这些想法慢慢地随着我的阅历的增多而被一一解开了。我觉得我现在可以肩负责任了，当然，我的能力很有限，还需要到社会上不断提高。

卡耐基在他的《人性的弱点》一书中写到"没有勇气面对陌生的环境，以及对陌生的环境不能尽快适应是人性的弱点之一"，有许多的大学生就是这样，由于受主客观的因素影响触礁了，但是他们能够及时醒悟，调整自己，最终没有留下太多的遗憾。

● 大一那年，自己一直被思乡之情所困，还有感情上的纠缠，以及病痛的折磨，所以一天天稀里糊涂地度过。所幸的是，自己始终没有忘记学习，成绩还不错。大二时，为了英语四级而苦学英语，过级以后又整天逃课，无所事事，早已将以前的理想忘得一干二净，只有到了大三时自己才感到时间之可贵，青春之可贵。经过两年多的思考，自己才体会到，只有积极和乐观地对待人生，自己的生活才会充实和快乐。自己所要面对的，不仅仅是错综复杂的社会，最重要的还是要战胜自我，克服自己散漫的生活习惯和消极的人生态度，抛弃内心深处的懦弱和自卑，以坦荡的胸怀和积极的态度面对一切。大四时，经过自己的努力和追求，终于加入了中国共产党，这是我人生重大的转折点，我们只有跟着党走，才会把握正确的人生方向，才不至于走弯路，才会更好地实现自己的人生价值。我在四年当中学到了许多基础知识和专业知识以及一些基本技能，而更主要的是我懂得了如何对待人生和面对社会。只要我们积极乐观地看待任何事物，一切困难都会迎刃而解。这是一份总结、一次回顾、一点领悟。经过第一次期末考试的洗礼，使我认识到了许多问题，期末总复习的突击使我感到特别的累，虽然没有补考科目，但也觉得好像什么也没有学到。大一下学期，看着同级的同学都有着不同的发展，我也开始反思自我，从头来调整自己的生活方式。课堂上能够努力把老师所讲的精华吸收下来，课余时间也能合理地安排时间去自习，自学一些自认为有用的知识，此时得我把原来为了及格而学习的态度逐渐转变成为了学习而学习的态度。这一学期由于我对自己有了深刻的反思，思想状态有了很大的改变，做起事情来也轻松愉快多了。经过半年多的交往，同学们的情谊也加深了许多。与同学们一起活动中也最能锻炼人，它能体现一个人的待人接物的态度，一个人的意志品格，而且完全是真实的。所以说我很看重和同学们的相处，这些东西才是最真挚的。我是这样认为的，也是这样做的，直至现在。在大学中不仅要学习好，工作好，更重要的是要学会做人。作为学生，我们的生活圈子相对较窄，也就是同学之间的交往较多，所以说怎样做人，在同学中就很明了了，这才是最实际的，光说怎样做人是没有用的。

受一些社会因素的影响，或抵不住各种诱惑，一些同学开始盲目追求物质享受，讲排场、爱攀比；一些同学则过早地谈起了恋爱，在花前月下卿卿我我以及所谓的"悲欢离合"中消耗着自己宝贵的时间；更有的同学沉迷于网吧中不能自拔，在聊天和游戏大战中浪费着生命，结果无心学习，成绩一塌糊涂，而留下了抹不去的遗憾。

● 女孩似乎有一种爱美的天性，进入大学以后，学习的压力不是那么大了，一下子轻松了许多，看到大三、大四的学姐们都从"丑小鸭"变成了"白天鹅"，我的思想渐渐地起了一些变化，开始关注别人穿些什么，用什么化妆品，怎样才把自己打扮得引人注目，别人有的东西我也想得到，上课时在下面偷偷地看时装杂志，满脑子都是漂亮的衣服、高档的化妆品，学习的课程根本引不起我的丝毫兴趣。辅导员老师看出了我的虚荣心，专门找我谈了一次话，可我却什么也听不进去，结果期末考试验证了老师的话，英语和高数都没有及格，我大梦初醒，方才认识到不应把宝贵的时光都用在追求物质享受上，而耽误了美好的青春岁月。

● "哪个少男不钟情，哪个少女不怀春"，大二的下学期，我与同班的女生谈起了恋爱，几乎每天晚上都是学着社会上的情侣一样吃饭、逛街、购物、看电影，"她"简直就成了我的全部生命，占据了我的整个心灵，什么英语、什么专业课全部抛在了脑后，整日沉溺在所谓的甜蜜中不能自拔。到头来，一科没及格，其他科也是勉勉强强地过关，我真后悔。

● 大三的时候，我开始迷恋电脑游戏，整天泡在网吧中，有的时候甚至逃课，最多的时候我在网吧连玩了三天三夜，饿了就吃几口方便面，困了就在电脑桌上趴一会儿，就这样过了将近半年，结果三科没及格，简直是一场噩梦。

西方有一句谚语："年轻人犯错误连上帝都能原谅"。其实，经过一次失败并不可怕，关键是看对待失败的态度，从积极意义上来看，失败可以使人认识很多东西，使人清醒，发人深思，可怕的是一蹶不振，一败再败。

● 经过了寒冬与盛夏，重新收拾心情，我开始了第二年的大学生活。踏入二年级，每个人都长大了许多，就连男生也学会了"矜持"看着惘然无知的新生，总是觉得可笑，总是有很多的骄傲，因为那时的我们已经忘记了自己也曾经历过一段同样的惘然无知。二年级，我开始安于现状了，终于也明白了人世间有很多东西是不可以强求的，失去了的梦想就像破灭了的肥皂泡，永远也不可能重新拥有。而我自己所能做到的仅仅是，重新做一个不同的肥皂泡。我开始拾起课本，静静地努力，发现自己还有很多没有学到的，也终于惊觉在那已经过去了的大一里，我失去了很多，蹉跎了365天。我开始给自己定目标，开始立志了。慢慢地我也发觉了习惯的势力是很大的，自己原来是一个除了诱惑什么都能抵抗的人。虽然我已经很努力地去做，但外面精彩的世界，使我离成功却愈来愈远了。"无志者常立志"，在二年级里，我不停地创造着绚丽的肥皂泡，最后却发现它们的命运都是破灭，然后随风逝去。我开始痛恨自己的无能为力。失败痛击着我，使我原来膨胀着的信心变得粉碎，再也看不到一些痕迹，又过了一个春夏秋冬。大三学专业课了，因为讲述的内容都比较形象，不像一、二年级中所学的晦涩难懂，所以，上了大三之后，我的学习成绩明显有了进步。而且，由于已经熟悉了所处的环境，对很多事也适应了，所以外界的纷繁复杂的事也不是那样容易影响到自己了。这可能是由于习惯而产生的一种冷漠吧！大三的这一年，我特别能忍受孤独，喜欢早上独自一个人坐在空空荡荡的教室里看书。对不确定的将来的恐惧令我总是担心会落后于别人，落后于时代，所以对各个方面的新知识都想涉猎。但都是浅尝辄止，并没有学到多少。一份耕耘一份收获，努力总算没有白费。

●一个真正追求学业的人，就会感到大学并不轻松，不比高中的黑色七月差，因为它也有繁多的考试，英语要求过四级、六级，每学期的期终考试，还有愿意考研的，以及拿双学位的。

课程多，讲得快，往往是让人忙不过来的。

● 若有人问我这四年最大得收获是什么，我会说：经历了这四年，我学会了品尝失败。这么说并不意味着在此之前我就没有失败，只不过那时我是恐惧失败，或者说只是承受失败，但绝不是品尝失败。品尝并不只在于承受，它得重心在于一个"品"字，正如人们在得到胜利果实后会为之欢喜庆祝一般，我在失败后已能从懊恼的情绪中解脱出来，以一种超然的眼光来看待失败，体味失败的过程、导致失败的因素，进而在其中汲取经验，以用于未来展开人生。我认为若想消除对失败的恐惧，就得正面地面对它，不能逃避。说到底，无论成功或失败，都只不过是人生的一种经验、一种体会。只有成功而没有失败的人生是单薄的人生，是不完整的人生。正如只有白昼而没有黑夜的一天不是完整的一天一样。当你能正确面对失败时，你就会从它的控制中解脱出来，重新做回生活的主人。随着我对失败的认识，我建立起了一种新的人生态度。在这之前，我做事总是前怕狼后怕虎，担心事情做不成功。而现在我可以说当我去做一件事的时候，不再看重是否能真的成功，而是是否应该去做。如果我们再做每一件事情之前总是反复寻思能否做成功，那不但浪费了大量时间，而且还会错失了很多机会。事实上这世界上并没有什么事是一定会做成功的，而许多看似根本做不成功的事，当你全力以赴的时候，常常就会出人意料的成功了。如果我们做的都是有百分之百把握的事，那又有何成功的喜悦可言。若想品尝成功的喜悦，就得勇于开拓探索，勇于面对失败，只有这样获得的成功才真的有趣味。

有人说，学习就像是摸着石头过河，只要你摸索，大胆尝试，就会胜利到达彼岸。

● 记得刚上大一时，对学习的态度有些不正确，以为上大学了，也该轻松一下了，所以在学习上很消极，考试也仅要求

60分万岁。但时间长了，感觉自己跟别人不一样，人家上大学后一切生活、学习调理的不紊不乱，而自己还感觉没长大似的，想法不够成熟，生活学习没有目标，缺少热情和精力，越是这样，越消极，可以说我的自信也曾瞬间崩塌过。美好的大学生活，就这样在消极和痛苦中度过？我不甘心。在专业课的学习中，我改变以往死记硬背的被动学习方法，尽量地调动自己的积极性和兴趣去学习每一科。有时候思维停顿了，就去玩一会儿，让头脑清醒清醒；有时候两眼打架了，睡一觉，清醒以后才有精力去努力学习，尽量从理解的角度看问题，把专业学活，而不是学死。在学习中，还要联想日常生活所见到的，尽量加深理解。也许有人见到我时，会说我"玩儿的时间多于学的时间"，其实在玩儿当中常常能发现一些问题，并且常去思考，有了问题就想办法去解决。处理好，解决了，战胜了自然，何尝不是一件好事。就拿我发明的"立体农业载体盆"，就是到"林土电影院"看电影的时候，发现有一间库房的屋顶上种植了蔬菜，而且上面还用铁丝网罩着，但只能像地面一样只种了一层。于是我就想让蔬菜也住上楼房，一层一层地叠加起来。既然要利用这部分空间，为什么不充分地利用起来？在有了想法的前提下，就要有解决它的方法。于是花盆积木的组合——一个可拼凑的盒体产生了。虽然很简单的东西，但没有人去寻找，没有人去发现，那么人类就没有文明，没有进步。经过一段时间的痛苦和反思，我的情绪和自信恢复了正常。其实很简单的一个道理，一个人的想法首先决定他的做法，人不管做什么，如果不脚踏实地去努力，去争取，不尽力去付出，那你就不会有收获，更不会有成就。

　　记得一位哲人曾经说过这样的话，"人每天应该给自己留出一个仰望天空（思考）的时间"，成功总是归于有准备的头脑，大学生应该具备把握自己思想和行为的能力，能够努力寻找机会，把握住机会。

● 作为一名大学新生，我应该从何做起呢？我如何才能不虚度光阴，去书写我人生中最重要的一页呢？古人云：万事开头难。良好的开端是成功的一半。有人说，可算考上大学了，得好好休息一下；也有人把大学当成了保险箱，认为上大学只要功课及格就行，把人生追求降低到了最低水平。我决不能那样做，上大学不是去混文凭，文凭只是一纸空文，只有真才实学，学到了本领才是自己的东西。从中学到大学不同于从小学到中学，它不仅仅是学业的延伸和提高，更是人生的转折与锻造。来自祖国天南地北、五湖四海的同学们汇集成为一个新的集体，面临新的环境、新的面孔，共同经历酸甜苦辣的考验。上大学绝不是进了桃花园、避风港，而是需要我们迎接新的挑战。如果对自己放松，则会失去许多机会和优势，将面临以后更加困难的局面。正如一步赶不上，步步不赶趟。开头最重要，我要有"雄关漫道真如铁，而今迈步从头越"的气概，勇敢地去迎接大学生活的各种挑战和困难，我要在各个方面培养和锻炼自己，努力去提高自身的水平和能力。

大学中有这样一些学生，他们对自己没有一个清醒的认识，或好高骛远，或妄自菲薄，没有踏踏实实的作风。也有人存在专业偏见，一味怨天尤人，无心学习，结果可想而知。俗话说"天生我材必有用"，自己的命运靠自己主宰，天道酬勤，路在脚下。

● 1995 年，我从高中升入大学，从偏远的农村来到沈阳开始了四年的大学生活。在大学的四年生活中，我经历过失败，也领略过成功的喜悦，在学习和生活中不断走向成熟。记得刚收到入学通知书时，看到自己的专业是硅酸盐工程，我就差一点放弃，说真的，我从来对这个专业没有一点了解，更谈不上什么兴趣，再加上每年 1500 元的学费，外加住宿费、书费、杂费等。当时真有些放弃的意思，但最后还是乘上了北上的列车。但经过四年的学习，我发现自己的专业也是非常有前途，关键是看个人的努力。因此，每当我和低年级的同学在谈天时，我都会告诉他们，不要认为自己所学的专业不好而放弃，其实所有的行业都有成功的机会也都充满了挑战，永不言败就等于你成功了一半，大学四年的生活，我失去的太多了，我恨自己没有把握机会，没有能珍惜时间。现在总结自己，更多的是教训，无论什么时候，面对困难不要逃避，困难只是自己给自己设定的。只要努力，没有克服不了的困难。人最大的敌人是自己，战胜了自己也就战胜了困难。要多听别人的劝告，哪怕是敌人的嘲笑。做事要善始善终，不可虎头蛇尾。与人交往要真诚，要尊重别人。自己留下的失败让我一生无法忘记，但却不是作为包袱，而是把它变为动力，激励自己在工作岗位上兢兢业业，做出成绩来，因为过去的无法追回，但未来却需要行动去创造。

人的可贵之处在于不断认识自己、总结自己，只有这样才能不断前行，大学生作为国家的栋梁，肩负着建设祖国的重任，更应该志存高远，立足本人、立足现在，勤奋学习，努力拼搏，使自己的人生少些遗憾。

● 在大学，我最大的遗憾就是我的学习成绩不能令我满意。在四年的学习中，我没拿过一次奖学金。假如刚入学时我能够踏踏实实的学习、生活，也许现在写毕业总结时会是另外一种心情。当我发现时，已经离大家越来越远了。悔恨当初的无所事事，羞耻于现在的碌碌无为。而这一切都缘于自己的放纵，不懂珍惜，不能摆正自己的位置。无论是小学，还是在中学，我的学习成绩一直是令家长、老师都十分满意的，可是在大学里，我没有做到这一点。

● 大学四年就这样悄无声息地走过来了。在我看来，觉得自己的大学生活是不成功的，大学四年里，学习也没学好，其他方面谈的也少。在那种庸庸碌碌的生活中爬了过来。这种结果是我始料不及的。大学四年的无所作为将会给自己背上一个沉重的包袱，大学四年所发生的方方面面将会给自己永远的提醒。走过四年，又将面临新的生活模式，又将会是新的挑战。希望自己今后的生活工作，在走过后，不再像今天这样失落、后悔。我想，那么我的大学四年也就没有白过了。

●初入他乡，本已十分孤单和寂寞，加上所学专业又不是自己有兴趣和愿意将来从事的，所有激情一下被冲淡了，代之而来的就是苦闷和彷徨，产生了一种悲观失落的情绪。在学习上只是简单地应付，缺乏一种激情和应有的向上的精神。生活是一面镜子，你不以认真的态度对待它，它就会给你无情的惩罚。由于学习无动力，缺乏进取心，一年级时我的成绩不理想，这使我的心中产生了强烈的自责和深深的内疚感。事物总是有它的固有规律，无论做任何事，只有付出以后，才能有所收获。

"纸上得来终觉浅，绝知此事要躬行"，大学生应该有自己的思想，具有辨别是非的能力，不要偏听偏信，但是偏偏有这样一些人由于受一些人的误导而不慎"失足"。

●从大学生活的第一天起，我就带着失望和失落的心情。高考的不尽如人意，学校与想象中的差距，专业的认识不清，使我整日沉浸在对过去生活的留恋和对现实生活的不满中，而这种思想的存在，严重地阻碍了我的进取和成绩，停留在一种"分不在高，及格就行"的不求上进的认识中，以至于第一次考试我两科勉强及格除了英语，没有一科不让我提心吊胆、惶惶不安。我总是在临考前两个月就进入了备考的复习，但是学习总是让我感到枯燥无味，因此，不管是听讲还是解题，我的收获都不大。也曾经很苦恼，想了许多办法，但成绩很平庸，就像我的相貌与身高。其实在我还没有上大学之前，就接受了类似以下的"教诲"："考大学难，但大学毕业易"。"大学生活很轻松，而且是很浪漫的。""大学里学习是很 easy 的"……可是当我真正真刀真枪的上"大学"过完招以后，我才知道原来并不是那么回事，起码对我来讲，大学生活既不轻松，也不浪漫——彻头彻尾的不轻松、不浪漫。

不慎"失足"毕竟不是一件好事，然而一些同学知耻后勇，哪里跌倒又在哪里爬起来，也同样不失为一个成功者，正所谓"塞翁失马，焉知非福"。

● 在学习上，刚刚迈入大学的校门，面对一门门的课程我有些为难了，高中时都是老师一点点教给我们，而如今要靠自己自学，而且又没有老师的约束我有些不知所措，无从下手了，第一个学期英语没有考过。在老师、辅导员、同学们的热情帮助下我重新振作起来，逐渐适应了大学的学习特点，自己发奋努力，经过我的奋斗，第一批通过了国家英语四级考试。紧接着，我又一鼓作气一举通过了国家英语六级考试。四年的学习生活也经历了这样那样的失败和教训，对于每次不愉快的经历我都将其认为是一个人成长历程中必不可少的磨炼，积极客观的认识它并从中汲取经验学到东西，这就使之不简单地是一次失败一次挫折，而是一次很好的认识自我找出不足的机会。所以讲塞翁失马焉知非福，只要正确乐观的对待坏事它也就会是一件好事。

● 大二下学期的学习没敢太放松，作业也都及时做了，虽然考试都及格了，但学分排到了倒数二、三名，这深深地刺痛了我。大三上学期时我开始好好学习了，那一学期没有缺过一节课，老师讲课总是专心听，课堂笔记整整齐齐的写了好几本。每当早上起床晚了时，我心里总对自己说：没有理由不起来，你是倒数第二名。这样再想睡也睡不着了。就这样的一学期的苦读，我从低谷中走出，见到了成功的希望。在第五学期的期末考试中，考试课平均八十九分排名第一。

有时同学们的经历惊人地相似，一个同学在毕业总结中叙述了与上面几个同学相同的经历。

● 四年中，我最大的失败便是我的学习成绩，大一上学期

175

由于刚入学，本身对大学生活中太了解，也有一些错误的认识，所以平时散慢，学习不够努力，结果在第一学期末被抓了一门课——英语。尽管这门课我班被抓的很多，但可恨的是，这次打击并没使我清醒认识到长期这样下去的问题严重性。大一下学期，两门考试课被抓。目睹这一惨状，当时我是心如刀绞。我一向是一个自尊心较强的人，从小学到中学，在学习成绩上我从来没这样难堪过。过重的悲伤使我变得有些消沉了，没有脸回去面对父母，面对老师，面对同学好友。回想起来那段日子，度日如年终生难忘啊！重重的一击让我彻底清醒了，我重新认清了大学的学业，我开始努力了。果然功夫不负有心人，经过一番不懈的努力，在以后的几个学期的考试中，各门课程全部通过，并且取得了较好的成绩，大二、大三连续两年获得三等奖学金。现在想起来，那段日子尽管痛苦不堪，但我由衷的感谢它，因为在跌跤之后我又重新站了起来，吃一堑，长一智，而且我自己也深有感触的得出一个结论：失败一次、两次并不意味着终结，起码不应该自暴自弃，要知道生活到处充满竞争，坎坎坷坷，跌倒不要紧，关键在于跌倒之后要勇敢站起来，去面对困难，真正地勇敢地去面对现实……

随着知识经济时代的到来，对人才的渴求和要求逐步提高，大学生作为社会的晴雨表也渐渐表现出，必须适应时代的进步和社会的发展，否则就会面临淘汰的危险，因此，在大学里考试仅仅停留在"过"的水平是远远不能适应社会发展的需要的，于是在大学的校园里又悄然兴起了另一种热潮。

第二节　提高能力——当代大学生的选择

社会的发展日新月异，需要人们掌握各种各样的知识和技能，尤其是对外语、计算机程度的要求越来越高。有的资料介绍说"计算机外语和驾驶是二十一世纪人才竞争的三大法宝"。2001 年 5 月，国家劳动和社会保障部已经确定了 90 个必须持职业资格证书就业的技术工种。"十五"期间，需要"持证上岗"的职业将达 300 个。社会的需求使一部分大学生不惜花费大量的时间、精力、金钱考取和获得各种认证。

● 大学生活犹如一张洁白无瑕的白纸，刚画上的第一笔，就因自己的浅薄无知而被破坏了。找工作的时候，才知道没有好好学习是一个多么大的错误。有很多单位都很注重学习成绩，而且对英语的要求也很高，一些好单位都要求英语要达到国家六级的水平。看着别人在找工作时，拿着的推荐表上那么优异的成绩，以及一大摞各种获奖证书，差别实在是太大了。

● 学习是作为一名大学生在校期间最主要的。我始终都是以这一点来作为目标督促自己，约束自己，并且也是最有利的利器，每当我心中出现散漫、松懈的不良想法时，这一利器总是及时的出现在我的身边，给我动力，促进我步入正常。一名学生如果远离学习，那就不是真正意义上的学生了，这一问题，也就是摆正自己位置的问题，也只有把学习放在最主要的位置，才能顺利地完成我们大学的使命。大学的学习，可以说是既漫长而又短暂，关键就是要看你处于一种什么样的心态，四年的学习是一个过程，每一个过程就是一个环节，就像建造一座大楼一样，而且各个环节要有先后，建大楼不可能先砌墙，然后打地基，每个环节都要有严谨的顺序，不能颠倒次序。大学学习要先从基础课学起，然后到专业基础课、专业课，一层层深入才能构筑起自己的整个知识体系，最后能深入地学习更多的知识，通过最后的毕业设计把四年学到的知识运用到设计中去，检验一下四年学习的成果。有人说大学本科生根本就不用学那么多的课程，花两年时间学习一些专业课已完全够用了，这是一种不科学的说法，也是不负责任的说法，大学中的每个课程都是有用的，都比较科学的分

177

配好的。我们要充分利用好这最后四年的学习机会，多学一些，为将来更好地工作打下坚实的基础。

当今社会对大学毕业生知识和技能的要求越来越高，一些单位在接受大学生时纷纷打起"认证"牌，什么律师证，什么TOFEL、GRE、GMAT、BEC、LETLS等英语认证，什么注册会计师、注册审计师、注册税务师、注册资产评估师等财会认证，什么CIT、NIT、CCIE、MCP等计算机认证，不一而足，成功总是属于哪些有准备的头脑，只要你动脑筋、勤思考、务实进取就会取得最后的成功。

● 在这四年中最大的收获应该从学习方面谈起，大一、大二的基础知识，大三、大四的专业技术知识丰富了我的头脑。在这四年中我有很多的时间花费在图书馆中，除了阅读一些文学书籍外，更主要的是翻阅大量的专业书刊，报纸。通过四级考试后，我也一直坚持学外语，还参加了由外教 Jedy 教的英语口语辅修班。此外还有一个很重要的学习是计算机。由大一至大三，学了不少，也上机实践过，通过两年认真的学习，顺利通过了辽宁省二级考试，目前文字操作也已经很熟练了。对专业知识的学习，使我对建筑工程以及房地产经营管理、开发、估价、金融、经济学等方面有了很深的认识。

● 下一个世纪是"食脑族"的世纪，那时蓝领阶层明显过剩，白领阶层也面临下岗危机，而新兴的金领阶层却因其创新能力，永远不怕被"炒鱿鱼"。为了使自己减少下岗和被"炒鱿鱼"的危机，我强化自己搜集和领会信息的能力。我开始广泛的阅读，不局限于某一类书刊。同时培养自己创新能力。通过小事拓展自己的思维空间。提出自己的创意，虽然有些提法是不正确或不合理的，但只要自己思考过，这就是进步。

不同专业的大学生在不同的领域有着不同的收获，取得了不同形式的"认证"。

178

● 四年的建筑学习令我拓宽了视野，增长了见识。学院的图书馆是我去的最多的地方，在那里是我得以博览群书，从古至今，从中至外，各种建筑风格，各种建筑结构，无一不如数家珍；还有各类论文，从室外到室内，从设计到施工，各种超前理论都得以第一时间了解，这些都使我获益匪浅。我还阅读了许多专业以外的书籍，如中国的四大古典名著，茅盾文学奖作品，还有其他国内外名著。我觉得这些名著是应该读一读的，通过它可以了解社会，增强逻辑思维能力，陶冶情操。那一部《钢铁是怎样炼成的》读得我废寝忘食，主人公无私的奋斗精神让我感动不已。就这样在不知不觉中，使我的精神境界有了很大提高。

也有一些同学努力寻找一切机会，丰富自己的能力，力求在老师和同学们的心中获得"认证"。

● 我在系学生会和院学生会工作的日子，结识了更多的人，组织和策划了更多的活动，看到自己费尽心血组织的活动，同学们的热情参与，并在其中愉悦了身心，丰富了知识，强健了体魄，我无比的欣慰。在工作中，为了做得更好，就要思考，在思考中我得到的最多。我认识到，没有一个高尚的动机，无法付出一切去做一件事情；没有真挚的心灵，就无法打动别人的真情，我学会了作一个真诚的人。天道酬勤，在奉献中我收获着，这种收获有分量，装满着汗水和智慧；把它放在掌心，永远不会怕别人偷窥，永远不会怕它在一瞬间飘逝，那种感觉快乐而充实，是人生中最好的感觉。在思索中我看到了自己的不足，努力完善着自己。像做好一项活动，使它有吸引力，构思就要新颖，要有创造性，它需要有敏锐的洞察力，活跃的思维，勇敢的气魄。想组织好他人，就需要有人情味，需要更高的理论水平，需要关心、爱护、理解、支持等等而升华的凝聚力。这一切的一切，我曾缺少，但现在我已拥有，这是我的财富。感谢学生会的学习和生活，感谢给我这样一个机会的老师和同学，感谢我的苦苦思索，是你们，使我学会了作一个有智慧、有感情、有魄力、有韧劲的人。

● 理论联系实际。这句话很早就听说过，但对于它的理解却不十分深刻，通过大学的学习实践，越发感到其重要性，并尽力身体力行。我原来比较重视理论学习，方法的学习。在高中时我就经常看一些解题方法方面的书，和一些习题集。但初高中的学习课程很简单，所以问题没有明显暴露出来。上了大学，问题就日益明显了。建筑学是一个应用性很强的学科，到时需要拿出来东西。我在刚开始学习建筑的时候，经常看一些建筑理论方面的书，再就是一些关于如何学习建筑的书，但看了许多，在建筑设计上仍无多大进展。有时候在理论上还可以，但在实际作品中并没有表现出来。理论流于空乏。这个问题困惑我很久。后来我发现与其看一些如何创造一栋好建筑的书不如看一栋建筑的哪个部分如何的好。看书不如画画，动嘴不如动手，每天画几栋自己喜欢的建筑，学习其优秀的处理方法，这样学习的东西是实在的，好用的。这时再反证一些理论，互相照应这才叫理论联系实际。

一些同学难能可贵的是能够自加压力，主动学习，取得各种能力的"认证"。

● 大学里这四年的主题只有一个，那就是成功，不甘落后，而实现这个主题的途径有多个。而经过反复的比较后，最终选择了考研这条路。在考研的过程中，我做了这样几件事情：（1）。拼命地学美术，其中包括大四近半年的素描、色彩、速写训练，还有大二暑假的渲染图示实习（2）。大三期间拼命地学外语，以至迅速地战胜了别人的不信任，得到了六级证书。在身体的训练上，经过三年东北冬天的洗礼，通过太极拳的锻炼，治好了我的肠胃病。从而也锻炼了自己的意志，增加了自己的胆量。

● 上了四年级，课程不是很紧，我就利用暑期集中学习了一个月，提高很大，学习了 CAD 等绘图软件。在那时，我认准了电脑绘图软件的潮流，但不忘美术修养的提高。因此，那段日子是我学习电脑进步最快，内容最多的日子。总结大三，给我的感觉是充实。上了四年级，课程不是很紧，我就利用课余时间结合我们的专业，去做课余设计。我觉得去做一些实实在在的东西，并不是为了赚几个钱，在这个过程中，你可以学到的东西是很多很多。在这些锻炼中，使我比别的同学有更多的时间接触外界，接近现实，有更多的机会锻炼自己。在这一年中，我接触了很多的人，有老师，有同学，有素不相识的人，我逐渐学会与各种人打交道，注意处理好各种关系，而这些是前三年不曾有过的。也就是在这一年，我认真地考虑了我的发展与前途问题，我已经能够认识到自己的能力与潜力，也可以看到面前的现实，并做出了决定。

计算机绘图是一项新的技术，建筑系的同学尤其重视这项技术的学习，努力获得新的认证。

● 大二的入门过程之后，我对建筑设计的兴趣与日俱增，几乎是一有时间就去阅览室图书馆，书读了不少，见识也长了许多，可以说在大学里几年的学习中我有一大部分的想法都是在图书馆里形成的。到了大三，大学生活的日程已经过半，课程也从入门式的内容转到了实质性的阶段。在这一学期里我最认真学的就是建筑结构，因为我觉得这门课所学的内容实质上就是建筑的基础，任何建筑缺了结构的支撑都只能沦为纸上谈兵的悲惨命运。现在我已经经历了设计院的实习过程，我才明白虽然对于建筑学专业的建筑结构课程只是十分简单的涉猎，但这一点涉猎就使我受益非浅，在实习过程中对一些结构问题有清楚的认识而不至于晕头转向。大三的时候，社会上普遍开始流行计算机绘图。那时学校中还没有人是这方面的高手。据我所知，大家都是刚刚入门。我也开始学习计算机。大三时学校也正好安排了计算机基础课程和计算机编程课程。虽然与我们要自学的计算机绘图而言风马牛不相及，但对于我来说一个从来没有学过电脑的人一个从来没有碰过电脑的人，这确是天降福音一样的宝贵。因为正是由于这样的一个机会，我初步认识了电脑，学会了使用电脑。虽然如今我已经拥有了自己的电脑但仍忘不掉那一段难忘的快乐时光。

好多同学，特别是一些即将毕业的大学生都把"考证"当成了求职的法宝，尽管很枯燥，也很苦，但也其乐融融。

● 大学学习的色调不只有灰色，也有亮丽的红色。上了大学，我开始系统的学习计算机，计算机的发展，计算机的构成，进制的转换，我很快就对这个神奇的东西着迷了。在完成其他科学业的同时，业余时间经常到机房上机操作，计算机水平飞速提高，熟练的掌握了 DOS 系统，文字处理，图形制作。当我编制的程序第一次顺利执行的时候，我对着屏幕大声欢呼，心中的自豪感真是难以形容。随着微软里程碑式的作品 Windows95 的出现，DOS 落伍了，我立即紧紧跟上，Office97，photoshop5．0 都运用的得心应手。电脑是信息时代最有力的工具，我们这一代大学生没有高超的计算机和外语水平将很难在激烈的竞争中立足。通过 4 年不断的学习，我的计算机水平日益提高，对我今后的工作学习将有巨大的帮助。

● 大学四年中，我学了很多东西，有课本上的知识，有自学的知识。这使我在面临毕业之际显得很充实，也使我在面临毕业之际有足够的信心去面临工作。我不但学习了专业课程，而且还多学了涉外机械工程专业，使我对专业知识和经济类的知识都有所了解。总结四年学习的细节，那将是一杯很苦的黄酒，为了通过英语四、六级考试，我刻苦学习英语．多少个夜晚，我用手电筒在楼道里学习，最后我终于过了六级。为了能使英语的实践水平也有所提高，多少个休闲日，我到英语角去练习口语，我知道口语是很难练成的，但我没有胆怯过，经过三年的练习，我终于可以流利的操纵英语了，当我被要求做兼职翻译时，我还不时的去思考如何更高的提高英语，直到现在我也没有放弃对英语的练习。为了学习计算机，我通宵不睡地利用计算机实践，最终我也可以使用计算机了。四年中，我刻苦的磨炼自己的意志，我坚信：只要功夫深铁杆磨成针。

● 在大学三年级暑假前夕，我们的一名导师想物色几名同学组成个软件开发小组，条件是暑假不能回家。我当时没有想到同学们那么热情，等我去报名时，6人已满，不想再要了，我很是伤心，老师可能也看出来了，问我计算机操作怎么样，会不会VB，我摇头否定，不过却坚持要做一名候补队员，老师被我的韧性所动，同意了。但规定只有别人不在时我才可以用机器，也没具体给我指派什么任务。我很不服气但仍干劲十足，等深入学了几天才发现什么所谓的VB，其实和我以前所学的编程思想没什么区别，发现了这一点后，我信心十足了，自己找到了一个装载机设计与模拟系统就干了起来，翻资料，查图纸忙了足足一个月，还别说，搞成了，而其他人却还没有完成，这下我可神气了，老师再也不敢以候补队员的水平对待我了，并扬言，下次由我带领再组成一支小分队，还有项目。后来正如那老师说的那样，我又接手了一个项目，开发建筑石材装饰应用设计软件，并获得了成功，已成为了公开发行的商业软件。

在学习的实践以及在与社会的接触中大学生们渐渐认识到高一级学历的重要性，于是开始向这个目标迈进，国家以及学院对取得高一级学历的日益重视给更多大学生提供了更多的空间，于是一部分大学生进入了另一种境界——考研。

第三节 另一种境界——考研

随着国家对更高一级学历人才的更多需要，许多大学生步入了考研的队伍，于是这一部分人成为校园里一道亮丽的风景。无论是成功还是失败都抹杀不了这些莘莘学子对这种更高境界的追求。在一些同学的毕业总结中记载着他们一幕幕自强不息、努力拼搏的动人经历。

● 也许我对自己考研的最终目标不是很清楚，我只是想找条路来继续延长我的学习生活，而考研似乎是一条很自然的路，从此我不知不觉地走上了这条路，现在又被挤出了这条路，因为我没有准备充分就做了盲目的选择，我失败了。但我不会为我所做过的事情而后悔，有时事情的结果不是很重要，重要的是过程。经过考研这件事，我终于明白人有时不能对自己太宽容，给自己施加压力未尝不是一个好方法，要对自己严格些。现在回想起来，我很庆幸我曾经选择了考研。

● 为了考研曾冒风雪去上课，为学习而彻夜不眠，然而在最后实质上的一步我却没有跨出，原因只有一个——信心不足。考研最后落选了，但我并不后悔自己的选择，因为学习的经历和经验都是一份难得的财富。在考研中，有少数人半途而废，属于没有毅力型的，可能是因为缺乏信心。我们的许多同学，对自己没有信心，总认为自己不行，连试一试的勇气都不敢有，他怎能去真正做呢？事业的成功永远属于那些敢于拼搏的弄潮儿。自信就是魅力，自信就是太阳！自信是个性的松绑、自我的凸现，对生活的看重。它可能让你赢得整个世界——至少你已经赢得了自己的精神世界。树立理想和自信心，这样，你才能做好你所想做的事。

● 在准备考研将近一年的时间里，我放弃了许多假日休息的机会，勤奋学习，但由于原来基础较差，信心不足，而且在最后关头未能继续坚持那股拼劲，最终以失败而告终。虽然考研失败了，然而我在过去的一年里过得很充实，学到了许多的知识，也懂得了不少的道理，我的人生观也在渐渐的成熟。人生不可能总是一帆风顺的，只要尝试过，有坚定的信念、坚强的毅力，相信总会成功。于是，我决定走好下一步。经历了考研的失败后，我终于明白：做事一旦确定了目标，就该奋力进取，路途中肯定有不少困难、波折，只有我们坚定不移的前进，胜利肯定属于我们。一分耕耘，一分收获；考研的经历使我在学习与生活中体会到一个深刻的哲理：做任何事情都必须一心一意，只要选择了，就必须坚持下去。考研的失败对我来说既遗憾又不遗憾，在考研复习的生活中更使我懂得了"命运的建筑师就是你自己"这句话的深刻内涵，确实必须依靠自己的努力来取得丰硕的成果；考研成绩的一塌糊涂使我明白了一个人无论以前他取得了什么样的成绩，成绩有多么辉煌、夺目，如果不思进取，而是贪图享受，自满骄傲，必然受到挫折。这个挫折是令人难忘的，我一生都会记得考研那时的场景，我一生都不会忘记它带给我的教训。

考研的路是艰苦的，尽管有些同学没有最后取得成功，但是他们都付出了辛勤的汗水，经历了艰苦而快乐的日日夜夜，给自己的未来留下了美好的回忆。

● 这四年，我走过了不少弯路，大二的虚度，大三安排时间的失调，大四考研的失败，都是四年中的败笔。最遗憾的，也是让我心痛的是考研的失败。高考的不幸已成为过去，我企图通过考研来弥补，一年的时间里，我几乎放弃了一切，全身心投入，不论人力、财力、物力都大大地消耗，找工作的事因此受到很大的影响，没有想到竟败在不明不白中，败在想当然中，败在专业课的答题思路上，败在认识不足中，由此可见除了一个人的智能与勤奋之外，我还需要清醒的分析与明智的选择，需要多方的沟通。暂时的失败不代表永远失败，一条路受阻不代表条条路受阻，前车之辙、后车之鉴，我要把拳头收回来，为的是积聚力量，再次出手时，打得更猛、更有力。

● 大三、大四上学期的全部精力都集中在考研上，暑假也在复习相关的知识，并参加了东北大学的考研政治辅导班，想通过自己的努力换来向更高的知识高峰攀登的机会，但最终我放弃了考试，只参加了基础课考试，成绩还可以，我想先到社会上去锻炼自己，到一个全新的环境里从实践中提高和完善自己，当今世界竞争是如此激烈，面临着优胜劣汰的种种趋势，很多人选择了继续求学的道路，我想这也是我最初决定考研的原因吧。在备考阶段，我经历着身心双方面的考验：烈日炎炎下骑车往返于几所学校之间，挤在几百人的大教室中伴着酷暑听课；在冬季冰冷的教室中备战。而让人最难忘的是在这些过程中心理的种种感受。一方面对于选择考研这条道路的正确与否我有些茫然，另一方面看着其他同学在纷纷奔走忙于找工作时又怕自己最终一无所获。虽然考试没有坚持到底，但走过的路，我不后悔。

"有志者，事竟成" "一分耕耘，一分收获" 他们当中有些人成功了，然而成功的道路上有多少坎坷，他们流过多少心血和汗水只有他们自己知道，面对着成功与收获，再苦再累也值。

● 大四的时候我决定考研，给自己一个充实的机会。经过千辛万苦，我终于美梦成真。读研，只是漫漫人生路的一小部分，它无法确定我一生的成败，可贵的是考研经历，磨炼了我的意志，增强了我的信心。相信，经历了考研，再大的风雨我都能走过。

● 幸运的是，我考上了本院的研究生，可以有机会在母校深造三年，在这未来的三年中，我会努力学习，把握住每一次锻炼的机会。读研究生，重在搞理论研究，在学习本专业的同时，还要兼顾相关学科的发展和研究，放开眼界才能接触到新知识、新文化，在接受文化陶冶的同时，提高自己的品位，把自己的人生目标早日实现。

● 我报考了东北财经大学办的双学位班，并被选中，学习国际金融，那时，我早晨6点多钟学习，晚上十点多钟睡觉，星期五、六、日，我要骑车去东北工学院学习，晚上骑车回来，来回就要花整整2个小时，我现在想起来真不容易，那时我怎能坚持下来。我珍惜这段时间，并将它永远永远地保存在记忆的最深处，每当有克服不了的困难，我就想想那时的情形，困苦又算得了什么呢？我感谢上帝给予我奋斗不止的精神。

● 就考研来说，这的确是一种成功，但成功的背后又有多少努力和付出，我并不否认自己不比别人笨，但如果仅靠自己的不笨，得到的只是一个笨的结局。1995年一年，我的心思几乎全都用于考研，而且那时我的潜意识中似乎有这样一个念头：考研成功，也许能预示我日后事业的成功，而考研失败，却肯定预示着我日后事业的失败。其实，考研的结果并不重要，但考研的过程对于一个人来说却是一种考验和锻炼，和考大学相比，考研的环境明显不好，对于我这个跨科转系的考生来说就更难了。大学本身有自己的课程，还有各种各样的活动，晚上教室熄灯早，回去之后宿舍又一片吵闹，不得已，我们几个考研的学生就搬凳子到走廊看书，昏暗的灯光增添了我肚中的知识，却也同时增添了我镜片的度数。早晨，怕影响别的同学的学习和休息，我便在教学楼的楼梯处读书，正式在那楼梯处我背下了许多有关国际贸易、国际金融等方面的知识，考场上当我顺利地答完每一道试题时，我似乎能依稀记得那是楼梯口处读书的结果。

真的这些考研的学生比一般的同学付出了更多的艰辛，然而苦与乐一直就是孪生姐妹，他们经受了考研的苦，更品尝到了考研之乐。

● 为考研而留校复习的那个暑假是我所度过的最艰苦而又

最快乐的一个假期。每天头顶着烈日，骑着自行车到东北大学上一整天的课程，晚上回来后仍要忍受蚊虫的叮咬看书、复习。每天都很辛苦，但很有奔头，早上骑车去东大的路上，大家总是快乐的交谈着，相互勉励，畅想未来，感觉充满了希望。但是到了后来，便渐渐的有许多人动摇了，退出了考研队伍。我也迷茫过、退缩过，但最终还是战胜自己，坚持了下来。虽然最终的结果并不尽如人意，但我仍觉得无怨无悔，因为我努力过，坚持过，考不上可以再努力，但如果半途退下，我无法原谅自己。而且考研给我带来了另一项收获便是我终于在几进几出六级考场之后，尝到了成功的喜悦。

● 到了大四，再也没有任何时候比现在更感到时间的短暂了。为了考研，我几乎用上了一切可以利用的时间。从清晨起床号的吹响到深夜熄灯哨的响起，从周一到周日，没有休息日也没有闲暇时。现在我才真正明白时间是个什么东西，你越是觉得它长的时候，它就越长；而你越觉得它短的时候，它也就越短。我也明白了知识是个什么东西，你学的越多，你会发现你知道的越少，就越想学；而当你不想学的时候，你好像什么都知道。功夫不负有心人，考研成绩出来了，虽然不是很理想，也算是达到了既定的目标，也能够继续我的学习生涯。

● 说句实话，我大学生活最宝贵的一段时间，还是要算大三这一年。由于考研，我不得不将自己的作息时间进行重新的安排，将自己的相关习惯进行调整，以适应考研的进程。其实，考研并不难，但它需要坚强的意志力和不断的努力；它是对一个人综合素质的一次考验。在这段时间里，你会遇到各种问题，既有学习上的，也有生活上的。在学习时，会有一种感觉，那就是要看，要学，要复习的东西越来越多，可是又越来越不会、不懂，这种感觉要持续一段时间才能消失，之后就是一片明朗的天空。然而，就在这一段难熬的时间，有许多同学放弃了，真的是很可惜，其实，只要他们再坚持一点时间，一切都会变好的。另外一个就是生活上的麻烦，由于我以前的毛病，学习时间长了，头就有一点微痛，所以平时的休息也不是特别好，搞得自己有段时间脸色苍白、浑身无力，但所幸的是，这些事情经过自己的调节，都已经过去了，而且现在我已顺利的考取了研究生，应该说，这也是对我辛辛苦苦学习一年的最好的补偿。考研的过程使我学会了很多，也懂得了很多，给我自己留下了许多美好的回忆，特别时是回想起我们几个同学冒着雨去上辅导班，而我们却没带雨具的情景，心里真有种说不出的滋味，或许，这是要真正经历过的人才会有体会的。

青春是美丽的，然而美丽的时光也稍纵即逝。大学生朋友们，珍惜这美好时光吧，真心希望你们努力学习、奋勇拼搏，用美丽的青春和辛勤的汗水编织更加美好的明天！

第八章
择业与挑战

走过大一的新奇、大二大三的进取与拼搏，择业便客观地摆在每一名大四学生的面前。面对激烈的社会竞争，即将毕业的学生有的焦虑、有的苦闷、有的踌躇满志，每名毕业生都希望能够找到一个最适合自己发展的理想的就业岗位，并为之默默地努力着。随着国家就业体制的改革，"双向选择，自主择业"给用人单位带来了择优录用人才的自主权，也给毕业生提供了更多的施展才华的机会，同时毕业生也面临着前所未有的竞争与挑战。毕业生必须充分认识自身的特点，在求职择业过程中认清形势、扬长避短、勇于进取，才能获得择业的成功。

第一节 面 对 竞 争

随着高等学校毕业生就业制度改革的不断深入，高校毕业生就业实行在国家就业方针、政策指导下，在一定范围内"双向选择"的就业办法，赋予大学生较大的选择职业的权利，同时他们也面临着竞争的压力。面对改革，青年大学生有了更多的发展环境和机遇，这既给他们带来期望，也给他们带来困惑。进入大四，择业便摆上了日程。

● 最令我紧张的是毕业后的去向了。我们无时无刻不在想着找工作的事，对前途变得十分的忧虑，同学们谈论最多的也是工作的事情。第一次走进人才交流会，我的心不住地往下沉，这里的单位虽然不少，可求职的人更多，我可以凭据的仅仅是手中的推荐表，在人群中找寻那份属于我的就业机会。每递出一份表格，就好像在天平的另一侧加上了几克砝码。慢慢地我习以为常了，能面不改色地应付招聘人员的各种问话了，而且每一次无论成功与否，我都能从中体会到一些做人的道理。

● 大学最后一年，找工作的问题摆在我们的面前。我在寒假前后走了一些地方，到了一些单位面试。给我总的感觉是用人单位现在越来越重视个人的能力了，在面试中是否能让人满意、信服你，认识到你的能力是最重要的。当然，这也与一个单位的性质及他的用人目的有相当大的关系的。

● 四年中给我教育最多、认识最深的是参加毕业双向选择洽谈会。以前总觉得考上大学将来就一定有一份好工作，谁知面对现实才发现自己错了，随着当今社会经济、科技的迅速发展，这就需要有大量的有真才实学的各种各样的人才，而今在中国大学生的比例也不断提高。因此，不一定是大学生就能有出路，必须具有一定的能力，有真才实学才能被社会所接受，否则，你一样会找不到工作。文凭，在这个时代已不再是一种保证，而是一种证明，是学历的证明，而学历的证明却需要靠自己。从参加的几次人才交流会上看，用人单位都喜欢一些综合能力较强的毕业生，如社交能力、口才、英语、计算机水平等，并不只注重单一的学习成绩。因此在毕业时许多人都后悔当时没有多学一些东西，而我也一样，真有点"书到用时方恨少"的感觉，同时也暗下决心以后一定要利用机会多学习一些有用的知识。

● 同学们大都开始找工作了，他们表现得很积极，白天出击，晚上回来几个人凑在一起讲收获和心得。此时的我心里很矛盾，我在准备考研，但把握却不是很大。别人现在有的已经找到了满意的工作，而我却不敢分心，但又怕考不上研并且还耽误了找工作。但是现在已没有别的选择，只有摒弃所有的念头，一心准备考研。

大四毕业生的择业充满着竞争。现实是残酷的，对大学毕业生来讲择业是一个非常重要的问题。在择业过程中，矛盾时常伴随着你。那段日子，吃不好，睡不好，心情是可想而知的。就在这种充满矛盾的学习生活中，大家感受到了社会的压力。

● 上完大学最重要的就是找一份工作，以便将来更好地施展自己的才能，在进入人才交流会之前，自己为忙于整理自己的材料、练习自己的社交能力而紧张，与同学们交流与人洽谈时可能会出现的情况，以便自己能应付自如，更好地把自己的才能表现出来，但不管怎么准备，心理总是没底。

● 上大学的时候根本没考虑将来要自己找工作，但现实摆在面前：好的工作真不少，但得靠自己去慢慢找。学校的双选会，社会上的招聘会，我在不停地寻找一个又一个的工作单位，总想找到一个更好的。可转眼快到了找工作的截止日期了，我还没有确定自己的工作。辅导员老师急了，问我：你到底想找一个什么样的工作？一下子把我问住了，是啊，我想找什么样的工作呢？以前我只是想找一个好的工作单位，却没有去好好想想找一个什么样性质的工作，就是说我还没有认真想一想自己适合做什么样的工作。

● 最后的一年，是梦想与现实差距最大的一年，找工作便是最好的证明。即将步入社会，找一份令人满意的单位，是每个大学生的最大心愿。可是社会上大学生遍地都是，用人单位对求职者的要求也越来越高，而且很多用人单位把女生拒之门外。我以前一直不相信有这样的事，但通过找工作，我才深有体味。社会上呼吁男女平等已有多年，但如何平等还须探讨。幸运的是我最终落实了工作，好坏不好评论，但自己以后更应珍惜机会、多加努力。

● 择业的过程可以说是非常辛苦的，拿着自荐信，重复着：您好，我是×××，然后再向人家推荐自己。但建筑类的女生就少，一般用人单位也不愿意接收女生，还有一个单位干脆说："女孩子，当初怎么选这个专业呢？"……从人才市场出来站在街上，我不知道下一步该往哪走，惆怅、失望，人近乎麻木了。

● 在择业过程中，女生要有更好的心理素质。我就经历过到处碰壁，到处听见的是：您符合我们的条件，但我们有性别要求，我们只招男性。哎，什么年代了，男女竟有这么大的差距，对女性还有如此歧视，唉！原来社会是这样的。女生真的不如男生吗？我不信，男生能做到的我们女生也完全可以完成的，于是我继续找工作，我绝不认输！

机遇总是垂青有准备的人。一个人的文化知识素质如何，将决定他在求职择业时的自由度和取得职业岗位的层次。求职的准备不仅仅表现在毕业阶段，而是贯穿大学生活的始终。因此，大学生应自觉地把大学生活同求职择业乃至将来的职业生活紧密联系在一起，努力建立合理的知识结构、培养科学的思维方式以及锻炼较强的实践能力，以免在毕业求职时发出"少壮不努力，老大徒伤悲"的感叹。

● 在学习上，我的失误较多。首先是外语，自从过了国家四级，就再也没有认真学过，整整扔了两年。在择业洽谈会上，有的单位只要过了英语国家六级的，这就大大地减少了选择的余地，缩小了自己的择业范围。

● 大四第一学期临近期末时，大家已经开始准备找工作，忙着写自荐材料，参加人才交流会等等。那时，我也向不少单位递了自荐信，并参加了好几次人才交流会，给我的感觉是，虽然现在的人才市场不算景气，但只要有能力，有特长，总是会受青睐的。像政治素质高、身体条件好、学习成绩优的人照样会有好单位。到了这时候才后悔自己当初学习为什么不抓得更紧一些，当初为什么就没有勇气和耐力再过一次六级，当初为什么不利用课外时间辅修几门课程，多掌握一些技能等等。这时，我想对每一位大一的同学说一句，请好好珍惜这大学生活的每一天吧！

● 大学的学习生活是短暂的，我们最终要走出校园，步入社会，接受社会的挑选和考验。对于生活阅历很浅，社会经验不足，对社会竞争缺乏心理准备的大学生来说是困难的。因此，我在学好各门课程的同时，也注意自己其他方面的锻炼和培养。

● 在大学期间给我触动较大的一次经历是在大四找工作的时候。在学校的双选会上，我满怀信心地找到一家自认为比较满意的单位，工作地点在北京，是我最希望去的地方，我投了一份简历，很诚恳地说我十分想到贵公司工作等等。面试人翻了翻我的简历，对我说：先不要说你想做什么，先说说你能做什么。首先我们需要计算机过国家二级以上，熟练掌握 CAD；第二，到北京市落户需要外语水平在四级以上；第三，大学期间各科没有过不及格的……，我无话可说了，因为我确实不符合条件。这件事让我认识到：当机遇来到的时候，你需要有能力去把握。

● 大四的一年，是我感受最深的一年，从开始接触社会，我才发现原来步入社会是那样的难。由于学校并轨的关系，我们的就业方式是双向选择，自主择业。由于自己所学专业就业不是很好，有一定的局限性，使我在择业的过程中比较困难，曾经为此苦恼万分，为什么要学这个专业呢？可是，经过一段时间的思索，我逐渐认识到怨天尤人是没用的，只有面对现实，努力争取，才能闯出一片自己的天空。在多次的招聘会中，我也发现，一些公司对应聘者的"硬件"固然比较重视，可他们同样重视个人的能力。因为一切辉煌都只能代表着过去，而一个人的发展主要来自于他的自身能力和综合素质。在这方面，我颇有自信，所以，我完全有能力同别人竞争，我也一定不会输于别人。终于，在我的努力下，找到了一份比较适合自己发展的工作。这件事也使我明白，世上无难事，只怕有心人。任何所谓的不幸都是没有正视自己，自信心不强的一种体现。同时，这件事也给我走向社会陡增信心。

● 上大四了，我面临的不仅仅是学习，还有找工作的压力，现在的社会竞争激烈，找一份自己满意的工作很难。在参加双选会，与用人单位面谈的时候，我却体会到像我们这样的大学生，社会还是很需要的。有的公司，虽然有很多工人下岗，但是对大学生依然求贤若渴，我给自己找回了自信。在求职过程中，我深深地体会到了这一点：企业对我们的专业课和英语程度很重视。由于我在校成绩还不错，曾获二、三等奖学金，英语也过了国家六级，所以，比较容易地找到了一份满意的工作。

● 对于从没有过找工作经历的我们，是系里的领导和老师不失时机的对我们进行就业培训，给我们出谋划策，使我们这些略显慌乱的心，及时的自我定位，井然有序的进入人才市场，寻找自己的未来。在学院组织的一次模拟招聘会中我们得到了真正的锻炼，从那以后，我和我的同学们踏上了找工作的旅程。

大学是学习的地方，更是步入社会的跳板，你的脚踏得越有力，跳得就越远、越高。

● 当今的社会是实力的竞争，因此特别注重能力，对于一般院校的毕业生更应注重能力培养，今年，我找工作的时候，发现用人单位主要看你是不是名牌大学的学生，是否是研究生毕业，专业是否对口，个人能力怎样。当然有关系也是很不错的，考试成绩没有受到太大的重视，大部分单位都是略扫一眼，没人问到专业课成绩，大概是怕考试成绩掺了水分，也许是市场上假货太多，不由得他们不怀疑，总之，注重个人能力，已经为用人单位所共识。

● 在与公司领导的接触中，我觉得一个人的真才实学真是太重要了，如果你只会瞎侃、瞎吹，而本身并没有真本事的话，那么你也许给人家的第一印象还可以，而在其后的真实考察过程中，你的狐狸尾巴也就会显露出来，让人家更加瞧不起你。

● 寒假我参加了北京市面向全国大中专院校的人才交流会，我满怀希望地来到会场，却被来自全国各地的大中专院校的毕业生所淹没，大家都为展示自我做了最充分的准备，在面试时各显其能。我也事先做准备，但在人声鼎沸的会场里，一切语言都苍白而无力。望着别人成叠的获奖证书、双学位证书以及各种资历证明，我退出了会场。原来，一切都准备得太少、太晚。仅有的证明能证明什么呢？大学里我付出的太少，机会向来都是给有准备的人。

● 我奋斗过，执著地追求过，而且一直都在圆自己心中的梦，如今就要走向社会，才知道生活是公平的，有一分付出，定有一分回报。

毕业生就业制度的改革，是牵扯到社会、用人单位、学校、家长、毕业生的大事，人们十分关注。毕业生是改革的直接参加者，更要了解熟悉现行的政策，正确对待就业制度改革中出现的问题，主动适应改革，主动适应竞争。毕业生就业推向市场，是历史的必然，是不可阻挡的潮流。毕业生只有积极地面对竞争，把握机遇，才能为顺利地择业打下一个良好的基础。

第二节　迎接挑战

市场经济需要的是知识面广、精通专业技术、业务能力强的人才。综合素质高，并且具有灵活性、创造性的学生往往倍受用人单位的青睐。大学毕业生无疑具有了相当的知识积累，但不等于具有了较强的实践能力和自我推销本领。知识并不能简单地与能力划等号，从一定意义上讲，能力比知识更重要。因此，一名优秀的大学毕业生应把建立合理的知识结构、培养科学的思维方法和锻炼较强的实践能力统一起来，勇于竞争，迎接挑战，才能在择业过程中立于不败之地。

● 在找工作单位的时候，我四处奔波，经过多次努力，终于如愿以偿。在这个过程中，我了解到：在改革的大潮中，只有将自己培养成为一名综合能力强的人，才能在竞争中立于不败之地。

● 一个人的知识，可以通过不断的学习来充实，要想尽快学到更多的知识，就要学习到各种如何能更好的学会知识的方法。所以，学会自学的技能很重要。自学是一种很重要的学习技能，在大学的四年里，我自学到了很多东西，最重要的是学习和掌握了使用计算机的技能。在这次毕业招聘会上，很多单位都不喜欢要女同学，但我凭着比男生还优秀的计算机绘图能力，得到了用人单位的认可。通过这件事，我深刻的认识到学习较多技能的重要性。

● 我在面试的时候，看到某单位的招聘人员衣冠整齐，面带微笑，给人一种亲切的感觉，这是一般单位的招聘人员所做不到的。另一方面，看看自己，作为一名应聘者，应时刻注意自己的言行、衣着、态度，不应有一丝丝傲慢心理。其实仔细想一想，目前大学毕业生何其多，各个单位下岗人员何其多，不像以前工作单位国家统一安排，单位现在得靠自己去找。若想找到一份称心如意的工作，就应该面对现实，处处应小心谨慎，放下面子，真诚去对待，否则你就会面对很尴尬的局面，进退两难的局面。

● 找工作是我们大四学生面临的最现实的问题。当今的社会竞争非常激烈，要想找到一个工作很难，要想找到一个好工作更难。所以找工作一开始，大家都认真摆正了自己的位置，不要求什么待遇好的单位，只要能找到一个专业对口、适合自己发展的单位就行。结果到了大四下学期，我班的全体同学都找到了工作单位。

● 在人生道路上，人总要面临各种各样的选择，因而也造就了不同的人生。转眼再过二十几天我们就要走出这个美丽的校园，走向另一个天地，同时择业问题也就成了我的首要问题，毕业去向何方，我的血是热的头脑是冷静的，经过一番思虑我下决心选择家乡，因为那里更需要我。正如一棵草，它若生长在肥沃的土壤上没有人会注意到它的存在；但若是它生长在贫瘠的沙漠中，它的存在的意义就显得多么重要。家乡更适合自己的专业特长和能力，我觉得我的选择是无悔的！

"就业难，女同学就业更难"，这是很多同学的感受。其实，只要面对现实，充分准备，抓住机遇，摆正位置，偏见就会在你的能力与执著面前消失。

● 我认为随着受高等教育的人越来越多，大学本科毕业生的就业问题越来越不好解决，尤其在建筑行业，女孩选择工作的范围就更小一些，我多学了一门辅修专业，在选择工作的时候，就比别人多了一份就业的机会。

● 大四的生活中，找工作成了主旋律，从准备自荐信到参加双选会，让我深深地体会到自己在大学最初的时光里，虚度了多少光阴，才会让自己现在缺乏自信。一家家的用人单位在选择女生时都只是考虑条件非常优秀的，而我知道努力时很多的机会都没有了，面对的环境如此，自身的自然条件也已经如此，我只想在这种环境下做得更好，在选择用人单位时，我也考虑了很久，去怎样的单位，国有企业稳定，大的一些集团工作机会多，他们的实力很强，会为你创造很多的条件。但是小的一些企业，会让你承担更多的责任,这样你锻炼的机会很多,升到公司中的某一职位会比在一个大公司中用的时间短很多。我愿意做一条小池塘里的大鱼。去单位应聘时,公司可能会收到很多的求职信,而我想战胜自己的竞争对手,我认为自信是很重要的条件,上学时去学院广播站应聘的经历给了我很大的勇气,让我也懂得了只要有一点希望就不要放弃。在应聘沈阳市人和房地产有限公司的工作时,经过第一次面试后,经理对我不是很满意,他们决定录用某大学的一名女生,当我打电话询问时,知道我已不在他们的考虑范围之内,很希望他们能再给我一次面试的机会,因为我很喜欢这份工作,我相信自己也能胜任它,终于当公司要和那名女生签协议前几个小时,我又一次和经理进行了交谈。最后,经理笑着告诉我,他们决定录用我了。走出公司后很想把这个消息告诉我认识的每一个人,第一次,我经过不懈的努力取得了成功。

●面临毕业分配,由于性别的原因,而令女大学生倍受冷落,这当然是一种不正常的现象,但更可悲的是人们早已把不正常接受为正常,对此连气愤之心都没了,男女的差异是不小,但是各有长处,可现在却变成了女生一无是处,为什么呢?众多的用人单位都拿女生的生育问题来做借口,其实,女性就算生儿育女又能用多少时间呢。况且,对于那些有志气的女生来讲,至多又能耽误几个月的功夫呢?难道因为这几个月的延误,而将女性所有的工作能力、成果全都抹杀了吗?这样公平吗?先不用说公不公平,单就人才的培养来说,这就是一种数额巨大的浪费,众多的女大学生,甚至女研究生,学业能力并不比男的差,甚至她们比男生还要努力、还要出色,难道就只因为她们的性别,而将她们远远隔在就业大门之外吗?我们很困惑,但我们却决不消沉,将来我无论分到什么单位,我都会一如既往的认真工作,尽我自己的本分,而决不因为自己是女生,而要求更多的照顾,我想,男女平等,有时也要从我们做起吧!

● 经过三年半的学习后，我踏上了求职就业的列车，开始了东奔西跑的一个月。找工作流行着一句话"有关系的找关系，没能力的靠包装"，我憎恨关系，可又不得不依靠关系，能力是人人渴求的，但并不是人人都有的。关系最多不过是块敲门砖，而能力最终会成为主导因素。我渴望摆脱关系的羁绊，依靠个人的能力在求职场上驰骋。这一个月是焦虑、疲惫、心酸的一个月。我去过上海、杭州、温州、宁波、台州等地。由于所学专业比较冷门，有时一次人才交流会上竟然没有需求我们专业的。有幸需要我们专业的，该单位领导说我们单位不需要女生。万幸中有单位说让我去面试，然而面试后他们又婉转地说已经选中了重点大学的学生，每一次打击，都令我心碎，我仿佛落入了冰窟，有种怀才不遇的感觉。面试的人中的确有比我差得远的，有的英语四级都没过，可是用人单位就是选中了他，因为他是男生。虽然，我希望靠个人的能力找到工作，但最终还是靠关系找到了工作。我知道路在脚下，千万别觉得社会对自己不公平，在这样一个开放的年代，机会实在太多了，就看你有没有勇气去把握它，我不会辜负父母和社会的希冀，我会实实在在、踏踏实实地走自己的路。

● 作为一名女生，我也深知找一份满意工作的难处，我没有被吓倒，我一方面继续努力学习，一方面注意搜集就业信息、寻找机会。寒假期间，带着就业资料和自己的信心，我开始为自己的工作奔波，面对单位见到女生摇头的情况，我曾想退缩，但长期以来不服输的信念又使我从一个单位走到另一个单位，"功夫不负有心人"，终于，我凭自己的实力和百折不挠的信念打动了设计院领导，成为某省设计院的一员。

● 转眼面临毕业，何去何从是我所面临的又一道关卡。在企业工人纷纷下岗的今天，找工作特别是一名女生真是难上加难。原想凭我的条件，在沈阳找一个落脚的地方不愁，但一直未找到如意的地方。山穷水尽疑无路，柳暗花明又一村，辽宁省委组织部到建工学院选调优秀毕业生去基层锻炼，我觉得自己就是从基层中来，父母又都在农村，再回到基层一来可以很好地工作，二来又可以照顾父母。经过这样一想，心胸豁然开阔，想起自己开始一心留在大城市的狭隘心理，真是偏激。我毅然放弃联系的单位，远离大城市的喧嚣与烦躁，申请去基层工作。在同学们南下北上找工作的热潮中，不少人不理解我的选择，各种说法都有。有的说，你可能在农村呆一辈子，与农民住在一起。也有的说，这下你可以当官了，下去后一定能当个乡长之类的。还有的说，这是没办法了，在大城市留不下回家了。不管众人怎样评说，我有我自己的想法。我不会看不见我的乡亲，我的父母，我就是农民的女儿，我不求做大官，也不求发多大的财，我靠自己的双手，为家乡人服务，也为自己创造幸福，我觉得我这样做值得。

寻找就业机会，是进入大四遇到的问题，但是否能够抓住机会，实现职业理想，绝不是从大四才开始准备就可以的。

● 这之后对我锻炼最大的大概就算找工作了。在学校组织的就业双选会上，尽管现场热烈，却没有感染我，我迟迟不敢把推荐表递出去，老是怕自己被拒绝，老实说这一点也是自己的一大缺点。直到会议快结束时，我才应付差事似的递了一份。接下来的一次面试使我大受触动，那是一家房地产公司，我在面试中实话实说，也未多说话，于是被人家退了回来。于是我明白了自己只能靠自己，要敢于表现自己。在接下来的几次面试中，我越来越应对自如，自信心越来越强。

● 我开始拼命的学习，而这次不是为了期末，不是为了奖学金，是为了在择业中多一份竞争的资本。之后我到一家家公司，一家家人才市场，去寻找自己的机会。经过多少次失败、徘徊和抉择，我终于找到了一份令我满意的工作，虽然在这个过程中我遇到了前所未有的困难，但成功使我更加振奋。

● 开始交流时自己心理真有点紧张和害怕，害怕说话和表现不出自己，但第二次就平静多了，因为工作的事关系重大，自己的怯懦和害怕霎时变得没了，但还有一个问题，就是对单位的情况不了解，处于想签而又不敢签的矛盾中，故还得通过侧面打听好了再下手。当协议签下来之后，心里感到一阵无比的轻松，同时在学校剩下一段时间的学习方向和毕业设计的目标就明确了。

● 找工作，是每一个大学生毕业前最重要的任务之一。因为我是家中惟一的男孩，父母都不希望自己的孩子离得太远，我便在我的家乡四川找工作。因为错过了在成都举行的"应届毕业生双选会"，为日后在成都找工作留下很大麻烦。房地产企业大都是私营的，不解决户口，与我的第一要求不合，只好黯然离开成都，回到四川第二大城市—绵阳。绵阳星联集团留下我面试两次，并要求我在绵阳做一个市场调查，写一份报告，才决定是否录用。也许是以前的锻炼和我自己扎实的专业知识与实践很好地融合，我轻松地完成了任务，并得到较高的评价。后来，我成功地加入了这家公司。

● 如果说学习是我们走入社会，发展自己才华的坚固的基石，那么毕业择业就是我们走入社会，得以发挥自己才华的支柱。那段时间令我至今难以忘怀。记得我第一次参加本院举行的就业双选会时，我复印了许多份自荐材料，只要见到合适的单位就上前投一份自荐表。接下来的几天，就在焦急的等待中一分一秒的过去了。就是由于我只是一味的等待，并没有到用人单位去自荐自己的长处与优点，我失去了许多机会，至今还令我有少许的遗憾。后来，我采纳了同学的意见，拿着自荐材料亲自到用人单位去推荐自己，表现自己的优点与长处，虽然我碰了许多次壁，但是这更增强了我找工作的愿望，而且也使我越挫越勇，越能去勇敢地面对自己，去向别人展示我的才华，最后我终于实现了自己的愿望，找到了一份比较满意的工作。通过这次择业，使我更加坚强起来，也更加的自信。

对大学毕业生来说，求职择业是人生中的一件大事，是把自己的愿望、能力、特长、爱好等主观条件和就业政策、用人单位的要求等客观条件相结合而做出的一种选择。因此，正视自我、面对现实、正视竞争、迎接挑战，是建立良好心态的重要方面。要力戒自傲、自卑心理，摒弃嫉妒、攀比做法，克服依赖、从众心理，大胆接受社会挑选。改革开放的年代为人才创造了机遇，只要努力就能在择业中找到自己的合适位置。还要根据客观情况，调整自己的心态，成功了不狂妄，失败了不气馁。要经得起磨炼，也许是某方面的原因，使自己的综合成绩不高，处处碰壁；也许是女性受到冷遇，对此，都要冷静对待，控制情绪，认真分析原因，依靠自己的聪明才智和努力，另辟蹊径。"顽强的毅力可以制服世界上任何一座高峰。"

第三节　我们即将起航

大学毕业生走向工作岗位以后，面临的第一个问题是角色的转换，也就是如何从"大学生"这个角色转换到某个行业的"国家干部"的角色问题。学校和社会是两种不同的环境，学生和国家干部这两个不同的角色，对社会承担的义务和权利都有着极大的不同。大学毕业生应充分认识到角色的急剧变化是青年大学生成长道路上的一个重大转折，从此，社会将赋予刚毕业的大学生以成年人的资格并用成年人的标准来要求，刚毕业的青年大学生享有成年人的权利并且要尽一个成年人的义务。人生永远在起点与起点之间，人生这趟列车不断制造起点，又不断向新的起点进发。一个人的奋斗目标越远大，越能充分发挥智慧的潜能。大学毕业生就业后，即开始了人生长途中一段新的征程。祖国辉煌繁荣未来和人生事业成功的前景已经展现在面前。艰苦才能创业，奋斗方可成才，只有树立远大目标、志存高远，经过脚踏实地的不断进取，才有可能在祖国现代化建设的伟大事业中实现自己人生的辉煌。

● 要说大学四年里最难忘的事，我想还是在大四下学期这段的经历。首先，寒假回家去找工作。由于今年的下岗员工特别多，每个单位都在精简人员，提高办事效率。我是福建人，当然希望能到离家近、地理位置好、经济效益好的厦门工作了。记得春节期间，我和我的一个同学一同去厦门，我那个同学已经有工作了，他也希望我能去厦门工作，好有个照应。我想特区工作环境好，同事之间竞争激烈，能发挥每个人的潜能，促进每个人的生存能力，所以我也想在大潮中拼搏一把，看看自己有多少斤两。在厦门的那几天中，我在人才市场中转了几天，发了几份推荐表，你知道，等待是最难熬的，并且我没有什么经验，要在这茫茫人海中找到单位谈何容易，就在我深表绝望的时候，我的哥哥在到处找我，他帮助介绍了一个单位，我一看单位还不错，当时的心情就别提有多高兴了。从以上经历，使我认识到单靠自己个人的力量是有限的，勤奋始终还是离不开机遇的。我希望我将来能在建筑业好好干，干出一点成绩，这是对自己真心的祝愿。

● 求职过程使我饱受人间冷暖，对于那些热情帮助我的朋友、老师及领导都十分地感谢，当我在收到北京路桥集团的录取书时，不禁热泪盈眶，这真是我有史以来感到幸福的一刻。

● 我们将完成学业迈向社会，从学生生活走向社会，无疑是人生舞台的一大转折点，在这关键时刻，我觉得应以认真积极、正确的态度认识新的岗位和角色，实现新的角色，促进角色转换整个过程的顺利进行。毕业后，我们即将开始人生长途中一段新的征程，然而，通往成功之路并不平坦。首先，走入社会我们应建立起和谐的人际关系，其次，要立足岗位，安心本职，干一行爱一行，从点滴做起，以苦为乐，以苦为荣，立志岗位成才，在社会主义市场经济大潮中建功立业，奋斗成才。

● 一次次的寻找，一次次的抉择，使我得到了前所未有的锻炼，增强了竞争意识，同时也发现了自己的不足。我充分意识到我要抓住毕业前这一段宝贵的时间，尽量克服自身的不足，实现从学校到社会的转变，使自己能及时地适应社会。

● 在厦门我先后联系过五十几家公司，并记录有他们的地址、电话。除了去面试，我还去做调查，去各大售楼盘售楼处取经。在此过程中，我不仅了解到厦门市房产的基本价位，更从那些接待人员身上学到了一些知识与技巧，同时也算是步入社会的一个开始。现在回到学校，才发现自己一下子成长了不少，以前学的知识在面试时都涉及得到，现在缺少的只是一些实践经验，相信通过一阵的学习和锻炼，我们必将适应社会，做出自己应有的贡献。

● 寒假里，我开始忙碌了，双休日去电脑培训班学网络，其他日子白天外出跑工作，夜晚复习功课。在这段日子里，我尝遍了求职的艰辛酸苦的滋味，社会太复杂了，两面三刀的，白眼相对的，冷言恶语的，我都遇见过，甚至还上当受骗过，那一段真是灰色的日子，我连过年都没过好，最终在父亲的帮助下，我去了部队，找到了自己满意的工作岗位。通过这段经历，感到自己还是太年轻，不够成熟，对步入社会面临到的困难估计不足，这使我更加流连这阳光烂漫的大学校园。

● 不知不觉中，我们已走上了大四的征途。作为一名女生，我开始为工作准备着：认认真真的填写就业登记表，精心设计自己的就业推荐书……寒假一结束，我就赶赴厦门，去参加那里的人才交流会，希望能找到自己满意的工作。我认为凭自己的条件找工作应该不至于太难吧，毕竟不是每一个人都是"优秀学生干部"，都得过优秀学生奖学金，而且还有我的文艺才能与文学修养，更何况我的体育素质也非同一般。但是，我错了。学识优秀的大有人在，能力卓越的也不在少数，再加上建筑业的一股崇尚"阳刚"之气，当一些公司对我说抱歉的时候，我总是理解的笑笑就走了出去。我希望能够找到一个满意我也让我满意的公司，这样，才能尽我所能，尽情发挥。我也相信我能够找到这样的单位。在经过一个多月的奔波和抉择之后，我终于有了现在这个让我满意又喜欢的工作。我深知这个社会竞争的残酷，也深知成功的途径在于奋斗。所以，在工作定了之后，我向老师借了一套房地产的书，利用毕业设计前一个多月的时间自学着，因为我选的是房地产公司，我不希望在开始的时候一无所知，无所事事。从实习回来之后，一种就业的危机感和知识贫乏的无能感就一直困扰着我，它让我无法像以前那样得过且过，它让我在午夜惊醒，找寻自己的坐标和方向。

毕业生进入社会后，就开始了人生的职业生涯，对于每一名毕业生来说，是其人生历程的重大转折。面对职业社会的新环境和生活，必须尽快顺利地实现角色转换和角色适应，这也是一个艰巨的人生任务。重要的是要懂得主动地适应社会环境，而不能指望社会来适应我们。主动适应社会，是接受社会积极面的影响，完成大学毕业生到社会人的转变是为了更好地担当社会赋予的责任和历史使命。只有在新的环境里做好心理上的调整，学会沟通，学会关心，树立独立意识，培养协作精神，主动调节生活节奏和习惯，增强角色意识，注重不断完善自己的知识结构才能开创出适应自身发展的空间，真正有所作为。毕业生进入职业工作岗位，是新生活的开始，同时也意味着人生进入一个新的起点。人生道路的紧要处常常只有几步，这几步常常会影响人的一生，至少是人生中的一段时期。改革开放给我们民族和国家带来了活力和希望，作为跨世纪的当代大学生任重而道远。毕业生只有将个人的志向、事业同时代的发展、社会的需求、祖国的前途结合起来，不畏艰难、奋力拼搏，才能走向成功。

第九章
感悟与成熟

大学是熔炉，在他的炉膛中，精英得到升华，沉渣屡遭淘汰；大学是课堂，他使蒙童成为智者，使小树长成栋梁；大学是人生的十字路口，我们的每一个决定都有可能影响一生；大学是社会，他让我们获得了综合训练，知道了如何做人做事做学问；大学是一种经历，走过大学，才能对大学有真正的理解，才能把握正确的航向。

第一节　感　悟

感悟人生，是从融入生活开始的；感悟社会，是从走进集体开始的；真正的感悟大学，从走出大学开始。一点一滴地积累，不知不觉地成熟，这就是他们的大学、社会、人生。

1．关于学习

● 大学，永远有我学不完的东西，让我从陌生到成熟，从难以接受、极端诡异，到平静对待，淡然处之。每一次转变就如同毛毛虫要化为蝴蝶,有痛苦,也有困惑,但它牵引我一步步走向成熟。那当初来时对每一件事都感到束手无策,惶惶然求教朋友,写信求援的灰姑娘,如今已可以自己去处理每一件事,微笑、自信地迎接挑战,好多事情不再畏首畏尾,不再有太多的顾虑,不再试图做个"老好人"。我也失去了一些,但我更注重我的得到,所有的都是我选择来的,所以我认为我接受这种得到,这种失去。

● 在大学的第一年里,我完成了从一个中学生到大学生的转变,这是我人生中的一个转折点,虽然那段时光我没有学到多少知识,但在我无形的资本中,它占着很大的比重. 现实中的大学与我想象的大学的确存在一大截差距,它曾一度使我迷茫。但以后耳闻目濡同学们刻苦学习的镜头,使我很快得以清醒。我终于知道大学的浪漫只是大学生活的很少的一部分,更多的是默默无闻的灯下苦读。世上好多的事情人们又何尝不是只看它绚丽的一面,而忽略了它也曾历尽艰辛呢?

● 经过单调而繁重的高中学习生活,面对新的课程,总有些好奇。以前听说大学生活轻松愉快,比高中轻松多了,所以在心中也就放松了对自己的要求,学习态度不认真,上课也不怎么专心。现在才发觉了当初的这种错误。专业知识是建立在扎实的基础知识之上的,只有学好基础课,才能熟练而又透彻地掌握专业知识,知识来不得半点虚假和投机,一切都要经过自己的艰苦努力才能学得牢,用得灵活。一个人只要努力过,方能有一丝欣慰。由于学习不够努力,成绩不够理想,接下来的学习任务再也不是轻松的,同时没找到一个适合自己的学习方法,学习仍然比较吃力,始终没能达到心中的目标。这方面的体会极为深刻!

大学确实是一个学习的地方,在这里不仅要学专业,还要学适应,学处世,学做人。有的同学适应得很快,而有些人的适应要慢一些,但无论如何,这个过程本身就是一种收获。

● 刚入大学，只是想着要放松，要玩儿，等到考试临近了，才发现自己没有学到多少东西，于是开始学习了。打开书本，发现自己得从头开始学习，于是晚上加班加点的学。等成绩出来了，居然全 PASS 了。我好不高兴，更增强了自信心，也更增加了一份傲气。到大二时，课程增加了许多，其他同学都在忙碌着学习，我也开始收敛自己，把精力用在学习上，用在知识的储备上，这一年我过得异常的充实。

● 记得刚上大一时，对学习的态度有些不正确，以为上大学了，也该轻松以下了，所以在学习上很消极，考试也仅要求60分万岁。但时间长了，感觉自己跟别人不一样，人家上大学后一切生活、学习调理的不紊不乱，而自己还感觉没长大似的，想法不够成熟，生活学习没有目标，缺少热情和精力，越是这样，越消极，可以说我的自信也曾瞬间崩塌过。美好的大学生活，就这样在消极和痛苦中度过？我不甘心。经过一段时间的痛苦和反思，我的情绪和自信恢复了正常。其实很简单的一个道理，一个人的想法首先决定他的做法，人不管做什么，如果不脚踏实地去努力，去争取，不尽力去付出，那你就不会有收获，更不会有成就。

● 对于一个人的一生来说，四年光阴很短，很短，只能算是一条直线中的一小段，但是我的大学四年生活对我来说，太重要，太宝贵，太值得珍惜了，它把我从一个稚气未脱的孩子培养成一名具有一定专业知识的国家技术人才，是我的思想认识上了一个新台阶，观念更加正确、成熟，可以说它为我能更好地把握人生、把握机遇起到了决定性的作用。

● 大学这几年，得到了许多，失去了也许多。得到是：我变得很成熟，很坚强，不畏任何风吹雨打，不惧任何艰苦劳累，这是大学里的最大收获。同时，在大学里也交上了一批好朋友。这是我人生的财富。失去的是：虚度了很多时光，浪费了不少青春，没有把握好劳与逸的关系，没有完全把握好自己的命运，许多该学好的东西没有学好。

● 我是最不喜欢学习的，因为从上高中以来，从前的第一、二名的优势就不再有了，后来居然复读几次才念上了本科院校，可喜的是，我持之以恒地很好地做了我并不喜欢做的事。因为我辛劳的父母，为我的学习已早早地添了白发，已弯下了负重的腰，已经不能再接受我的任何失败的打击，或许是为了自己的前途吧，我努力地啃着乏味的大学教材，可喜的是我的成绩还不错，曾获两次奖学金，英语过了六级，计算机可算是中等水平，我在此决不谈个人经验，因为我深信，同学们都已经在十几年的寒窗苦读中有了适合自己的经验，虽然取得了一点成绩，但是感到自己的能力还不强，没有突出的特长，今后的工作中再努力来弥补吧。

● 大学既是一个学习的过程，又是一个学习怎样学习的过程，既是学习怎样做事的过程，又是学习怎样做人的过程。如果她能重新来过，我会更加珍惜这段时光。如果说大学里我最大的收获是什么，那就是我学到了不少的知识，如果说大学里我最大的遗憾是什么，那就是我学到的知识还远远不足。

2. 关于人生

● 四年中，想做的，应该做的事太多，而给我的时间太少，自己没能珍惜的时间又太多太多。一切都已经太迟了！记得在一本书上曾看到过这样一句话：意识到已经迟了的时候，恰恰是你最应该开始的时候，可现在的我已无从开始了。看到那些夹着书本忙着去上课的学弟、学妹们，不得不承认我心中是存有些许羡慕的。看到他们，我也才第一次如此清晰地认识到越是以前觉得再平常不过的东西，越是值得留恋。四年中，曾经哭过，曾经笑过，曾经愁过，曾经恼过，曾经追求过，也曾经失败过。四年中曾经经历过的点点滴滴，无论是快乐还是忧伤，如今回忆起来都是那样的美丽。虽然其中留有遗憾，但它也同样以一种美存留于我的脑海中、我的记忆里，并将伴随着我走完今后的人生旅程……

● 人不要怕失去什么，要勇敢地为自己的理想而奋斗，下定决心去做一个有益于社会、有价值的人，那么，他必将能创造一个辉煌而有意义的人生。我是这样想的，也是这样做的。每学期、每周，甚至每天我都做好自己的学习、生活安排，这样我便能有的放矢的学习，这些小小的目标的实现，也许会最终导致我最后理想的实现吧。

● 四年期间，我的收获不少，但也有一些挫折和磨难烦扰着我。也正是这些挫折和磨难，使我的生命更茁壮，思想一步步走向成熟，意志力也更加坚强。我知道，这一切都是锻炼我的一道屏障，接受并超越这道屏障，我将走向更大的成功。

● 四年中我知道自己长大了，但我更知道自己不懂的事情还有很多，有许多应该完成的梦想仍未实现，有许多应该学到的知识仍未学到。叹时光流逝，去得太急，人生不售回头票，人生没有下一次。得到的只有永远珍藏，未得到的只有永远遗憾，但我相信年轻的我们仍有机会。大学里学习知识仅仅是完成了量的积累，今后才是将知识转化为能力以完成质变的关键所在。大学中我最为深刻地体会到了两个字的含义——珍惜！只有慎重地迈进每一个征程，珍惜每一天才能提高生活的质量。

● 大学是人生中非常关键的一个环节，其关键性不在于在此期间掌握了多少书本知识和积累了多少做事、处世的经验，而在于如何树立一种学习的态度，建立一种怎样的处事观和什么样的生活观念，积极参与各种活动，以确保在给自己"定位"时不至于偏颇，深刻地剖析自己，发现自身的长处与不足。

● 有人说大学是天堂，有人说大学是染缸，我认为大学是勤劳和奋斗的天堂，大学是卑劣者和懒惰者的染缸。大学其实是只笼子，它用知识和荣誉来拴住你，用纪律和处罚改造你，用一张张证书来终结你，这证书可能是学位证，可能是毕业证，也可能是结业证。亦无不可能是张退学证明！

● 大学是我人生中的驿站之一，我还有更长的路要走，但无论如何，大学是一个优秀的加油站，它将引导我顽强地走向新生活。大学四年是人生的一大转折点，大学规划了人生的航向，同时也推动了人生的航船，无论从思想上、学习生活上都得到了极大的提高，校园的纯洁环境陶冶了每一个人的情操，校园里发生的每一件事都使我们一步步走向成熟。

● 有人说大学是知识的圣殿。在我而言，大学不仅是知识的圣殿，也是人生的圣殿，在这个圣殿里，我不仅由昨日的无知少年蜕变成了今日的合格大学生，我还使我的人生观和世界观得以健康的形成。正是在这座圣殿里，在我的人生观和世界观的形成中，邓小平理论教程课对我起了巨大的作用。在邓小平理论课的学习中，深深体会到我们肩负的改革开放和现代化建设的任务是多光荣而艰巨，社会主义的伟大事业需要伟大的精神力量，全社会都要努力学习和弘扬不断涌现的先进模范人物的崇高精神，以坚定的信心和旺盛的热情投身到建设有中国特色的社会主义事业中去。作为当代的大学生，作为中国革命和社会主义建设事业的后继者，我们更应该用先烈的事迹，以先进人物的先进思想和崇高精神来武装自己，去干好自己将来的工作，为社会主义建设献出自己的青春和热血。

3. 关于处世

● 有人说走进大学校门就等于一只脚踏入了社会，几年来感触很深。中学的生活完全是封闭的，只知每天傻呼呼的坐在教室里，瞧着那半块黑板全神贯注地听讲，这时脑子里是一片海阔天空。时常责骂中学老师低下的教学方法，完全监狱式的，这给我上大学后的人际交往带来了很大的麻烦，也很尴尬。羞于出口，善于沉默，自信心不强，总觉得事事不如人。完全自理的大学生活使我摆脱了很多的依赖，锻炼了自己的生活能力，更锻炼了自己的处理问题的能力。丰富多彩的校园文化生活让我树立起了自信心，也开始使自己活泼起来，不再像以前那样单纯，开始有了自己的思维，自己的主见。人是社会的产物，更是环境的产物，美好的环境总能创造出高尚的人。

● 人的一生并非永远是艳阳高照，时而凄风冷雨，时而阴霾满空。但正是这些点缀着人生的色彩。绚烂多姿的大学生活是人生旅途中的一步，自然会有类似的情况产生，而大学本身就是一个小社会，在人天之骄子充斥的世界里，不仅可以学到丰富的自然科学知识，同时也会对人人都具备的处世哲学有深刻的认识。

● 每一个靠自己真实本领考取大学的人，一定会在某一方面或某些方面有一定的天赋。因为考大学之艰难我们每个人都体会得很深，而我们作为千军万马中的一员，能够挤过这座独木桥，就可以证明我们行，而且很行。或许在大学期间环境或其他方面因素的改变，使我们发生某些变化，这其中包括好的变化和坏的变化，但这些变化丝毫无法掩盖我们过去的辉煌。我的意思是即使我大学期间错过的无法挽回，但我深信我们的实力依然可以在社会上把那些失去的东西抢夺回来。

● 的确，大学的生活我们得到了许多，同时也会失去一些东西，如果学到了很多自己以往无法涉猎的研究领域的知识和为人处事的原则，而失去了自己以往的不足与缺点，那么这几年的大学生活定会是相当的完满，但世界上像这样圆满的事并非很多，我们每一个人都会多少在大学期间沾染上一些不良习惯，这不可避免，因为古语也有"人无完人，金无足赤"这一说法。只要我们能恪守一定的原则，能够时刻约束自己，那么我们无论做什么事情，都会掌握一定的分寸而不会出格。

● 集体就像一个大家庭，需要人们的互相理解、互相谦让，只有通过大家的努力，团结大家的力量，树立共同的人生方向，才能使集体的力量强大，能够完成各项任务。在集体中我学会了理解，学会了体谅，学会了处理人与人之间的关系。这是我走向社会，从事工作的最初教育。

● 与同学相处的四年中，我以诚相待，真心实意地帮助别人。可能有时帮助也会造成自己的不便，但一种帮助他人的愉快会让我感觉非常好。四年中我学会了如何让人际关系处于良好，如何让周围的人理解自己的做法和意图。

● 即将离开大学校园，我有无限留恋，四年里，生活中的点点滴滴历历在目，我也有颇多感慨，大学期间所做的学生工作，增强了我的自信心，提高了我独立思维、独立工作的能力，培养了我的团队精神，并使我明白了"机会永远眷顾那些有准备的人"的道理，我将更勇敢地去参与竞争，而且，我从同学的身上学会了平和地面对成败，并具备了屡败屡战、永不气馁的精神，大学不仅让我学到了更多的知识，更重要的是懂得了"先做人、后做事"的道理，大学生活将是我人生中一笔巨大的财富，指导着我今后的人生。

● 面对生活中的许多社会现象，我能够用一个成人的眼光去分辨真善美与假恶丑。在许多事情的处理上少了以前的那份浮躁与张狂，多了一份稳重与成熟。这对我的专业知识的学习起到了很大的帮助，对我在提高学习的主动性上起了很大的作用。

4. 关于其他

● 当提笔写下毕业总结这四个字的时候，当学校楼前的毕业生离校倒计时牌上清晰地写着距毕业生离校还有 XX 天时，这时才真真切切地感觉到一生中最值得珍惜和留恋的青春岁月就这么逝去了。此刻的心情可以说是百感交集，所有的感想和感伤的思绪都一齐涌来，使我一时又不知该从何说起。翻开放在眼前的三大本厚厚的日记，这里面记述了一个由年少的冲动和狂妄逐渐走上了理智成熟和稳重的青年的一段并不算长的但却弥足珍贵的人生之路。这里有年少无知的冲动和盲目，这里有成熟后的思索和行动，这里有成功后的欢欣和喜悦，但也有盲从后的遗憾和伤感。这里有我的学习生活工作和情感往事的一幕幕虽逝去但仍清晰的记忆。

● 大学虽不是我想象中的"乐园"，但却是每一个勇于创造、勇于探索的当代青年的天堂。回首四年的大学生活，我感慨万千，有成功的喜悦，有一时的迷茫，曾品尝到生活的甜，也曾尝到涩涩的苦，生活的五味瓶在这里被打翻了。

● 其实，刚刚接触到一个新的事物，要认识它，了解它，并非一日之谈，这是需要一定的过程的。上大学也是一样，对于像我这样的大四老生，说实话也没能真正弄懂它。大学生活实际是很复杂的，并非简单的学习与生活，它是你从理想向现实过渡的一个边缘阶段，所以我认为大学阶段非常重要。

● 在大学生活中我特别注重能力的培养，我深深知道学历并不等于能力，只有具备高素质的人才才为社会所需要。在学习、生活中我慢慢的学会了管理好自己，定期作计划，并尽量使计划行之有效，不再高不可攀。计划制定好以后，看了如果觉得满意，便立即付诸行动，决不拖拖拉拉，优柔寡断。当今的时代是一个充满机遇与挑战的竞争时代，怎样才能在时代的大潮中乘风破浪、勇往直前，靠的是真本事、真能耐。四年的大学生活是短暂的，学习知识是无穷的。所以在学习时间上我一向认为应抓紧抓紧再抓紧，在学习态度上一向认为要刻苦刻苦再刻苦。

● 四年的大学生活是漫长的，同时又是短暂的。在这四年中，我们由幼稚走向成熟，逐渐形成比较完整的思维体系，树立起自己的世界观、价值观、人生观。在这四年中，我们学习了四十多门课程，掌握基本专业技能，形成了比较完整的专业知识体系，找到了适合自己的学习方式、方法。

● 许多人都这样说，进了大学就有了一张通行证，一张学历身份的通行证。其实这是不对的。大学只是给我们提供了一个学习的机会。若我们不好好抓住这个机会，趁这大时光学习本领，以后后悔都来不及。

第二节　成　熟

这是他们前进的足迹：有的深，有的浅；有的直，有的弯。这是他们成熟的印记：有坎坷，有挫折；有收获，有遗憾。这是他们的大学：从人生的驿站走出，向社会的大江奔流。

1. 大学是社会

● 四年的大学生活，我失去了什么呢？简而言之，经过大学的学习、生活，我们更加成熟，失去了以往的幼稚；在生活方面，我们饱尝了"独立生活"的酸甜苦辣，从而使我们失去了对父母的依赖；学习方面也失去了以往被动学习的态度，而代之的是现在主动的学习方式。

● 大学生活给我留下了美好的回忆，通过大学生活提高了自己的素质，增强了竞争的意识；和同学们结下了深厚的友谊，学会了宽容；热心帮助别人，理解了人生的真谛；懂得了要直面现实，不应回避困难，困难并不可怕，只要我们努力，就一定会战胜它。

● 大学是个大课堂，在这里我开始接触社会，在这里我学会了思考，在这里我学会了品味自己的生活，品味生活中酸甜苦辣。在大学中我逐渐成熟，使我能够独立处理自己的一切。大学期间我最大的收获就是锻炼了自己的能力，使我懂得了做人的道理，能够正确处理出现的各种问题和挫折。

● 在这几年里，我读了很多书，这些书对我影响很大，他们使我形成了我对世界的认识，形成了对人的认识。我也从老师那里学到了更多的东西。虽然我朽木不可雕，但他们经常找我谈话，做我的思想工作，尽全力教育我，使我进步得很快。

● 我要感谢我的老师，是他们、也只有他们能这样教育我、原谅我；我还要感谢我的同学，他们让我看到了自身的不足，并陪伴我度过四年美妙的时光，没有他们我可能会自以为是，有了他们我则变得谦虚谨慎，我喜欢与他们在一起的日日夜夜。

● 我的大学生活是在成功与遗憾的交织中度过的，其中既有成功的喜悦，也有无奈的遗憾。命运就是这样，由于一个偶然的机会，我学会了写作，在找工作时，甚至有的公司要我去搞宣传。写作已经成为我生活中必不可少的一部分，这对我今后的人生有极大的帮助。

● 大学四年，是我一生中最美好的一段日子，在这四年中，我有得有失，得到了许多，同时也有许多的遗憾。得到了人间最难得的友情，同时也由于自己的性格，失去了一些本来可以成为好朋友的同学；学习上虽然成为计算机高手，却也因此在某些专业课上失去了一些本来可以学得更好的机会。

● 学习和工作上的成功只能总结成两个字——投入。很多学生干部在学习上吃力，可能就因为理不顺二者的关系，在工作的时候考虑学习上的事情，在学习的时候又难免想工作上的事，这是非常要不得的。

● 大学四年的时光，给了我们每个大学生一次锻炼自己、培养自己的良好机会，给了我们每个人一个表现自己、展示自我的空间和舞台。同时，在这个舞台上，也上演了一出出、一幕幕值得我们永远回忆和怀念的悲欢离合。更重要的是，在大学的四年中，我们都从一个少不更事的毛头小子变成了一个成熟干练的成年人。大学给了我们知识，给了我们能力，给了我们太多太多有意义的东西，这些东西将在我们今后的人生道路上起着重要的作用。在这里，我们从幼稚走向成熟，在这里，我们学会了自立，学到了能报效祖国的科学知识。

● 进入大学，我挑食的毛病没有了，手脚也勤快了，对社会的认识和运用能力也有了极大的提高，日常起居安排得有条不紊，衣物床铺收拾的干净利落。大学四年的团体生活教给了我以诚待人，严于律己的古训，培养了我广泛的爱好和兴趣，使我在这五光十色的世界里，时时处处都能捕捉到美，体会到美。另外，四年中培养起来的团体精神和合作精神必将让我在今后的工作中如鱼得水，如龙临渊，保证一个良好的人际关系和工作环境。

● 在经历了一次挫折后，我深深明白：生活就是问题，人生总有阴影，我需要的是勇气，而不是封闭在失落的世界里。终于，我如愿以偿地得到了我想要的成功。成功给了我自信，给了我更加奋发向上的勇气和决心，我也从中懂得了什么是奋斗的艰辛和收获的欢畅。

● 学院规定的住宿生活让我在自理能力上也有了很大的进步。记得刚来时，自己洗的衣服总是感觉不干净，而且洗得又慢，有时还手忙脚乱的，一件衣服洗上几遍才干净。可两年下来，连放假回家都是自己动手洗衣服，从母亲赞许的目光中我知道自己真的是成熟了许多。在自己拿出电话费计算过日子的生活当中，我知道了钱真的是来之不易，体验到了父母的辛苦。节俭是我来到大学里的另一个重要收获。

● 四年大学生活教了我很多知识，也教了我许多人生功课，我不再不谙世事，不再胆怯，不知所措，从单纯、幼稚走向成熟，在失败面前不再茫然困惑，我相信我足以独立承担自己走入社会，开始真正地面对自己的人生。随着年龄的发展，我慢慢地懂事了，懂得了忍耐，懂得了理解，懂得了帮助和被帮助的意义是多么重大。

● 我不敢说自己成熟了，因为大学毕竟不是社会，我还缺少磨炼，，我不敢说自己将会干很大一番事业，因为在学校学习的一切还没有经过实践的检验。我要说的是：我长大了。对未来，我有美好的憧憬，但不再是不切实际的空想。要得到一个美好的未来，需要的是拼搏、奋斗、苦干。

● 通过这四年大学时光的学习，我的人生观，世界观已经得到了明确。我知道我要干些什么，应该干些什么，这时的我已经不再是四年前那个热血、单纯的青年了。这时的我已经初步认识了什么叫做生活，考虑问题也不再单凭热血冲动。我知道万事要多想，然后才能决定怎样处理。四年时光确实不能算短了，它让我对生活的认识一步步的加深，也让我对生活有了更多的了解。正确人生观的树立已经使我在遇到挫折时不气馁，因为我知道，许多伟大的事业是在逆境中创造的，所以我一直在想，如果四年以前我直接踏入社会，我将会怎样呢？也许环境好了，我会顺利走完人生的过渡期，但如果环境不好呢？我有抵抗污染的能力吗？想到此，我不禁有些感到后怕。但现在同样要踏入社会了，我却不会有这样的忧虑。因为四年的学习已经使我不再是个单纯的少年了，我现在已经是一个基本成熟的青年了。我热血沸腾，但我不再盲目冲动，而对生活，我已学会了思考，我知道我需要什么样的生活，我也知道我该怎样去创造生活。

● 大学，它使我懂得工作的艰辛，它使我明白了，自己赚钱，钱来之不易。以前的我，手心始终向上，没有钱了，给父母写信，钱随之寄来，而我从没想过父母的钱从何而来。一个偶然的机会，我找了一份家教工作，从此开始了我的谋生之路，每天一到两个小时的工作，一个月下来，我挣了300元，而这300元是我一个月的血汗。至此，我明白了父母的钱来之不易，我应该珍惜，应该节省，从此，我学会了怎样去生活。

● 在大学四年中我学会了如何与别人相处，在生活中我关心人、帮助人，学会了怎样做事。在学生会工作的三年中，我除了自己的书画水平有了较大的提高，更重要的就是如何与其他各部门合作，如何做好本职工作，如何与本部门成员合作，把工作做得更好，这些都是我参加工作以后的宝贵财富。

2. 大学是课堂

● 四年的大学生活本身就是一个大课堂：在学习了专业知识的同时，我觉得更重要的是我学会和学到的多方面的能力和经验，学会了如何独立生活，如何与人友善相处，开朗、活泼、热情、乐于助人的我有机会得到了更多方面的锻炼成长，使我在四年的大学生活中变得更加坚强、自信、稳重、成熟。

● 我认为若想消除对失败的恐惧，就得正面的面对它，不能逃避。说到底，无论成功或失败，都只不过是人生的一种经验、一种体会。只有成功而没有失败的人生是单薄的人生，是不完整的人生。正如只有白昼而没有黑夜的一天不是完整的一天一样。当你能正确面对失败时，你就会从它的控制中解脱出来，重新做回生活的主人。随着我对失败的认识，我建立起了一种新的人生态度。在这之前，我做事总是前怕狼后怕虎，担心事情做不成功。而现在我可以说当我去做一件事的时候，不再看重是否能真的成功，而是是否应该去做。如果我们再做每一件事情之前总是反复寻思能否做成功，那不但浪费了大量时间，而且还会错失了很多机会。事实上这世界上并没有什么事是一定会做成功的，而许多看似根本做不成功的事，当你全力以赴的时候，常常就会出人意料的成功了。如果我们做的都是有百分之百把握的事，那又有何成功的喜悦可言。若想品尝成功的喜悦，就得勇于开拓探索，勇于面对失败，只有这样获得的成功才真的有趣味。

●　经过四年的锤炼，我的一个重要的收获是确定了自己的终生信仰，精神上的目标，争取成为一名光荣的中国共产党党员，并将为此而努力奋斗，通过研究马列著作，阅读报纸，收听新闻、广播，使我对党的方针、政策有了更深的理解，同时，也使一心只读圣贤书的我对国家大事越来越关心，主人翁责任感更加强烈，甚至把自己的理想和党的事业、祖国的前途和命运联系在一起，使我有了更大的动力，去追求我的理想。

●　现在我们无论做什么，都可能是在为将来埋伏笔，用锻炼自己成长的积极心态，对待自己正在做的事情，每做一件事情，就多一点个人资源，水滴石穿地累积起来，就是你的个人财富，没有谁能掠夺，当你成为你的领域中个人矿藏最富的那个人时，没有什么可担心的了，这个时候，你就是那个不可或缺的人。

●　时光匆匆流过，回想起来，我很庆幸自己当初的选择，更庆幸自己和老师、同学们在一起度过了这充实的四年。我们的班级是一个积极向上的集体，我们的寝室是一个团结先进的集体，在这里，我和大家愉快相处，我学会了自理、自立，我学会了如何做人，对于以前从没有离开过父母的我，这些收获是巨大的。

●　在对待一件不光彩的事或一件令人兴奋的事情上，自己再也不会凭感情来表达厌恶与兴奋，而是经过一翻仔细的思考过后，想到事情发生的可能性，以辨证的态度，公正地表达自己的看法，含蓄和高雅是必要的。在对待自己的事业和生活各方面的情况时，再也不会犯以前那种草率的错误，而是先经过严密的思考，理清头绪，然后再行动，所有这些，都是我在大学四年生活中的所得。

● 痛苦是刻骨铭心的，痛苦也是一种财富，经历痛苦是人生最有启发意义的过程。有了这段经历之后，我更加珍惜我面前所拥有的一切，我要将我生活经历的一点一滴积累起来，贮存于记忆的长河中。

● 虽然所学专业的大部分内容将来未必能够充分发挥作用，但我想这并不是最重要的，重要的是我已经掌握的已经不是知识本身，而是得到掌握知识的本领和方法。

● 回顾四年来思想上的转变。我认为如果说中学时代是单纯的，那么大学时代思想要丰富、成熟的多。随着远离家乡后，自我生活能力的增强，与同学相处、与老师相处，实现了我接触社会的第一步转变。使我懂得要踏踏实实做人、认认真真做事的道理。对人要以诚相待、对学习要严格要求。四年的生活短暂，要有所得就必须处理好与同学的关系、与老师的关系，处理好学习与生活的关系。四年的生活很短暂也很珍贵，对于一名学生能够认真过好四年那是巨大的成功。自我感受，这四年我能踏踏实实地学，掌握了应有的知识，无论从学习上还是待人处事上都有了巨大的飞跃。

● 大学生活真正留恋的深刻内涵所在，并不仅仅因为我是一名大学生，而更重要的原因在于大学生活对我的成材所起的巨大推动作用。大学期间的学习为我所从事专业奠定了基础。并且大学阶段也是"学习准备期"向"创造活动期"转变的过渡时期，这一阶段是人生的黄金时期，是学习能力旺盛的时期。大学教育把我引入了富丽辉煌的科学殿堂，让我在知识的海洋中遨游。大学生活赋予了了丰富的知识和科学的思维方法。

● 也许我不能有夸父追日的壮举，但我同样可以用我火一样赤诚的心，用大山大河一样宽阔的胸怀，去温暖、去拥抱、去捍卫我的祖国，这片饱经沧桑的沃土。我不敢谈奉献一定是我生命意义的全部，但当我全身心地融入到这生命之绿中时，我千真万确地感受到了奉献和索取的全部内在联系，要热爱生命！

● 为所拥有的感到快乐，为失去的感到痛苦，′我不求得到的比失去的多，只求这一生不能白白度过。我不是道德学家，不能做到"一日三省吾身"，但我不断的反省自己所做的每一件我不满意的事，以期获得更好效果和更完美的结局。

● 回首往事，这四年对我来说虽然留下一些遗憾，但我走过的每一步从不后悔，因为每一步都走得值，这两年我从一个无知的小孩变成具有一定能力的青年，从幼稚变成成熟，从……变成……，总之，各个方面都收益非凡。但这两年里我最大的收获是摒弃了浮华和骄躁，建工学院以她特有的淳朴和无华教会了我踏踏实实地走路，端端正正地正视现实，开阔的胸怀，有独立的思考能力及办事能力，十足的信心。走在校园的小路上，我就常常想建工学院的每一位学生都是踏踏实实地干出来的。在我们身上有一种自主意识和独立工作的品质及信心。环境塑造人，母校正是为同学们营造了一种独立自主自强的学习气氛，使每一位同学都意识到"路要靠自己走，别人可以帮你几下甚至可以帮你一年两年，却不能帮你一辈子，最后靠的全是你自己"，这种务实的品质将使我受益终生，光是这一点我在建工学院的两年真是无悔，我感激建工学院的每一位领导、每一位老师、同学，我感激建工学院的这片热土。

● 大学生活给我带来最大收获便是在人际交往方面。在这里我接触了来自五湖四海的各种各样性格、秉性、喜好的人，透过他们，我知道了什么是善良、豁达，什么是诡诈、精明，使我学会了接受各式各样的人，他们有自己的生活准则、自己思考问题的方式，我由刚开始的不理解、不适应到现在理智的接受。这是一个很大的转变，我学会了站在对方的立场、角度去分析问题，从而更加看清了自己的不足。以前，我做事情很少考虑到别人的想法，认为自己的做法就是天行的公理，很主观。而现在我

225

已改变了很多，与同学相处得很融洽，也赢得了他们的至真友谊。

● 毅力，对于每一个想要成功的人都非常重要。每一件事都要付出不懈的努力，半途而废，是在浪费时间，浪费生命。我们要有自控能力，一个健康的人要控制得住自己，一个要成功的人要控制得住自己。我很贪玩，但面对学习和玩，我必须选择其一，学习是主要任务，所以必须要在完成任务后，才可以玩。我不认为只学习，没有娱乐是大学生活，我认为健康生活是要有娱乐的。我感谢学院给我们创造了许多健康有益的娱乐活动。

● 大学生活中组织各种活动，接触各式各样的人是我的一项重要内容。在参加活动和组织工作的过程中，我认识到了自己身上的许多不足与缺点。在我担任系学生会文艺部长期间，我从老师同学身上学到了很多，在迎澳门回归晚会中，学生会的同学们在一起把事情安排的井井有条，大到舞台布置，小到一节电池，特别是那种团结协作精神，尤其给我启发。大学的学生干部经历让我学到了很多，我也相信，这种踏踏实实做事的工作方式是做任何事情都不可缺少的。

● 如今我就要走上社会了，就要投身于这个比之学校的朴素清白而更加错综复杂、泥沙俱下的社会中去。我知道我所将面临的困难远远多于我的想象，然而我有信心承受这一切。首先，我自信于我所学到的学识能够胜任于我的工作，我的意志和我的品格也不容我轻易摒弃一切的努力。很多时候，很多事情，都不是能不能的问题，而是做与不做的区别。另外，我自信于社会的改革是一个不断发展进步的过程，社会的进步需要人的推动，我们作为跨世纪的青年，应该能够在祖国的建设大业中找到发挥自己能力的用武之地。只要保持一个平常心，荣之不以为喜；辱之不以为悲，踏踏实实地搞好本职工作，总会得到人们的承认的。我自信于我们祖国的前途是光明的，我们所从事的工作是有价值的。

● 在这菁菁校园里，我学到了丰富的知识，增长了才干与能力，更为关键的是，我学会了如何与人相处，如何做人，回首这一千四百多个无愿无悔的日子，是我一生中最亮丽的、最生动的一段，自己最纯洁和最善良的时候与这里浪漫的情怀，开放的气息，深厚的文化底蕴更有同舟共济不知愁滋味的纯真友谊紧密地连在了一起。就要走进别离，怎能不让人肝肠寸断，泪倾如雨呢？此去竞争，应是良辰美景虚设，纵是有万种风情，更与何人说！真是古今同悲也！

● 以前上学时我不太注意身体，但上大学后我很注意这方面的锻炼。以前身体常常患感冒，但现在很少感冒了。身体也比以前壮了，我觉得身体健康是人的第一大幸福，我在以后的工作和生活中也要注意锻炼身体。使自己有一个强健的体魄，以适应将来节奏越来越快的社会。

● 大学四年来，我的集体主义荣辱感增强了，为了整个集体的利益我可以做出最大限度的牺牲。以前我崇拜那些个人奋斗式的人物，所以我的个人英雄主义很严重，也不管别人的怎么样，其实这是很不对的。自己是这个大家庭的一员，应该为了整个集体的利益进行考虑问题并做一些事情。现代社会人与人的利益联系越来越密切，人不能脱离整个社会而存在，人不论干什么事都应考虑一下别人的对此存在什么态度，不能只顾自己不管别人。人是社会的一分子应该对自己也对别人负责。换句话说人不能太自私了。我以前考虑自己太多，而不管别人怎么想，这是不好的，随着年龄的增长，使我的集体观念越来越强了。

● 大学对人的影响太大了，使我成熟多了。各方面关系都要考虑都要考虑明白，大学四年使我觉得应该善于表现自己，但也不能过分张扬，要善于在适当的时候表现自己，让别人觉得自己是有实力的，不能让别人认为自己什么也不行。

● 大学让我懂得了体谅父母的心情，以前不论家里为我做什么，都是应该的，其实，这是不对的，其实这是父母对自己的爱。我们应该珍惜父母的这份爱。以前，我在家里经常和父母顶嘴，为了一个无所谓的话题吵嘴。我应在假期和休息时多和父母沟通一下，交换一下彼此的看法和观点，多陪父母，尽量少生气，不要让他们烦心，多体谅一下父母的难处，多关心一下他们的身体。

● 大学里我还利用各种机会锻炼自己。大学四年的三个暑假我都没有回家，我都做家教，当我第一次得到自己挣得四百元钱心里很高兴，这是自己第一次挣这么多钱。我用挣来的钱买了一辆旧的自行车。通过做家教，使我懂得了生活的辛苦，便体会到了挣钱的不容易。我更加珍惜我父母供我上学的钱了。我和同学一块卖过书，虽然这都是小事，但对于我却锻炼了很多。通过暑假打工使我对社会有了初步的认识，我也交往了一些人，也熟练地掌握了一些做小生意的技巧，并且也会应用心理学揣摩对方的心理，这些都将对我受益终生。

● 人生并非总是欢声笑语，总会有不如意的时候。原来在家的时候，不高兴可以向父母发发脾气，但现在自己单身一个人在外，面对失落的情绪，自己要学会释怀。四年中，遇到了许多需要抉择的问题，我知道没有人可以帮我，我必须独自完成。我感到自己在一天天的独立起来，慢慢地摆脱了对父母的依赖，开始还总想家，时间长了，自己就变得坚强了。人的生命力真是坚强，不管在什么样的环境，只要我们对自己有信心，就没有什么挫折可以难倒我们。

3. 从失败中学到更多

从幼稚到成熟，从迷茫到有理想、有抱负，更表现在他们思想上的突飞猛进。

● 在大学时期，我感悟最深、认识最深的，就是"追求的目标，就是人生的动力"。人活在这个世界上，不能没有生活目标，一个没有生活目的的人，他的一生便碌碌无为。只有给自己定下了奋斗方向，才能有计划、有步骤地为实现自己的奋斗目标而努力地学习、工作和实践，这样，他付出的劳动也是最有意义、最富有成效的。

● 生活就如同在大海里航行，航行需要灯塔和航标的指引。生活也要目标和信念的牵引，我立志做祖国未来事业的建设者，以实现我人生的价值，这是我生活的既定目标。虽然在生活的磨难和挫折面前，我曾悲观失落过，也曾动摇过，但这信念始终激励我、召唤我，让我向着目标乘风破浪地前进。在紧张有序的学习中，我度过了大学生活的每段时光。

● 校园生活是清贫的，但又是纯洁的，高尚的，学会了爱与被爱，学会了学习，学会了为人处事，在不断地充实自己的过程中，我发现了自己的渺小，发现了平凡人身上的伟大之处。我认识到了做人不是想方设法地去做"伟大的人"，而是去做自己应该去做的事，使自己和别人的生活更美好。

● 通过和先进分子接触，我逐渐认识到过硬的思想和理论不单单是空洞的口号和汇报，它更是一种行为标准，一种正确的人生观和世界观的基础，它可以指导我们的行动，使我们具有优秀的高尚的思想品质和道德修养，成为对社会有益的人。

● 到现在为止，我才有了一个自己的座右铭"不能输给自己"，当我不爱学习时，当我悲观看世界时，我都会对自己说别输给自己，别输给自己的懒惰，自己的自卑，自己的懦弱。生活要有勇气和毅力的你才能更有意义。不能输给自己，做一些真正该做的事，收获会在不知不觉走向你身边，与你相融。

● 大二时，系微机室成立，需要招收管理人员，我凭着自己的一知半解进入了微机室。并有幸结识了我大学中最知心的一位老师，本来照此发展下去，我有可能在计算机方面有所成就，可惜我却在一位同学的热心"帮助"下学会了打游戏！于是，我步入了歧途……每每想及此处，总是痛心疾首。只能怪我毅力不够，诱惑面前把持不定！

● 生活中有时并不是每一次努力都需要有一个很好的结果，生活的感受在于过程。我们要有永不满足的意识，要有永不言败的信心和勇气，这样我们才能一步步走向巅峰。生活有他温柔一面也有他狰狞的一面，就要看你怎样去对待他，去创造他。在生活中去激发我们的爱与意志，要有远大理想和近期目标，并去感受，让你觉得他很贴近你，而非虚无缥缈、空中楼阁，海市蜃楼，因为人有时候总是这样，他希望得到的和他感觉不到的对他没有实际意义，他也就很快放弃了自己的欲求和感觉，从而很容易导致麻木、浑浑噩噩和自我放纵。这是很危险的。这几年现在想来有时候真是那样，得过且过，浪费了不少大好时光，可惜至极！

● 通过四年的大学生活，我感受到大学生活一样有竞争和互助，而且他们是促进我不断前进的推动力，只有通过竞争才能感受到自己的不足，只有互助才能使自己进步更快，在大学四年中就是在竞争和互助下不断地前进。因为我是一个不甘落后的人，喜欢力争上游，同时我也喜欢助人，希望能够共同前进，特别是现在即将毕业的设计阶段表现的更加突出，我想将来走向社会更应该如此。

● 以前总以为自己不错，谁知到了大学里才发现原来自己很是渺小，大学里人才济济，真是山外有山，人外有人，要想在大学立于不败之地，就必须不断的鞭策自己，充实自己。即使失败了也不能灰心气馁，必须挺起胸振作起来，其实懂得如何享受失败的人，才真正有资格去获得成功，虽然失败过，但只要能善于把握时机，必有大成。

● 对于一个人，重要的是生活的要有意义，确立自己的奋斗目标，并为之努力奋斗。其次，不管遇到什么样的挫折与失败，即使伤痕累累，也不要灰心丧气，认真的坚持到底，这样就会体会到生活的意义。我所追求的，归根结底，就是这些。

● 四年的学习生活也经历了这样那样的失败和教训，对于每次不愉快的经历我都将其认为是一个人成长历程中必不可少的磨炼，积极客观的认识他从中汲取经验学到东西，这就使之不简单地是一次失败一次挫折，而是一次很好的认识自我找出不足的机会。所以讲塞翁失马焉知非福，只要正确乐观的对待坏事它也就会是一件好事。

● 大学里，我失败多于成功，但失败后我总结了很多的道理。假如我能再念一次大学，我一定要把英语学好；假如我能再念一次大学，我一定要把自己的目标定得更高一些；假如我能再念一次大学，我一定要对自己充满信心；假如我能再念一次大学，我一定要全面发展自己。

● 我认为上大学这四年，无论在学习、工作、生活中，我都得到了充分的锻炼，体会到了失败的痛苦和成功的喜悦，我觉得这是我这四年中最宝贵的东西。现在看来在我的大学生活中，我的学习有点死，视野不够开阔，没有很好对未来的预见能力。对于这点，我有些后悔，比如考研、英语六级、计算机，我都学了一通，但都没有坚持到最后，结果是只知其表不知其里。

● 虽然我的大学生活趋于平淡，但我过得很充实。我之所以能在平淡中求得充实，就是因为我能够做到爱中忘我，能够跨出自我，用真诚去爱和关心他人。当我进入别人的情感世界，与他们共同分享快乐与幸福时，就会忘掉自私、自利。没有学会爱就没有学会生活，孑然一身与疏远他人，只能把人们引向毁灭的陷阱。平凡的日子同样能让人实现自己的价值。

● 无论成功还是失败，都不要做个看客，参与是检验自己能力的最好方法，逃避并不能最终解决问题，现在社会不再是一个坐而言的清谈社会，而是要起而行，自己参与的社会。

● 安顿曾经说过：人的生命就像一杯香醇、浓郁的美酒，而生命之杯中的美酒是由你生命中的人们从他们的生命之杯中分出来的一滴或几滴给你后酿成的，即便是那些在你的生命边缘匆匆滑过的人们。而我生命之杯中这一杯香醇、浓郁的美酒，就有许多是大学的老师和同学们给予我的。品尝着这一杯美酒，就是品尝着老师的谆谆教诲和同学的关爱。

● 四年的大学生活已经接近结束，回首走过的路，努力过，跌倒过，苦痛过，迷失过，都在此刻清晰的浮现在眼前，仿佛一切就发生在昨天。所有的往事都已成为我人生中的一种经历，不管这种经历是快乐的或是悲伤的，我都会说：对于过去，我无怨无悔。因为我已懂得，你所遇到的每个人，每一件事都会让你渐渐长大，都是你成长过程中不可缺少的推动力。在不知不觉中，你已得到许多，所有这些，都已成为你生命中的一笔财富，是任何物质所不能替代的。

● 校园的风依旧是那样的凉爽，坐在树荫下的长椅上，看着那些活泼可爱的小弟、小妹们欢乐的在我面前走来走去，从他们笑容可掬的脸上可以看出他们的无忧无虑，真是年少不知大学愁滋味。有时真想冲上去对他们讲些东西，免得他们同自己一样荒废太多的时光岁月。

● 大学的生活总让人留连忘往返，或许你曾在某个时候厌烦过她，但当你真正要离开她的时候，总是忍不住伤心落泪。这里曾经是我的天堂，这里实现了我很多小小的梦想。你也许在她的怀抱中快乐似天使，也或曾一度伤心不已，她却始终是一个小小的太阳，拥抱你，呵护你，将你捧在手掌心上。

● 回顾自己四年大学生活走过的坑坑洼洼道道，才发觉其间留下了许多参差不齐、深浅不一的脚印。我深感觉到，我以前学到过的知识犹如粒粒珍珠，而在不久将来踏上社会，是为了把珍珠串成项链，让它更加璀璨夺目。说心里话，我真感谢生活，感谢人生中有大学生活这段美好的插曲。尽管其间或许是荆棘满地，或许是坑坑洼洼，但毕竟教会了我倒了如何爬起，毕竟给我了各种尝试的机会，使我在今后的人生道路上能更好地为人、处事、进取。

第三节　别了，我的大学

有了生活的理想，才有理想的生活，经过这段大学生活，他们感悟了大学，感悟了社会，感悟了人生，他们在这里发现了大学的价值与内涵。人生从此精彩，他们不再彷徨。

● 周围的人们还在不停的抱怨，抱怨教室还不够干净，抱怨老师还过于古板，抱怨食堂的饭菜还不够可口，抱怨宿舍的条件还有待改善……可作为大四的我们，在即将迈出这菁菁校园的时刻，回首自己这四年的路途，早已没有了抱怨的心思，而更多的是不安。不安什么？不安的是我所做的，能否对得起自己这四年来所接受的培养和馈赠。

● 大学为每一位同学都提供了一个广博的学习场所，这里是知识的海洋。如何在其中正确航行，作好人生选择，至关重要。而社会也如同海洋，也容易使人迷失方向。通过这四年的学习和经历，我认为应具有这种能力，就是能时刻保持清醒的头脑对人、对事、对待一切。

● 在大学里，我学到了完整的思维方法，这对于我今后的学习、生活、工作都有很好的指导作用，我也会很珍惜这套适合我自己的方法。在大学生活中，我认为学习重要的是有效率，更重要的是要对学习产生兴趣，这点很重要。并不是学习为了什么，为了工作，为了奖学金，这样想学习就太错误了，那只能说这个大学是白上了。

● 再见了，课堂。再有 3 个星期，我就要结束四年的大学生活，走出校门了。从前也有过结束学业的时候，不过那几次都是从一所学校升入另一所学校，而这一次可能标志着我学生时代的结束。我终将告别陪伴了我十几年的课堂，走进社会，用我多年来掌握的知识为人民服务，掀开我人生崭新的一页。在此即将离别的时候，四年大学生活的一点一滴都涌上心头：课堂上的专心听讲，球场上的忘情飞奔，宿舍熄灯后的高谈阔论，图书馆里的静静阅读……此刻的心情是复杂的，欣喜有之，遗憾有之，更多的是一股难以言喻的惆怅之情。

● 四年，在沈阳度过了整整四年，亲眼目睹了建院的变化，我为她骄傲、为她激动。有机会在北方完成四年学业，感受了南北文化的碰撞，喜欢东北大汉的豪爽，喜欢江南女子的细腻，喜欢川妹子的泼辣……有机会在大学这样的大家庭里，与带着各自方言、习俗的朋友们交流，这是那些在"家门口"念书的人所体会不到的。

● 图书馆里埋头苦读，课堂上聆听教诲，宿舍内谈笑风生，棋盘上攻城拔寨，操场上你争我夺，将个大学生活点缀得琳琅满目。再见了，这如酒的岁月，多少的欢乐，多少的忧愁，我怎能忘记今生中最辉煌的一笔，你将是我终生的留恋——美丽的大学生活。

● 回首四年，我的思想，我的信念都在此逐渐培育、丰富、成长。我感谢我的大学，感谢我的老师，感谢我的殿堂，是大学塑造了我的新的人生观，树立了我新的理想。在人生中最重要的四年里，在神圣的大学殿堂里，我像一棵小苗，在这里吸收着知识的营养。在以后的日子里，我的大学将会给我无穷的智慧，给我无穷的勇气，给我不怕挫折失败的精神，让我去面对任何困难险阻。我的大学，我的精神家园，我生命中的精神殿堂。

● 时间过得真快，转眼间分别在即。在这平淡的大学生活里，找出几个带"最"字头的时间对我来说也不太容易。谈到收获，却是很多，做过学生干部，拿过奖学金，光荣的加入了中国共产党，也曾在那场重要的考试中成为最终的胜者。但我想，这一切都与"成功"毫无瓜葛。我们还很年轻，前途充满了机遇和挑战，我无法对自己走过的路做出最后的定论。我想好多事情都重在过程，而非结果，只要你的今天比昨天有进步，人生便是精彩。

● 历史是一条滚滚向前的长河，时间的列车已经载着我们当代大学生奔向了 21 世纪。走过风雨兼程的四年，当代大学生正处于走向社会，投身于社会改革和现代化建设的洪流之中。21 世纪的世界会带给我们怎样的机遇与挑战，21 世纪的中国又将怎样走向他新的辉煌，任重道远，时间紧迫，作为社会主义事业的建设者和接班人，我们将责无旁贷地担起祖国建设的大任，做 21 世纪的主人。

● 要毕业了，要走上工作岗位了，夕阳下默默注视着这美丽的校园，不禁充满了深深的爱意，她也许并不大，也许并不华丽，但在这，我度过了生命中最充实、最浪漫、最有意义的一段时间。这里有我最爱的老师们、同学们，这金色的四年中，所有最珍贵的情感和回忆，都留在了建院，我知道在将来的岁月中，我会万分的怀念她。

● 建工学院培养了我，作为一名即将毕业的学生我深深地眷恋自己的母校，如同子女眷恋母亲一般，建工学院不但教给了我如何去学习、去做学问，更教会了我应该如何去做人。我想，无论在什么样的环境下我都会踏踏实实地去工作、老老实实地做人，用自己的实力创造自己的价值，无论如何我都不会忘记自己是建工学院的毕业生，时时刻刻地为母校争光，我不会愧对母校四年来对我的培养。我知道遥远的家乡已经在等待久别儿子的归

235

期，而我属于那儿，我的一切已深深地融入了那片土地，不过我会永远记住这片热土，这片度过我人生时光里最难忘的土地，这片让我成长的土地。总之，这里的一切永记在我心灵深处。再见了，领导；再见了，老师；再见了，同学；再见了，我深爱的大学。

● 望着门口挂着的毕业倒计时的牌子，我心潮起伏，四年，我已经圆满地完成了学业，期间我只看过一次录像，一次电影，只去过一次公园，然而我没有太多的遗憾，惟一的遗憾是没有为母校做点什么。昨日，我还是学院莘莘学子中的一员，明日，我将是学院放飞的雏鹰中的一只，搏击长空。母校，再见了，在我的人生旅途中，你是我最难忘的一个驿站，在我记忆的长河中，永远有那么一群人让我思念，永远有那么一个地方让我怀想，永远有那么一段时光令我难忘——我的大学时光。

● 离开校园的日子渐渐地近了，点点滴滴不断涌上心头。然而我知道，时光不会倒流，如今无法为过去而后悔，只有现实起来，更好地把握现在，面对明天。不久我们将离开母校，或走上工作岗位，或继续学习深造，但无论在哪里，我们都会施展所学，为国家、社会做贡献。

● 师生情谊实在值得留恋，而大学时代的同窗友谊也常常令我追想。他们，有和我来去常伴的，有和我习于同窗的，有和我嬉戏玩耍的，有和我同甘共苦的……那种视如手足的纯真感情深深地印在我美好的记忆中。

● 弹指一挥间，大学四年匆匆而过，不知别人在此时有什么样的感受，因为此时，不仅仅代表着大学生活即将结束，还意味着我们的生活翻开了一个新的篇章。我们要准备迎接社会，迎接它给予我们的种种机遇与挑战，未来对于我们还是一个未知数，但我想，在认识到这种紧迫感的同时，我们也更应该充满信心，勇于面对社会，去争取属于自己的那份荣耀。

● 即将毕业，大学四年的生活值得回顾和总结，虽碌碌无为，但总值得怀念，在思想上、生活上和学习上都使我们获得了很多，这是在其他地方所不能得到的。即将踏上社会，到此时才觉得学生时代的珍贵，他在我们洁如白纸的人生中写下了最珍贵的一页，即将踏入社会，回顾学生时代，我们学到的仍是太少太少。社会是检验我们大学生活所获成果的一个大考场，虽然在学校的考试合格了，但我们是否真正合格，还有待社会这个大考场来考验，也许有些人成功了，有些人将被淘汰，但成功者总是占大多数，在学生时代即将结束的现在，发出这多感慨，即将步出学校的小社会，跨入社会的大世界，步出学校的小考场，步入社会的大考场，等待我们的不是结束，而是从新开始，一所新的学校，一场新的更激烈的考试、竞争。

● 大学四年，是获得宝贵知识的四年；大学四年，是青春尽情挥洒的四年；大学四年，是从四角天空走向多维空间的四年；大学四年，是吾之生命中最灿烂多彩的四年。四年来所学到的和经历的将对我今后的人生道路产生重大的影响。

● 一个自己学习和生活了四年的地方，无论有过怎样的不愉快的经历，到了要离开的时候，也总是依依不舍。所谓"是爱是恨都是情"，对母校的感情是每个毕业生自然产生出来的。到了现在，纵有多少解不开的情结，也都解开了；纵有多少化不开的恩怨，也都化开了。我们都希望自己的母校越办越红火，多年以后，提起建工学院，我们会自豪的说自己曾是他的学生。

● 为什么人们总是说：大学时代是黄金时代要好好珍惜大学时光，到现在自己在深切地体会到这句话的含义，我们好多同学包括我自己在内见到低年级的弟弟妹妹们总想对他们说：珍惜时光，多学点东西，同时猛然觉得惊奇，当年入学时代我的前辈不也对我如是说吗。当时我们虽然频频点头，却未能深刻地体会到他们的心意，如今这些低年级的同学是否也像我们的当时一样？四年的大学感受不是一句话、一行字所能表达出来的，四年的收获远大于前二十年的收获。

● 伴我朝夕四年的母校，虽然这里没有繁华闹市，也没有小桥亭阁，有的只是几座古老的教学楼，不宽的水泥路，一切如简笔画那么朴素，但是加上我为之付出的汗水，我知道，这画即使再简单，也是一段生动的历史，它记载了我的大学生活，浓缩了我四年的经历。当主楼前那块倒计时牌变到"00 天"的时候，也是自己离开校园这片静土，走向社会这张陌生的广域网之际，顿时，我感到千万种滋味涌上心头，记忆的小舟也因之启航，大学生活点点滴滴如烟似雾浮现在眼前。

● 大学生活究竟带给我些什么？在即将毕业的时候，我终于找到了答案。她给我的不仅仅是丰富的文化知识，更重要的是给了我独立思考的能力，独立生活的信心，良好的自我约束力及高度的社会责任感。

● 四年的大学生活教会了我很多东西。首先它教会了我怎样做人，怎样做一个有益于社会的人。我从一个只会死读书的少年成长为一个掌握了怎样学会知识的人。认识到大学四年学校对我们的教育跟中学时候的教育形势是完全不一样的。那时读书单纯是为了成绩，为了考试分数；而上了大学后，我将要学习为社会服务的技能，进一步学习自学的方法，人生的奋斗目标也从原来的考进大学，改变为现在的走进社会，服务社会，创造自己的未来。

● 大学是我人生的第一课堂，在这里我学到了科学知识，学到了专业技术，看到人性善与真的一面，它教我以一颗仁爱之心去面对别人。大学永远没有纷争，没有勾心斗角，无愧是一块净土。而社会是一个更为复杂的课堂。在那里有成功的花环，也有致命的陷阱。我将看到各式各样的脸庞，也会看到人性的奸与诈。我必须学会保护自己，学会为人处事的知识与技巧，以一双涉世未深但必须是明亮的双眼去看待这个社会。我即将离开校园，步入社会，是多么留恋校园的一草一木啊。

● 大学生活是我的一个转折点，是人生历程的里程碑。在这四年中，我的视野被打开，我的心灵被开启，我的智慧被启迪，我从一个幼稚，单纯的小女孩长成了一个有思想、有抱负、有责任感的成人。四年里，我逐步形成了自己的人生观，世界观，价值观，爱情观，我深刻意识到大学对我的重要性。

● 四年的大学生活，收获的确很多，除了学业上我通过了严肃的考验以外，思想上更接受了使我受益非浅的锤炼。从这个意义上讲，无论是毕业的文凭证书还是种种荣誉的称号都是很流于形式的东西，华丽却很肤浅，真正得到的不在手上，也不是压在箱子底被你视若珍宝的东西，而是固化在你的意识里，将来会长久地作用于你的精神中以及表现在你的行动上的一种精神。

● 眼看着毕业在即，心中的思绪万千，回想起自己这几年来的事情，历历在目，为什么当初没有选择好好的学习，为什么周末都浪费在了电影院，游戏厅，足球场，这些陶冶情操的活动使我在这些方面有了可以逃避的借口，时间就这样的一分一秒的浪费掉了，为什么当时没有彻底的醒悟，假设你平时少玩一点，少看几场电影，那么就不会是现在这个样子了。学习成绩的不行，是我在大学生活的最大失败。假如可以重来，我会以另一种状态展现在大家的面前。

● 别了，我的大学时代，但我将永远怀念着你。你给了我欢乐，你给了我力量，你给了我知识，你给了我友谊。你像飞驰的列车载我不断前行，又像长鸣的号角催我不断奋进。你是我学生时代的终结，也是我踏上社会的起点。我将昂首阔步，踏上新的征程。

虽然零零散散，虽然没有脉络，虽然有些文字现在的你还有些看不明白，但是，这是走过大学的人们的真实脚印。在这里我们看到了他们的痛，他们的悔，他们的成功与失败，他们的感悟与成熟。还有一些更令人震动，更让人惋惜也更有教益的事例和语言没有办法写进我们的书里，因为他们是用泪水写就的，那些曾经走进大学，但因种种原因没有办法读完大学的人永远没有机会写出他们的大学生活总结。

我们拥有今天是一种幸运，我们把握今天是一种幸福，我们无愧于今天的种种选择必将是明天的一笔人生财富。

编　后　语

　　这里展现给大家的是大学校园里的一段段故事。

　　我们是这个校园里一些工作了几年、十几年、甚至几十年的学生工作者，与风华正茂、英姿勃发的同学们朝夕相处，与他们一起探讨知识、钻研学问，一起关注社会、感悟人生，一起激动、奋进，一起喜悦乃至忧伤。今天我们又一次认真的阅读了现在已经离开校园走上工作岗位的数届、数千名毕业生在他们即将离校前写就的几千万字的《大学生活总结》。原来，我们以为对学生是完全熟知的、了解的，但这次细细读来，我们又一次被感动、被教育、被震撼。一个个天真无邪的内心世界，真实的再现了学生时期的喜怒哀乐，成长、成熟与成才，这里有成功的喜悦，也有失误的懊悔，有诗有歌更有情，字里行间充满着对学校的爱、对同学的情和对大学生活的留恋。这比同学在校期间师生间的交流更充分、更真实、更生动，因为这里没有了保留与谨慎，娇柔与造作。不知不觉，我们的心灵境界在学生的思想中又一次得到了升华，仿佛我们的青春也又一次在学生的活力中得到了延续。我们深深感到，对同学留下的这份厚礼，如果不研读，将成为我们这些学生工作者的终身遗憾。如果只允许我们自己去读，那又是一种自私，也是对想要从走过大学生活之路的同学的感悟中有所借鉴的人的一种极端不负责任。历史责任感的驱使，我们利用半年多的时间，对同学们的这一集体成果加以采摘、集锦，按着读者习惯的方式编辑起来，成为大家现在见到的这本《大学·社会·人生——来自大学生毕业前的内心独白》。沈阳建筑工程学院党委书记张福昌研究员任本书主编，陈瑞三、刘普清、夏瑞武任副主编，张福昌、陈瑞三、刘普清、夏瑞武、王秋波、陶丽、杨华、寇有存、王军、李真军、徐岩、林慧、汤伟、潘瑞等同志参加了编写工作。在这里我们首先要感谢本书的第一作者——已经从沈阳建筑工程学院的大学校园里走出来的所有同学们给我们提供了鲜活的素材；也要感谢沈阳建筑工程学院的所有老师、特别是在第一线做学生工作的领导、同志们为我们积累了这一宝贵财富；还要感谢为此书的编写直接或间接做出贡献的所有同志给与我们的关注、鼓励与支持。

由于可以理解的种种原因，也许这本书编写的还不够令您满意，我们的解读还不够深刻，但这里引述的一个个学生的一段段独白会是生动的，这一段段未加修饰的故事会给已经读过、正在读或将要读大学的人，会给那些时刻惦念着他们孩子成长的在校大学生的家长们，会给那些时刻关心、关怀、关注着大学校园这块热土的所有的人们以一个深思遐想的空间……

这就是我们的心愿。

编　者
2002 年 1 月 31 日于沈阳